R y Julie

R y Julie

ISAAC MARION

Traducción de Ignacio Gómez Calvo

RESERVOIR BOOKS

MONDADORI

El papel utilizado para la impresión de este libro ha sido fabricado a partir de madera procedente de bosques y plantaciones gestionados con los más altos estándares ambientales, garantizando una explotación de los recursos sostenible con el medio ambiente y beneficiosa para las personas.

Por este motivo, Greenpeace acredita que este libro cumple los requisitos ambientales y sociales necesarios para ser considerado un libro «amigo de los bosques». El proyecto «Libros amigos de los bosques» promueve la conservación y el uso sostenible de los bosques, en especial de los Bosques Primarios, los últimos bosques vírgenes del planeta.

Título original: *Warm Bodies*

Primera edición: noviembre de 2011

© 2011, Isaac Marion
© 2011, de la presente edición en castellano para todo el mundo:
Random House Mondadori, S.A.
Travessera de Gràcia, 47-49. 08021 Barcelona
© 2011, Ignacio Gómez Calvo, por la traducción

Printed in Spain – Impreso en España

ISBN: 978-84-397-2351-6
Depósito legal: B-33.271-2011
Compuesto en: La Nueva Edimac, S.L.

Impreso en Limpergraf
Pol. Ind. Can Salvatella
c/ Mogoda, 29-31
08210 Barberà del Vallès

Encuadernado en Encuadernaciones Bronco

GM 2 3 5 1 6

Para los niños de acogida que he conocido

ÍNDICE

Has sabido, oh, Gilgamesh,
lo que me interesa:
beber de la fuente de la inmortalidad.
Lo que supone hacer que los muertos
se levanten de sus tumbas
y los presos de sus prisiones
y los pecadores de sus pecados.
Creo que el beso del amor mata nuestro corazón de carne.
Es la única forma de alcanzar la vida eterna,
que debe de ser insoportable vivida
entre las flores moribundas
y las estridentes despedidas
de los brazos extendidos de nuestras esperanzas truncadas.

HERBERT MASON,
Gilgamesh: A Verse Narrative

...

Anónimo
El poema de Gilgamesh, tablilla II,
versos 147, 153, 154, 278, 279

PRIMER PASO

QUERER

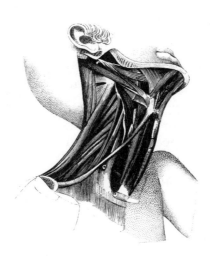

Estoy muerto, pero no está tan mal. He aprendido a vivir con ello. Siento no poder presentarme como es debido, pero ya no tengo nombre. Casi ninguno de nosotros lo tiene. Los perdemos como las llaves del coche, nos olvidamos de ellos como quien olvida los cumpleaños. Es posible que mi nombre empezara por R, pero esa R es lo único que me queda. Tiene gracia, porque cuando estaba vivo siempre me olvidaba de los nombres. Mi amigo M dice que lo irónico de ser un zombi es que todo tiene gracia, pero no puedes sonreír porque se te han podrido los labios.

Ninguno de nosotros es especialmente atractivo, pero la muerte se ha portado mejor conmigo que con otros. Todavía estoy en las primeras fases de descomposición. Tan solo la piel grisácea, el olor desagradable, los círculos oscuros alrededor de los ojos. Casi podría pasar por un hombre vivo que necesita unas vacaciones. Antes de volverme zombi debía de ser un hombre de negocios, un banquero o un corredor de Bolsa o un joven empleado que estaba aprendiendo los trucos del oficio, porque llevo ropa bastante buena. Pantalones negros, camisa gris, corbata roja. M se burla de mí a veces. Señala mi corbata e intenta reírse; un ruido ahogado y borboteante en lo más profundo de sus entrañas. Él lleva unos tejanos agujereados y una camiseta de manga corta blanca lisa. A estas alturas la camiseta tiene un aspecto bastante macabro. Debería haber elegido un color más oscuro.

Nos gusta bromear y hacer conjeturas sobre nuestra ropa, ya que esas últimas elecciones en materia de moda son la única indicación que tenemos de quiénes éramos antes de pasar a ser nadie. Alguna ropa es menos evidente que la mía: unos pantalones cortos y un suéter, una falda y una blusa. De modo que hacemos suposiciones al azar.

Tú eras camarera. Tú eras estudiante. ¿Te suena?

Nunca nos suena.

Ninguno de mis conocidos tiene recuerdos concretos. Tan solo un conocimiento vago y rudimentario de un mundo desaparecido hace mucho tiempo. Impresiones tenues de vidas pasadas que perduran cual extremidades imaginarias. Reconocemos la civilización —edificios, coches, una visión general—, pero no tenemos ningún papel personal en ella. Ni historia. Simplemente estamos aquí. Hacemos lo que hacemos, el tiempo pasa, y nadie hace preguntas. Pero como he dicho, no está tan mal. Podemos parecer tontos, pero no lo somos. Los engranajes oxidados de la razón todavía giran, solo que la velocidad ha disminuido hasta que el movimiento externo apenas resulta visible. Gruñimos y gemimos, nos encogemos de hombros y asentimos, y a veces se nos escapan unas cuantas palabras. No es tan distinto respecto a antes.

Pero me entristece que nos hayamos olvidado de nuestros nombres. De entre todas las cosas, esa me parece la más trágica. Echo de menos mi nombre y lamento la pérdida de los de los demás, porque me gustaría quererlos, pero no sé quiénes son.

Hay cientos de nosotros viviendo en un aeropuerto abandonado en las afueras de una gran ciudad. Evidentemente, no necesitamos cobijo ni calor, pero nos gusta tener paredes y un techo sobre la cabeza. De lo contrario, estaríamos deambulando en algún descampado, y eso sería terrible. No tener nada alrededor, nada que tocar ni que mirar, sin restricciones en absoluto, solo nosotros y la boca abierta del cielo. Me imagino que estar totalmente muerto es así. Un vacío vasto y absoluto.

Creo que llevamos aquí mucho tiempo. Yo todavía conservo toda la carne sobre los huesos, pero hay ancianos que son poco más que esqueletos con pedazos de músculo colgando, secos como la cecina. De algún modo, los músculos todavía se alargan y se contraen, y ellos siguen moviéndose. Nunca he visto a ninguno de nosotros «morir» de vejez. Tal vez vivamos para siempre; no lo sé. El futuro me resulta tan confuso como el pasado. Soy incapaz de interesarme por algo del presente, y en el presente no es que haya prisas. Se podría decir que la muerte me ha relajado.

Estoy en la escalera mecánica cuando M me encuentra. Me monto en la escalera mecánica varias veces al día, cuando se mueve. Se ha convertido en un ritual. El aeropuerto está en ruinas, pero todavía hay electricidad a veces, tal vez procedente de unos generadores de emergencia que renquean bajo tierra. Las luces parpadean y las pantallas se encienden intermitentemente, las máquinas se ponen en marcha traqueteando. Aprecio mucho esos momentos. La sensación de las cosas al cobrar vida. Me monto en la escalera y asciendo como un alma que sube al cielo, el sueño almibarado de nuestra infancia, convertido ahora en una broma de mal gusto.

Después de unas treinta repeticiones, descubro que M me está esperando en lo alto. Él es un montón de kilos de músculo y grasa sobre un esqueleto de dos metros de altura. Barbudo, calvo, magullado y descompuesto, su espantoso semblante aparece cuando alcanzo la cima de la escalera. ¿Es el ángel que me recibe en la puerta? De su boca consumida sale una baba negra.

Señala en una dirección imprecisa y gruñe:

—Ciudad.

Yo asiento con la cabeza y lo sigo.

Vamos a salir a buscar comida. A medida que avanzamos hacia la ciudad arrastrando los pies se forma una partida de caza en torno a nosotros. No es difícil encontrar voluntarios para esas expediciones, aunque nadie tenga hambre. La claridad mental es algo poco frecuente aquí, y cuando se manifiesta la seguimos. De lo contrario, nos pasaríamos todo el día gruñendo sin hacer nada. Dedicamos mucho tiempo a no hacer nada y gruñir. Pasamos años enteros de esa forma. La carne se marchita sobre nuestros huesos y nos quedamos aquí, esperando a que desaparezca. A menudo me pregunto cuántos años tengo.

La ciudad donde cazamos está muy cerca. Llegamos en torno al mediodía del día siguiente y empezamos a buscar carne. La nueva hambre es una sensación extraña. No la sentimos en el estómago; algunos ni siquiera tenemos estómago. La sentimos en todas partes por igual; una sensación de ansiedad y desazón, como si nuestras células se estuvieran desinflando. El invierno pasado, cuando muchos vivos pasaron a las filas de los muertos y empezaron a escasear las presas, vi cómo algunos de mis amigos pasaban a ser muertos del todo. La transición no fue dramática. Simplemente comenzaron a ir más despacio, luego se pararon, y al cabo de un rato me di cuenta de que eran cadáveres, pero no está bien visto fijarse cuando uno de nosotros muere. Me distraje gruñendo un poco.

Creo que el mundo ha llegado a su fin en su mayor parte, porque las ciudades por las que vagamos están igual de descompuestas que nosotros. Los edificios se han derrumbado. Los coches oxidados obstruyen las calles. La mayor parte de los cristales están hechos añicos, y el viento que sopla a través de los bloques de pisos vacíos gime como un animal al que se deja morir. No sé lo que pasó. ¿Enfermedad? ¿Guerra? ¿Ocaso social? ¿O fuimos nosotros, los muertos que sustituyeron a los vivos? Supongo que no importa. Una vez que has llegado al fin del mundo, poco importa el camino que sigas.

Empezamos a oler a los vivos conforme nos acercamos a un bloque de pisos en ruinas. No es el olor a almizcle del sudor y la piel, sino la efervescencia de la energía vital, como el olor ionizado del rayo y la lavanda. No lo olemos con la nariz. Lo percibimos más profundamente, dentro del cerebro, como el wasabi. Nos dirigimos al edificio y nos abrimos paso violentamente.

Los encontramos acurrucados en un pequeño estudio con las ventanas cubiertas con tablas. Van peor vestidos que nosotros, envueltos en harapos y andrajos muy sucios, y a todos les hace mucha falta un afeitado. M tendrá que cargar con una corta barba rubia el resto de su existencia carnal, pero el resto del grupo estamos totalmente afeitados. Es una de las ventajas de estar muerto, una cosa más de la que no tenemos que preocuparnos. La barba, el pelo, las uñas de los dedos de los pies... Se acabó luchar contra la biología. Nuestros cuerpos salvajes por fin han sido domados.

Lenta y torpemente pero con una férrea entrega, nos abalanzamos sobre los vivos. Los cañonazos de escopeta inundan el aire polvoriento de hemoglobina y pólvora. La sangre negra salpica las paredes. La pérdida de un brazo, una pierna, un trozo de torso, se pasan por alto y se omiten. Un problema estético de poca importancia. Pero algunos de nosotros reciben disparos en el cerebro y caen. Al parecer todavía queda algo de valor en esa esponja gris y arrugada, porque si lo perdemos, nos convertimos en cadáveres. A mi izquierda y mi derecha, los zombis caen al suelo con un ruido sordo y húmedo. Pero somos muchos. Somos arrolladores. Atacamos a los vivos, y comemos.

Comer no es cosa agradable. Arranco el brazo de un hombre a mordiscos, y lo detesto. Detesto sus gritos, porque no me gusta el dolor, no me gusta hacer daño a la gente, pero ahora el mundo es así. Esto es lo que hacemos. Por supuesto, si no me lo como entero, si dejo el cerebro intacto, se levantará y me seguirá al aeropuerto, y eso podría hacerme sentir mejor. Se lo presentaré a todo el mundo, y tal vez nos dediquemos a gruñir y no hacer nada durante un tiempo. A estas alturas es difícil hablar de amistad, pero eso se le podría acercar. Si me contengo, si dejo lo bastante...

Pero no me contengo. No puedo. Como siempre, voy directo a por la mejor parte, la que logra que se me ilumine la cabeza como el tubo de imagen de un televisor. Me como el cerebro, y durante unos treinta segundos recuerdo cosas. Destellos de desfiles, perfume, música… vida. Luego se desvanece y me levanto, y todos salimos de la ciudad dando traspiés, fríos y grises todavía, pero sintiéndonos un poco mejor. No exactamente «bien», ni «felices», desde luego no «vivos», pero… un poco menos muertos. Es lo máximo a lo que podemos aspirar.

Me quedo a la zaga del grupo mientras la ciudad desaparece detrás de nosotros. Mis pasos suenan un poco más pesados que los de los demás. Cuando me paro delante de un bache lleno de agua de lluvia para limpiarme la sangre de la cara y la ropa, M se queda atrás y me da una palmada en el hombro. Él conoce mi aversión por algunas de nuestras prácticas. Sabe que soy un poco más sensible que la mayoría. A veces se burla de mí, me retuerce el pelo moreno mal recogido en unas coletas y dice:

—Nena. Qué… nena.

Pero sabe cuándo tomar mi tristeza en serio. Me acaricia el hombro y se limita a mirarme. Su cara ya no puede expresar muchos matices, pero yo sé lo que quiere decir. Asiento, y seguimos andando.

No sé por qué tenemos que matar a la gente. No sé qué se consigue atravesando el cuello de un hombre a mordiscos. Le robo lo que tiene para suplir mis carencias. Él desaparece, y yo me quedo. Es simple pero absurdo, las caprichosas leyes de un legislador chiflado que reside en el cielo. Pero cumplir esas leyes me permite seguir andando, así que las sigo al pie de la letra. Como hasta que dejo de comer, y luego vuelvo a comer.

¿Cómo empezó esto? ¿Cómo nos convertimos en lo que somos? ¿Fue un virus misterioso? ¿Los rayos gamma? ¿O algo todavía más absurdo? Nadie habla de ello. Estamos aquí, y así son las cosas. No nos quejamos. No hacemos preguntas. Nos ocupamos de nuestras cosas.

Hay un abismo entre el mundo exterior y yo. Una brecha tan grande que mis sentimientos no pueden cruzarla. Cuando mis gritos llegan al otro lado, han quedado reducidos a gruñidos.

En la puerta de llegadas nos recibe una pequeña multitud, que nos observa con ávidos ojos o globos oculares. Dejamos nuestro cargamento en el suelo: dos hombres en su mayor parte intactos, unas cuantas piernas carnosas y un torso descuartizado, todo ello aún caliente. Considéralo las sobras. Considéralo comida para llevar. Nuestros compañeros muertos se lanzan sobre ellos y los devoran en el suelo como animales. La vida que queda en esas células les impedirá morir del todo, pero los muertos que no cazan, nunca estarán plenamente satisfechos. Como hombres en plena mar privados de fruta y verdura, languidecerán con sus carencias, débiles y permanentemente vacíos, pues la nueva hambre es un monstruo solitario. Acepta de mala gana la carne marrón y la sangre tibia, pero lo que anhela es la proximidad, esa terrible sensación de conexión que circula entre sus ojos y los nuestros durante esos instantes finales, como un negativo oscuro del amor.

Hago una señal a M y me escapo del grupo. Hace tiempo que me acostumbré al penetrante hedor de los muertos, pero la nube que desprenden hoy resulta especialmente fétida. Respirar es opcional, pero necesito aire.

Salgo a los pasillos comunicantes y me monto en las cintas transportadoras. Me quedo en la cinta contemplando cómo se desplaza el paisaje a través de la pared acristalada. No hay mucho que ver. Las pistas de aterrizaje se están tiñendo de verde, invadidas de hierba y maleza. Los aviones reposan inmóviles sobre el hormigón como ballenas varadas, blancas y monumentales. Moby Dick, vencida por fin.

Antes, cuando estaba vivo, no habría podido hacer eso. Quedarme quieto, contemplando cómo el mundo pasa por delante, sin pensar prácticamente en nada. Recuerdo el esfuerzo. Recuerdo metas y plazos. Objetivos y ambiciones. Recuerdo ser decidido, siempre en todas partes. Ahora me limito a estar en la cinta transportadora, como un simple observador. Llego al final, doy la vuelta y regreso en la otra dirección. El mundo se ha simplificado. Estar muerto es sencillo.

Después de hacer eso durante unas cuantas horas, reparo en una mujer situada en la otra cinta transportadora. Ella no se tambalea ni gruñe como la mayoría de nosotros; la cabeza tan solo le cuelga de un lado a otro. Me gusta que no se tambalee ni gruña. Le llamo la atención y nos quedamos mirándonos al acercarnos. Por un breve instante, estamos el uno al lado del otro, a escasos centímetros de distancia. Pasamos y nos desplazamos a los extremos opuestos del pasillo. Damos la vuelta y nos miramos. Volvemos a montarnos en las cintas transportadoras. Nos cruzamos de nuevo. Hago una mueca, y ella hace otra mueca. La tercera vez que nos cruzamos hay un apagón en el aeropuerto, y nos detenemos perfectamente alineados. La saludo resollando, y ella me responde encorvando los hombros.

Me gusta. Alargo la mano y le toco el pelo. Al igual que yo, se encuentra en una fase inicial de descomposición. Tiene la piel pálida y los ojos hundidos, pero no se le ven huesos ni órganos. Sus iris lucen un tono especialmente claro del extraño color gris peltre que tenemos todos los muertos. Su mortaja consiste en una falda negra y una camisa blanca ceñida. Sospecho que antes era recepcionista.

Sujeta al pecho lleva una placa de indentificación.

Tiene nombre.

Miro fijamente la placa, me acerco inclinándome, situando la cara a centímetros de sus pechos, pero no sirve de nada. Las letras dan vueltas, y las veo al revés; no puedo dominarlas. Como siempre, me resulta imposible leerlas; tan solo son una serie de líneas y puntos sin sentido.

Según M, otro de los aspectos irónicos de los no muertos es que, desde las placas de identificación a los periódicos, las respuestas a nuestras preguntas se encuentran escritas en derredor, pero no sabemos leerlas.

Señalo la placa y la miro a los ojos.

—¿Tu... nombre?

Ella me mira sin comprender.

Me señalo a mí mismo y pronuncio el fragmento que queda de mi nombre.

—Rrr.

Acto seguido vuelvo a señalarla.

Ella baja la vista al suelo. Niega con la cabeza. No se acuerda. Ni siquiera tiene su inicial, como M y yo. No es nadie. Pero ¿acaso no espero demasiado? Alargo el brazo y le toco la mano. Salimos de las cintas transportadoras con los brazos estirados a través del separador.

Esa mujer y yo nos hemos enamorado. O hemos experimentado lo que queda del amor.

Recuerdo cómo era el amor. Intervenían complejos factores emocionales y biológicos. Teníamos que pasar complicadas pruebas, fraguar relaciones, superar altibajos y lágrimas y torbellinos. Era un tormento, y un ejercicio angustioso, pero estaba vivo. El nuevo amor es más simple. Más sencillo. Pero pequeño.

Mi novia no es muy habladora. Recorremos los resonantes pasillos del aeropuerto y de vez en cuando nos cruzamos con alguien que mira por una ventana o contempla

26

una pared. Trato de pensar en algo que decir, pero no se me ocurre nada, y si se me ocurriera algo, seguramente no podría decirlo. Ese es mi mayor obstáculo, el más grande de todos los cantos rodados que siembran mi camino. En mi imaginación soy elocuente; puedo subir por intrincados andamios de palabras para llegar a los más altos techos catedralicios y pintar mis pensamientos. Pero cuando abro la boca, todo se viene abajo. Hasta ahora mi marca personal son cuatro sílabas seguidas antes de a... tas... car... me. Y puede que sea el zombi más locuaz del aeropuerto.

No sé por qué no hablamos. No puedo explicar el asfixiante silencio que se cierne sobre nuestro mundo y nos aísla a unos de otros como el plexiglás de las salas de visitas de la cárcel. Las preposiciones son penosas, los artículos difíciles, los adjetivos logros imposibles. ¿Es esa mudez una auténtica discapacidad física? ¿Uno de los muchos síntomas de estar muerto? ¿O es que no tenemos nada que decir?

Trato de entablar conversación con mi novia, probando unas cuantas frases torpes y preguntas triviales, intentando sacarle una reacción, una muestra de ingenio. Pero ella se limita a mirarme como si fuera raro.

Vagamos sin rumbo durante unas cuantas horas, y luego ella me coge la mano y comienza a llevarme a alguna parte. Bajamos la escalera mecánica parada dando traspiés hasta la pista de aterrizaje. Suspiro con cansancio.

Me está llevando a la iglesia.

Los muertos hemos construido un santuario en la pista de aterrizaje. En algún momento del pasado lejano, alguien juntó todas las escaleras móviles en un círculo, formando una especie de anfiteatro. Nos reunimos aquí, levantamos los brazos y gruñimos. Los viejos huesudos agitan sus miembros esqueléticos en el círculo central, pronunciando sermones áridos sin palabras a través de sus sonrisas dentudas. Yo no lo entiendo. Creo que ninguno de nosotros lo entiende. Pero es el único momento en que nos reunimos voluntariamente bajo el cielo abierto. Esa inmensa boca cósmica, las montañas lejanas como dientes en el cráneo de Dios, abriéndose para devorarnos. Para engullirnos y llevarnos al que seguramente es nuestro sitio.

Mi novia parece mucho más devota que yo. Ella cierra los ojos y agita los brazos de un modo que casi parece sentido. Yo me quedo a su lado y alzo las manos al aire en silencio. Ante una señal desconocida, tal vez provocada por el fervor de ella, los huesudos dejan de rezar y se quedan mirándonos. Uno de ellos avanza, sube nuestra escalera y nos coge a los dos de la muñeca. Nos lleva al círculo y levanta nuestras manos sujetándolas con fuerza. Suelta una especie de rugido, un sonido sobrenatural como una ráfaga de aire a través de un cuerno de caza roto, terriblemente estruendoso, que espanta a los pájaros de los árboles.

Los fieles responden con un murmullo, y ya está. Estamos casados.

Volvemos a los asientos de la escalera. La misa prosigue. Mi nueva esposa cierra los ojos y agita los brazos.

Al día siguiente de nuestra boda tenemos hijos. Un pequeño grupo de huesudos nos detiene en la sala y nos los ofrece. Un niño y una niña, los dos de unos seis años. El niño tiene el pelo rubio rizado, con la piel y los ojos grises; tal vez fue caucásico. La niña es más morena, con el pelo negro y la piel tostada de color ceniciento, profundamente oscurecida en torno a los ojos acerados. Puede que fuera árabe. Los huesudos les dan un pequeño empujón, y los niños nos dedican unas tímidas sonrisas y se abrazan a nuestras piernas. Les acaricio la cabeza y les pregunto cómo se llaman, pero no tienen nombre. Suspiro, y mi mujer y yo seguimos andando, cogidos de la mano con nuestros nuevos hijos.

Yo no esperaba precisamente esto. Es una gran responsabilidad. Los muertos jóvenes no tienen el instinto natural de alimentación que poseen los adultos. Necesitan cuidados y educación. Y no crecerán. Atrofiados por nuestra maldición, se mantendrán pequeños y se descompondrán, y luego se convertirán en pequeños esqueletos, animados pero vacíos, sus cerebros entumecidos en sus cráneos, repitiendo sus rutinas y rituales hasta que un día, me imagino, los huesos se desintegrarán y desaparecerán.

Fíjate en ellos. Mira cómo salen a jugar cuando mi mujer y yo les soltamos la mano. Se gastan bromas y se sonríen. Juegan con cosas que ni siquiera son juguetes: grapadoras, tazas y calculadoras. Se ríen tontamente, pero la risa suena ahogada a través de sus gargantas secas. Les hemos lavado el cerebro y robado el aliento, pero siguen aferrándose al borde del precipicio. Resisten nuestra maldición todo lo que pueden.

Observo cómo desaparecen en la clara luz del sol al final del pasillo. En lo más profundo de mi ser, en algún rincón oscuro y cubierto de telarañas, siento que algo se mueve.

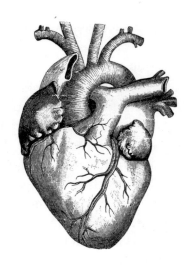

Es hora de volver a comer.

No sé cuánto tiempo ha pasado desde nuestra última cacería, seguramente solo unos días, pero lo noto. Noto que la electricidad de mis extremidades disminuye y se apaga. Tengo incesantes visiones de sangre, ese rojo brillante e hipnótico, fluyendo a través de tejidos de intenso color rosado en redes complejas y fractales de Pollock, palpitantes de vida.

Encuentro a M en la zona de los restaurantes hablando con unas chicas. Él es un poco distinto de mí. Parece disfrutar de la compañía de las mujeres, y su dicción superior a la media las atrae como a carpas deslumbradas, pero él guarda las distancias. Él se ríe de ellas. Una vez los huesudos intentaron buscarle una mujer, pero él se escapó. A veces me pregunto si tiene una filosofía. Tal vez incluso un punto de vista. Me gustaría sentarme con él y dar un tiento a su cerebro, solo un pequeño mordisco en el lóbulo frontal para hacerme una idea de sus pensamientos. Pero es demasiado duro para ser tan vulnerable.

—Ciudad —digo llevándome la mano a la barriga—. Comida.

Las chicas con las que está hablando me miran y se marchan arrastrando los pies. Me he fijado en que pongo nerviosas a algunas personas.

—Comido... hace... poco —dice M, mirándome con el ceño ligeramente fruncido—. Hace dos... días.

Me toco la barriga de nuevo.

—Siento... vacío. Siento... muerto.

Él asiente.

—Matr... imonio.

Le lanzo una mirada fulminante. Sacudo la cabeza y me agarro la barriga más fuerte.

—Necesito. Ve... por los demás.

Él suspira y se marcha, y al pasar se choca conmigo, pero no sé si es intencionado. Después de todo, es un zombi.

Consigue encontrar a otros con apetito, y formamos un pequeño grupo. Muy pequeño. Peligrosamente pequeño. Pero me da igual. No recuerdo haber tenido nunca tanta hambre.

Partimos en dirección a la ciudad. Tomamos la autopista. Como todo lo demás, las carreteras están regresando a la naturaleza. Deambulamos por los carriles vacíos y los pasos elevados con cortinas de hiedra. Mis recuerdos residuales de esas carreteras contrastan radicalmente con su plácido estado actual. Respiro hondo el aire dulce y silencioso.

Nos adentramos en la ciudad más de lo normal. El único olor que percibo es de óxido y polvo. Los vivos sin cobijo escasean, y los que tienen cobijo se aventuran a salir con menos frecuencia. Sospecho que sus fortalezas en estadios se están volviendo autosuficientes. Me imagino enormes huertos plantados en las casetas, rebosantes de zanahorias y alubias. El ganado en la tribuna de la prensa. Arrozales en el perímetro del campo. Vemos la más grande de esas ciudadelas alzándose en el horizonte brumoso, con su techo retráctil abierto al sol, provocándonos.

Pero finalmente detectamos a unas presas. El aroma de la vida, abrupto e intenso, electrifica nuestras fosas nasales. Están muy cerca, y son muchos. Tal vez, aproximadamente, la mitad de nosotros. Vacilamos y nos detenemos dando traspiés. M me mira. Mira a nuestro pequeño grupo y luego me mira a mí.

—No —gruñe.

Yo señalo en dirección al rascacielos torcido y desplomado que desprende el aroma, como el zarcillo de olor de unos dibujos animados incitándonos a acercarnos...

—Comer —insisto.

M niega con la cabeza.

—Dema... siados.

—Comer.

Él mira nuestro grupo de nuevo. Olfatea el aire. El resto de los nuestros están indecisos. Algunos también olfatean con recelo, pero otros son más resueltos, como yo. Gruñen y babean y castañetean los dientes.

Me estoy inquietando.

—¡Lo... necesito! —grito, lanzando una mirada colérica a M—. Vamos.

Me vuelvo y echo a andar pesadamente en dirección al rascacielos. Pensamiento concentrado. El resto del grupo me sigue de forma refleja. M me alcanza y avanza a mi lado, mirándome con una mueca de intranquilidad.

Animado por mi energía desesperada, el grupo alcanza unas cotas inusuales de intensidad, cruza estruendosamente las puertas giratorias y avanza corriendo por los pasillos oscuros. Un terremoto o una explosión ha destruido parte de los cimientos, y todo el bloque posee una inclinación vertiginosa y carnavalesca. Cuesta recorrer los serpenteantes pasillos, y las pendientes hacen que incluso caminar suponga un desafío, pero el aroma es abrumador. Después de unos cuantos tramos de escalera, empiezo a oírlos, moviéndose ruidosamente y hablando entre ellos con esas retahílas de palabras ininterrumpidas y melodiosas. El lenguaje de los vivos siempre ha sido un fenómeno sonoro para mí, y por un instante me entra un espasmo cuando mis oídos lo perciben. Todavía no he conocido a ningún zombi que comparta mi aprecio por esos ritmos sedosos. A M le parece una obsesión enfermiza.

A medida que nos acercamos a su piso del edificio, algunos de nosotros empezamos a gruñir ruidosamente, y los vivos nos oyen. Uno de ellos da la alarma, y oigo cómo amartillan pistolas, pero no vacilamos. Entramos repentinamente por una última puerta y les atacamos. M gruñe al ver cuántos hay, pero se abalanza conmigo sobre el hombre más cercano y le agarra los brazos mientras yo le arranco la garganta. El sabor rojo y ardiente de la sangre inunda mi boca. La chispa de la vida sale de sus células como la nube cítrica de una piel de naranja, y la aspiro.

La pólvora vibra en la oscuridad de la habitación, y, para lo que estamos acostumbrados, ellos son mucho más numerosos que nosotros —solo hay tres de nosotros por cada uno de ellos—, pero tenemos algo a nuestro favor. Nuestra velocidad frenética es impropia de los muertos, y nuestras presas no están preparadas para ella. ¿Todo proviene de mí? Las criaturas sin deseo no se mueven deprisa, pero siguen mi ejemplo, y yo estoy hecho un torbellino furioso. ¿Qué me ha pasado? ¿Simplemente tengo un mal día?

Hay otro factor que juega a nuestro favor. Esos vivos no son veteranos experimentados. Son jóvenes. Adolescentes.

En su mayoría, chicos y chicas. Uno de ellos tiene un acné tan atroz que es probable que reciba un disparo por error a la luz parpadeante de la estancia. Su líder es un chico ligeramente mayor con una barba desigual, que está colocado de pie sobre una mesa en el centro de la sala y grita órdenes a sus hombres con un dejo de pánico. Mientras ellos caen al suelo bajo el peso de nuestra hambre, mientras gotas de sangre salpican las paredes, ese chico se inclina en actitud protectora sobre una pequeña figura agachada debajo de él en la mesa: una chica, joven y rubia, que apoya su hombro delicado contra una escopeta mientras dispara a ciegas a la oscuridad.

Atravieso la sala a grandes zancadas y agarro al chico por las botas. Lo derribo, y se golpea la cabeza contra el borde de la mesa. Sin vacilar me abalanzo sobre él y le muerdo el cuello. A continuación introduzco los dedos en la hendidura de su cráneo y le abro la cabeza haciendo palanca como si fuera una cáscara de huevo. En el interior, su cerebro palpita rojo y rosado. Doy un mordisco grande, profundo y voraz y...

Soy Perry Kelvin, un niño de nueve años criado en una insignificante zona rural. Todo el peligro está en una costa lejana, y aquí no nos preocupa. Aparte de la valla metálica de emergencia que hay entre el río y la cresta de la montaña, la vida transcurre casi con normalidad. Voy al colegio. Estoy estudiando a George Washington. Voy en mi bici por caminos polvorientos en pantalón corto y camiseta de tirantes, notando cómo el sol veraniego me tuesta la nuca. La nuca. Me duele la nuca...

Estoy comiendo un trozo de pizza con mamá y papá. Es mi cumpleaños y hacen lo que pueden por agasajarme, pero el dinero ya no sirve de mucho. Acabo de cumplir once años, y por fin me van a llevar a ver una de las incontables películas de zombis que se estrenan últimamente. Estoy tan entusiasmado que apenas saboreo la pizza. Le doy un bocado descomunal, y el queso espeso se me atasca en la garganta. Me atraganto por un momento, y mis padres se ríen. La salsa de tomate me mancha la camisa como...

Tengo quince años y estoy mirando por la ventana los muros amenazantes de mi nueva casa. La luz del sol gris y oscurecida atraviesa el techo abierto del estadio. Estoy de nuevo en el colegio escuchando las normas gramaticales y procurando no mirar a la preciosa chica que se sienta a mi lado. Tiene el pelo rubio corto y encrespado y unos ojos azules que danzan con íntima diversión. Me sudan las palmas de las manos. Tengo la boca pastosa. Cuando termina la clase, la pillo en el pasillo y digo:

—Hola.

—Hola —contesta ella.

—Soy nuevo.

—Ya lo sé.

—Me llamo Perry.

Sonríe.

—Yo soy Julie.

Sonríe. Le brillan los ojos.

—Yo soy Julie.

Sonríe. Vislumbro su corrector dental. Sus ojos son como los de las novelas y la poesía clásica.

—Yo soy Julie —dice.

Dice...

—Perry —me susurra Julie al oído cuando le beso el cuello. Entrelaza sus dedos con los míos y aprieta fuerte.

La beso profundamente y le acaricio la nuca con la mano libre, enredando los dedos en su pelo. La miro a los ojos.

—¿Te apetece? —digo en voz baja.

Ella sonríe. Acerca sus ojos y dice:

—Sí.

La aprieto contra mí. Quiero ser parte de ella. No solo entrar dentro de ella, sino también envolverla. Quiero que nuestras cajas torácicas se abran y nuestros corazones emigren y se fundan. Quiero que nuestras células se trencen como hilo viviente.

Y ahora soy mayor, más sabio y conduzco a toda velocidad una motocicleta por un olvidado bulevar del centro. Julie va en el asiento de detrás, agarrada a mi pecho con los brazos y rodeándome las piernas con las suyas. Sus gafas de sol lanzan destellos con la luz al sonreír, mostrando sus dientes perfectamente rectos. Ya no comparte su sonrisa conmigo, y yo lo sé; he aceptado cómo son las cosas y cómo van a ser en el futuro, aunque ella no lo haya hecho ni lo vaya a hacer. Pero al menos puedo protegerla. Al menos puedo mantenerla a salvo. Es tan insoportablemente hermosa… y a veces veo un futuro con ella en mi cabeza, pero mi cabeza, me duele la cabeza, oh, Dios, mi cabeza está…

Para.

¿Quién eres tú? Deja que los recuerdos se desvanezcan. Tienes los ojos pegajosos; parpadea. Respira entrecortadamente.

Vuelves a ser tú. No eres nadie.

Bienvenido.

Noto la alfombra bajo los dedos. Oigo los disparos. Me levanto y miro a mi alrededor, mareado y tambaleándome. Nunca había tenido una visión tan intensa, como si una vida entera se hubiera rebobinado en mi cabeza. Noto el picor de las lágrimas en los ojos, pero mis conductos ya no tienen líquido. La sensación se propaga de forma inextinguible como el gas pimienta. Es la primera vez que siento dolor desde que me morí.

Oigo un grito cerca y me vuelvo. Ella está aquí. Julie está aquí, más mayor, con unos diecinueve años; su grasa infantil ha desaparecido y ha dejado al descubierto unos rasgos más marcados y un porte más refinado, unos músculos pequeños pero tonificados en su cuerpo juvenil. Está acurrucada en un rincón, desarmada, sollozando y gritando mientras M se dirige lentamente hacia ella. Él siempre encuentra a las mujeres. Los recuerdos de ellas son como pornografía para él. Yo todavía me siento desorientado, y no estoy seguro de dónde estoy ni de quién soy, pero...

Aparto a M de un empujón y gruño:

—No. Mía.

Él aprieta los dientes como si fuera a volverse contra mí, pero un disparo le alcanza en el hombro y atraviesa la sala arrastrando los pies para ayudar a otros dos zombis a derribar a un chico armado hasta los dientes.

Me acerco a la chica. Ella se encoge de miedo ante mí; su carne fresca me ofrece todas las cosas que estoy acostumbrado a arrebatar, y mis instintos empiezan a reafirmarse. Los brazos y la mandíbula se llenan del deseo de arrebatar y rasgar. Pero entonces ella grita otra vez, y algo se agita dentro de mí, una polilla débil forcejeando contra una telaraña. En ese breve instante de vacilación, con el néctar de los recuerdos de un joven todavía reciente, tomo una decisión.

Suelto un leve gruñido y me acerco poco a poco a la chica, tratando de introducir una nota de ternura en mi expresión apagada. Soy alguien. Soy un niño de nueve años, soy un chaval de quince años, soy...

Ella me lanza un cuchillo a la cabeza.

La hoja se clava justo en el centro de mi frente y se queda vibrando. Pero ha penetrado menos de dos centímetros de cerebro y solo me ha rozado el lóbulo frontal. Me lo saco y lo dejo caer al suelo. Alargo las manos, emitiendo sonidos suaves a través de los labios, pero no puedo hacer nada. ¿Cómo voy a parecer amigable cuando la sangre de su amante me corre por la barbilla?

—Ju... lie —digo.

Se desliza por mi lengua como la miel. Me siento bien solo con decirlo.

Los ojos de ella se abren mucho. Se queda paralizada.

—Julie —repito.

Alargo las manos. Señalo a los zombis que hay detrás de mí. Sacudo la cabeza.

Ella se me queda mirando, sin dar la más mínima muestra de que comprende. Pero cuando estiro los brazos para tocarla, no se mueve. Ni me apuñala.

Introduzco la mano libre en la herida de la cabeza de un zombi abatido y recojo un puñado de sangre negra sin vida. Poco a poco, con movimientos suaves, se la unto en la cara, por el cuello y en la ropa. Ella ni se inmuta. Seguramente está catatónica.

Le tomo la mano y la ayudo a levantarse. En ese momento M y los demás terminan de devorar a sus presas y se vuelven para inspeccionar la sala. Sus ojos se posan en mí. Se posan en Julie. Me dirijo a ellos, cogiéndola de la mano, sin llevarla a rastras. Ella se tambalea detrás de mí, mirando fijamente al frente.

M husmea el aire con recelo. Pero yo sé que huele exactamente lo mismo que yo: nada. Tan solo el olor negativo de la sangre de muerto. Hay salpicaduras por todas las paredes, nuestra ropa está empapada, y una joven viva va embadurnada de ella para ocultar el brillo de la vida bajo su almizcle oscuro y abrumador.

Sin pronunciar palabra, salimos del rascacielos y nos dirigimos de vuelta al aeropuerto. Camino aturdido, rebosante de extraños y caleidoscópicos pensamientos. Julie me coge la mano sin fuerza, mirando fijamente el perfil de mi cara con los ojos muy abiertos y los labios temblorosos.

Después de entregar la abundante cosecha de carne sobrante a los que no practican la caza —los huesudos, los niños, las madres que se quedan en casa—, llevo a Julie a mi casa. Mis compañeros muertos me miran con curiosidad al pasar. Como el acto de convertir a los vivos intencionadamente requiere voluntad y control, casi nunca se lleva a cabo. La mayoría de las conversiones tienen lugar por accidente: un zombi es liquidado en plena comida o de lo contrario se distrae antes de acabar su labor: *voro interruptus*. El resto de nuestros conversos se derivan de muertes tradicionales, casos privados de enfermedad o accidente o la clásica violencia de los vivos contra los vivos que tiene lugar fuera de nuestro ámbito de interés. De modo que el hecho de que haya traído a propósito a esta chica a casa sin consumir es un misterio, un milagro equivalente a dar a luz. M y los demás me hacen sitio en los pasillos, observándome con confusión y asombro. Si supieran lo que estoy haciendo de verdad, sus reacciones serían… menos moderadas.

Aparto a Julie a toda prisa de sus miradas penetrantes cogiéndola de la mano. La llevo a la puerta 12, recorremos el túnel de embarque y entramos en mi casa: un avión comercial 747. No es muy espacioso, y la distribución es poco práctica, pero es el sitio más apartado del aeropuerto y me gusta la intimidad. A veces incluso estimula mi memoria dormida. A juzgar por mi ropa, parezco la clase de persona que debía de viajar mucho. A veces, cuando «duermo» aquí, experimento la ligera sensación de volar, las ráfagas de aire recirculado soplándome en la cara, la repugnancia de los sándwiches envasados. Y también la nota fresca de limón del *poisson* de París. El ardor del tajín de Marruecos. ¿Han desaparecido todos esos sitios? ¿Solo quedan calles silenciosas y cafés llenos de esqueletos polvorientos?

Julie y yo nos quedamos en el pasillo central mirándonos. Señalo un asiento de ventana y arqueo las cejas. Sin apartar la vista de mí, ella se mete en la fila retrocediendo y se sienta. Sus manos agarran los apoyabrazos como si el avión estuviera en llamas y bajara en picado.

Yo me siento en el asiento del pasillo y suelto un resuello involuntario, mirando mis montones de recuerdos. Cada vez que voy a la ciudad traigo algo que me llama la atención. Un rompecabezas. Un vaso de chupito. Una Barbie. Un consolador. Flores. Revistas. Libros. Me los llevo a casa, los esparzo por los asientos y los pasillos, y me quedo mirándolos durante horas. Los montones llegan ya al techo. M me pregunta continuamente por qué lo hago. No tengo respuesta.

—No… comeré —digo a Julie en voz baja, mirándola a los ojos—. Yo… no comeré.

Ella se me queda mirando. Tiene los labios apretados y pálidos.

La señalo. Abro la boca y señalo mis dientes torcidos y manchados de sangre. Niego con la cabeza. Ella se pega a la ventana. Un gemido de terror brota de su garganta. No está dando resultado.

—Protegeré —le digo, soltando un suspiro—. Te... protegeré.

Me levanto y me dirijo al tocadiscos. Me pongo a hurgar entre mi colección de discos en los compartimentos superiores y sacó un álbum. Llevo los auriculares a mi asiento y se los coloco a Julie en las orejas. Ella sigue paralizada, con los ojos como platos.

El disco empieza a sonar. Es Frank Sinatra. Puedo oírlo débilmente por los auriculares, como un discurso lejano arrastrado por el viento otoñal.

Anoche... cuando éramos jóvenes...

Cierro los ojos y me encorvo hacia delante. Mi cabeza se balancea ligeramente al compás de la música mientras los versos flotan por la cabina del avión y se funden en mis oídos.

La vida era tan nueva... tan auténtica, tan buena...

—Protegeré —murmuro—. Te... protegeré.

... hace siglos... anoche...

Cuando por fin abro los ojos, la cara de Julie ha cambiado. El terror se ha desvanecido, y me observa con incredulidad.

—¿Qué eres? —susurra.

Aparto la cara. Me levanto y salgo del avión. Su cara de perplejidad me sigue por el túnel.

En el aparcamiento del aeropuerto hay un descapotable Mercedes clásico con el que he estado jugando varios meses. Después de mirarlo durante semanas, descubrí cómo llenar el depósito con un barril de gasolina de gas natural que encontré en las salas de mantenimiento. Luego me acordé de cómo girar la llave y arrancar el motor, después de tirar el cadáver seco de su dueño al suelo. Pero no tengo ni idea de cómo se conduce. Lo máximo que he logrado es salir marcha atrás de la plaza de aparcamiento y chocar contra un Hummer que había cerca. A veces me limito a quedarme sentado con el motor ronroneando, las manos apoyadas relajadamente en el volante, deseando que me asalte un auténtico recuerdo. Y no otra impresión confusa ni otra percepción vaga tomada del inconsciente colectivo. Algo concreto, radiante e intenso. Algo inequívocamente mío. Me esfuerzo tratando de arrancarlo de la negrura.

Por la noche veo a M en su casa en los servicios de señoras. Está sentado delante de un televisor enchufado a un alargador, mirando boquiabierto una película de porno blando que ha encontrado en el equipaje de un muerto. No sé por qué lo hace. El erotismo no tiene sentido para nosotros ahora. La sangre no corre por las venas, y no hay pasión. En el pasado he sorprendido a M con sus «novias», y se limitan a quedarse desnudos mirándose; a veces se frotan los cuerpos, pero parecen cansados y desorientados. A lo mejor es una especie de agonía. Un eco lejano del gran impulso que inició guerras e inspiró sinfonías, que sacó la historia de la humanidad de las cuevas y la lanzó al espacio. M puede aferrarse al pasado, pero esos días ya han quedado atrás. El sexo, que antaño fuera una ley tan indiscutible como la de la gravedad, ha sido rebatido. La ecuación se ha borrado, y la pizarra se ha roto.

A veces es un alivio. Recuerdo el anhelo, la sed insaciable que dominaba mi vida y la de todos los que me rodeaban. A veces me alegro de haberme librado de ello. Ahora hay menos problemas. Pero esa pérdida, la más básica de todas las pasiones humanas, podría resumir la pérdida de todo lo demás. Ha hecho que las cosas sean más tranquilas. Más sencillas. Y es una de las señales más claras de que estamos muertos.

Miro a M desde la puerta. Está sentado en la pequeña silla plegable metálica con las manos entre las rodillas como un escolar frente al director. Hay veces en que casi puedo vislumbrar a la persona que fue bajo toda la carne en descomposición, y noto una punzada en el corazón.

−¿Lo... traes? −pregunta, sin apartar la vista de la televisión.

Levanto lo que he traído. Un cerebro humano, fresco de la cacería de hoy, que si bien ya no está caliente, todavía se mantiene rosado y rebosante de vida.

Nos sentamos contra los azulejos de la pared del cuarto de baño con las piernas estiradas y nos dedicamos a pasarnos el cerebro, dando pequeños bocados sin prisa y experimentando breves atisbos de experiencia humana.

−Buena... mierda −dice M casi sin voz.

El cerebro contiene la vida de un joven soldado raso de la ciudad. Su existencia no me resulta especialmente interesante, una interminable repetición de instrucción, comidas y caza de zombis, pero a M parece gustarle. Sus gustos son un poco menos exigentes que los míos. Veo cómo su boca forma palabras silenciosas. Veo cómo su cara expresa una gama de emociones. Ira, miedo, alegría, lujuria. Es como ver a un perro dormido dar patadas y gemir, pero mucho más desgarrador. Cuando se despierte, todo desaparecerá. Volverá a estar vacío. Estará muerto.

Al cabo de una hora o dos, solo nos queda un pequeño pedazo de tejido rosado. M se lo mete en la boca, y sus pupilas se dilatan mucho al experimentar las visiones. El cerebro se ha acabado, pero no estoy satisfecho. Me meto la mano furtivamente en el bolsillo y saco un trozo del tamaño de un puño que he estado reservando. Pero este es diferente. Este es especial. Arranco un mordisco y lo mastico.

Soy Perry Kelvin, un chaval de dieciséis años, y observo cómo mi novia escribe en su diario. La tapa de piel negra está destrozada y gastada, y el interior es una maraña de garabatos, dibujos, pequeñas notas y citas. Estoy sentado en el sofá con una primera edición conservada de *En el camino*, deseando vivir en cualquier época menos en esta, y ella está acurrucada en mi regazo, escribiendo furiosamente. Asomo la cabeza por encima de su hombro, tratando de ver fugazmente. Ella aparta el diario y me dedica una sonrisa tímida.

—No —dice, y vuelve a centrar su atención en el diario.

—¿Qué estás escribiendo?

—No te lo pienso decir.

—¿Diario o poesía?

—Las dos cosas, bobo.

—¿Aparezco yo?

Ella se ríe tontamente.

Le rodeo los hombros con los brazos. Ella se acurruca un poco más contra mí. Sepulto la cara en su pelo y le beso la nuca. El olor penetrante de su champú...

M me está mirando.

—¿Tienes... más? —gruñe.

Tiende la mano para que se lo pase, pero no lo hago. Doy otro mordisco. Cierro los ojos.

—Perry —dice Julie.

—¿Sí?

Nos encontramos en nuestro rincón secreto en el tejado del estadio. Estamos tumbados boca arriba en una manta roja sobre los paneles de acero blancos, contemplando el cielo azul cegador con los ojos entrecerrados.

—Echo de menos los aviones —dice ella.

Asiento con la cabeza.

—Yo también.

—No volar en ellos. Tal y como es mi padre, no llegué a volar. Simplemente echo de menos los aviones. El ruido sordo a lo lejos, las estelas blancas... la forma en que surcaban el cielo y hacían dibujos en la superficie azul. Mi madre solía decir que parecían un Telesketch. Era muy bonito.

Sonrío al pensar en ello. Tiene razón. Los aviones eran bonitos. Y también los fuegos artificiales. Las flores. Los conciertos. Las cometas. Todos los lujos que ya no nos podemos permitir.

—Me gusta que recuerdes las cosas —digo.

Ella me mira.

—Bueno, tenemos que hacerlo. Tenemos que recordarlo todo. Si no lo hacemos, cuando nos hagamos mayores todo habrá desaparecido para siempre.

Cierro los ojos y dejo que la luz abrasadora resplandezca a través de los párpados. Dejo que sature mi cerebro. Giro la cabeza y beso a Julie. Hacemos el amor sobre la manta en el techo del estadio, a doscientos cincuenta metros por encima del suelo. El sol monta guardia sobre nosotros como una bondadosa señora de compañía, sonriendo en silencio.

—¡Eh!

Abro los ojos de golpe. M me está mirando coléricamente. Intenta agarrar el trozo de cerebro que tengo en la mano, pero yo lo aparto.

—No —gruño.

Supongo que M es mi amigo, pero preferiría matarlo a dejar que lo probara. La idea de que sus dedos mugrientos hurguen y acaricien esos recuerdos hace que me entren ganas de abrirle el pecho y estrujar su corazón con las manos, y de pisotear su cerebro hasta que deje de existir. Esto es mío.

M me mira. Ve la advertencia que brilla en mis ojos y oye la alarma de ataque aéreo. Aparta la mano. Se queda mirándome un instante, molesto y confundido.

—Bo… gart —murmura, y se encierra en un retrete.

Salgo del cuarto de baño con unas zancadas de anormal determinación. Entro deprisa por la puerta del 747 y me quedo en medio del tenue óvalo de luz. Julie está recostada en un asiento reclinado, resoplando levemente. Cuando golpeo el lado del fuselaje, se despierta inmediatamente y se incorpora de golpe. Observa con recelo cómo me acerco a ella. Los ojos me arden de nuevo. Cojo el bolso que hay en el suelo y me pongo a hurgar en él. Encuentro su cartera, y luego una foto. Un retrato de un joven. Acerco la foto a sus ojos.

—Lo… siento —digo con voz ronca.

Ella me mira, impertérrita.

Me señalo la boca. Me llevo las manos a la barriga. Señalo su boca. Le toco la barriga. Luego señalo por la ventana, en dirección al cielo negro sin nubes lleno de estrellas inmisericordes. Es la defensa menos convincente jamás presentada de un asesinato, pero es lo único que tengo. Aprieto la mandíbula y entorno los ojos, tratando de aliviar el picor seco.

Julie tiene el labio inferior en tensión. Sus ojos están rojos y húmedos.

—¿Cuál de vosotros lo hizo? —dice con una voz a punto de quebrarse—. ¿El grande? ¿El cabrón gordo que casi me coge?

Me quedo mirándola un instante, sin entender sus preguntas. Y entonces caigo en la cuenta, y abro mucho los ojos.

No sabe que fui yo.

La sala estaba a oscuras, y yo ataqué por detrás. Ella no me vio. No lo sabe. Sus ojos penetrantes me contemplan como a una criatura digna de ser contemplada, sin saber que hace poco me he comido a su amante, he devorado su vida y digerido su alma, y ahora mismo llevo un corte de primera de su cerebro en el bolsillo delantero de los pantalones. Noto su calor como un ascua de culpabilidad, y me aparto de ella de forma refleja, incapaz de entender esa compasión.

—¿Por qué yo? —pregunta, enjugándose una lágrima de ira del ojo—. ¿Por qué me salvaste a mí? —Me da la espalda y se hace un ovillo en el asiento, envolviéndose los hombros con los brazos—. De entre todo el mundo... —murmura contra el cojín—. ¿Por qué yo?

Esas son las primeras preguntas. No las más urgentes para su bienestar, no el misterio de que yo sepa su nombre o la terrible perspectiva de los planes que pueda tener para ella; ella no se apresura a satisfacer esos anhelos. Sus primeras preguntas guardan relación con otros. Con sus amigos, con su amante, preguntándose por qué ella no ha podido sustituirlos.

Soy el ser más mezquino que existe. Soy lo más ruin del universo.

Dejo caer la foto en el asiento y miro al suelo.

—Lo… siento —repito, y abandono el avión.

Cuando salgo del túnel de embarque hay varios muertos agrupados cerca de la puerta. Me observan inexpresivamente. Nos quedamos en silencio, quietos como estatuas. A continuación les rozo al pasar, me alejo sin rumbo y entro en las salas oscuras.

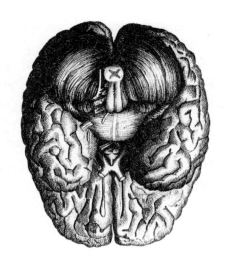

La calzada agrietada retumba bajo los neumáticos de nuestra camioneta. Maltrata la chirriante suspensión de nuestra vieja Ford, emitiendo un rugido leve como la furia reprimida. Miro a mi padre. Parece mayor de lo que recuerdo. Más débil. Agarra el volante con fuerza. Tiene los nudillos blancos.

—¿Papá? —digo.

—¿Qué, Perry?

—¿Adónde vamos?

—A algún sitio seguro.

Lo miro detenidamente.

—¿Todavía hay sitios seguros?

Él vacila demasiado tiempo.

—Vamos a algún sitio más seguro.

A nuestras espaldas, en el valle donde solíamos nadar y recoger fresas, comer pizza e ir al cine, el valle donde nací y crecí y descubrí todo lo que ahora llevo dentro, se elevan columnas de humo. La gasolinera donde compraba granizados de cola está incendiada. Las ventanas de mi escuela primaria están hechas añicos. En la piscina pública no hay chicos nadando.

—¿Papá? —digo.

—¿Qué?

—¿Va a volver mamá?

Mi padre me mira por fin, pero no dice nada.

—¿Como uno de ellos?

Vuelve a mirar la carretera.

—No.

—Yo creía que sí. Creía que todo el mundo iba a volver.

—Perry —dice mi padre, y la palabra casi no parece salir de su garganta—. Me encargué de ello, así que te aseguro que no volverá.

Las facciones duras de su cara me fascinan y me repelen. Se me quiebra la voz.

—¿Por qué, papá?

—Porque ha muerto. Nadie vuelve. Nunca. ¿Lo entiendes?

Los matorrales y las áridas colinas que hay delante se me empiezan a difuminar. Trato de enfocar el parabrisas, los bichos aplastados y las pequeñas grietas. También eso se difumina.

—Acuérdate de ella —dice mi padre—. Todo lo que puedas y todo el tiempo que puedas. Esa es la forma de hacer que vuelva. Así le damos vida. Y no con una ridícula maldición.

Observo su cara, tratando de descifrar la verdad de sus ojos entornados. Nunca le he oído hablar así.

—Los cuerpos solo son carne —dice—. La parte más importante de ella… es la que tenemos que conservar.

—Julie.

—¿Qué?

—Ven aquí. Mira esto.

El viento emite un ruido sonoro a través del cristal roto del hospital que estamos saqueando. Julie se acerca al borde de la ventana conmigo y mira hacia abajo.

—¿Qué está haciendo?

—No lo sé.

En la calle cubierta de nieve, un zombi camina en un amplio círculo. Choca con un coche y tropieza, se apoya despacio contra un muro, se gira y avanza en otra dirección arrastrando los pies. No hace ningún ruido y no parece estar mirando nada. Julie y yo lo observamos durante unos minutos.

—No me gusta esto —dice.

—Ya.

—Es… triste.

—Sí.

—¿Qué le pasa?

—No lo sé.

El zombi se detiene en medio de la calle, balanceándose ligeramente. Su cara no refleja absolutamente nada. Tan solo piel estirada sobre un cráneo.

—Me pregunto lo que se siente —dice ella.

—¿Qué?

—Al ser como ellos.

Observo al zombi. Empieza a balancearse un poco más fuerte y se cae al suelo. Se queda tumbado de lado, mirando fijamente la calzada helada, sin moverse en lo más mínimo.

—¿Qué pasa…? —comienza a decir Julie, y se detiene. Me mira con los ojos muy abiertos y acto seguido vuelve a mirar el cuerpo desplomado—. ¿Se ha muerto?

Aguardamos en silencio. El cadáver no se mueve. Noto un culebreo dentro de mí, como si unas pequeñas criaturas se deslizaran por mi columna.

–Vámonos –dice Julie, y se aparta.

La sigo al interior del edificio. Durante todo el camino a casa no se nos ocurre nada que decir.

Para.

Coge aire inútilmente. Suelta ese trozo de vida que sujetas contra los labios. ¿Dónde estás? ¿Cuánto llevas aquí? Para ya. Tienes que parar.

Cierra los ojos y apriétalos para que no te escuezan, y da otro mordisco.

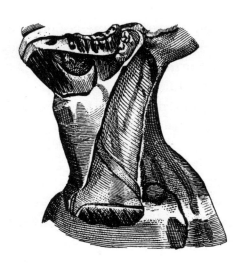

Por la mañana mi mujer me encuentra desplomado contra una de las ventanas que van del suelo al techo, con vistas a las pistas de aterrizaje. Tengo los ojos abiertos y llenos de polvo. La cabeza me cuelga a un lado. Casi nunca me dejo ver con un aspecto tan cadavérico.

Me ocurre algo. Tengo un extraño vacío en el estómago, una sensación a medio camino entre la inanición y la resaca. Mi mujer me coge del brazo y me levanta. Empieza a caminar arrastrándome detrás como a una maleta con ruedas. Noto que un chispazo de calor amargo recorre mi ser y me dirijo a ella.

−Nombre −digo, mirándole coléricamente la oreja−. ¿Nombre?

Ella me lanza una mirada fría y sigue caminando.

−¿Trabajo? ¿Escuela? −Mi tono de voz pasa de la pregunta a la acusación−. ¿Película? ¿Canción? −Las palabras salen borboteando de mí como el petróleo de un oleoducto agujereado−. ¿Libro? −le grito−. ¿Arte? ¿Comida? ¿Casa? ¿Nombre?

Mi mujer se vuelve y me escupe. En realidad, me escupe en la camisa, gruñendo como un animal. Pero la mirada de sus ojos apacigua inmediatamente mi estallido. Está... asustada. Le tiemblan los labios. ¿Qué estoy haciendo?

Miro al suelo. Nos quedamos en silencio varios minutos. Luego ella continúa andando, y la sigo tratando de quitarme de encima el extraño nubarrón que se ha posado sobre mí.

Me lleva a una tienda de regalos destruida y reducida a cenizas. Nuestros hijos aparecen detrás de una estantería volcada llena de best sellers que jamás serán leídos. Cada uno de ellos roe un antebrazo humano ligeramente marrón en la zona del muñón y no exactamente fresco.

—¿Dónde... habéis sacado? —les pregunto. Ellos se encogen de hombros. Me vuelvo hacia mi mujer—. Necesitan... mejor.

Ella frunce el ceño y me señala. Gruñe enfadada, y pongo cara larga, debidamente reprendido. Es verdad, no he sido el padre más entregado del mundo. ¿Es posible tener las crisis de los cuarenta sin saber cuántos años tienes? Podría tener veintipocos o no haber cumplido aún los veinte. Podría ser más joven que Julie.

Mi mujer gruñe a los niños y señala el pasillo. Ellos agachan la cabeza y emiten un ruido gimoteante y asmático, pero nos siguen. Van a asistir a su primer día de colegio.

Algunos de nosotros, tal vez los mismos muertos laboriosos que construyeron la iglesia con escaleras de los huesudos, han construido una «clase» en la zona de los restaurantes amontonando maletas pesadas en forma de altas paredes.

A medida que mi familia y yo nos acercamos, oímos gruñidos y gritos procedentes del interior de la palestra. Hay una fila de niños delante de la entrada esperando su turno. Mi mujer y yo llevamos a nuestros hijos al final de la cola y observamos la lección que se está impartiendo en ese momento.

Cinco niños muertos están rodeando a un vivo de mediana edad flaco. El hombre se apoya contra las maletas, mirando frenéticamente a un lado y a otro, con los puños cerrados. Dos de los niños se abalanzan sobre él e intentan sujetarle los brazos, pero él se los sacude de encima. El tercero le da un pequeño mordisco en el hombro, y el hombre se pone a gritar como si lo hubieran herido de muerte, pues efectivamente así ha sido. De los mordiscos de zombi a la inanición pasando por la vejez y la enfermedad clásicas, hay muchas posibilidades de morir en este nuevo mundo. Muchas formas de que los vivos dejen de existir. Pero con las excepciones de unos pocos devorados o descerebrados, todos los caminos llevan a nosotros, los muertos, y nuestra inmortalidad tan poco glamourosa.

La conversión inminente del hombre parece haberlo insensibilizado. Una de las niñas le clava los dientes en el muslo, pero el hombre ni se inmuta; se limita a inclinarse y empieza a aporrearle la cabeza con los dos puños hasta que el cráneo de la niña se abolla y el cuello se parte de forma audible. La niña se aparta de él tambaleándose, con el ceño fruncido y la cabeza gravemente ladeada.

—¡Mal! —grita el profesor—. ¡A por… garganta!

Los niños retroceden y miran al hombre con recelo.

—¡Garganta! —repite el profesor.

Él y su ayudante entran pesadamente en la palestra y lo derriban. El profesor lo mata y se levanta, mientras le corre sangre por la barbilla.

—Garganta —repite, señalando el cuerpo.

Los cinco niños salen avergonzados, y entran los cinco siguientes de la cola. Mis hijos alzan la vista hacia mí con inquietud. Les acaricio la cabeza.

Observamos cómo extraen al muerto para que sirva de comida e introducen al siguiente en la clase a rastras. Este es viejo y canoso, pero corpulento; seguramente trabajó de encargado de seguridad en algún momento de su vida. Hacen falta tres o cuatro varones para transportarlo sin ningún percance. Lo arrojan a un rincón y rápidamente regresan a vigilar la entrada.

Los cinco niños de la clase están nerviosos, pero el profesor les grita y empiezan a aproximarse. Cuando están lo bastante cerca, los cinco arremeten al mismo tiempo; dos agarran cada brazo, y el quinto va a por la garganta. Pero el viejo es increíblemente fuerte. Se gira y estrella a dos de ellos contra la pared de maletas. El impacto sacude la pared, y de lo alto cae una sólida maleta metálica. El hombre la coge por el asa, la levanta en alto y golpea con ella la cabeza de uno de los niños. El cráneo del niño se hunde, y el cerebro sale a presión. El pequeño no grita ni se menea ni tiembla; simplemente se desploma hecho un amasijo de miembros, aplastado contra el suelo como si llevara meses muerto. La muerte se apodera de él con una irrevocabilidad retroactiva.

Toda la clase se queda callada. Los cuatro niños que quedan salen hacia atrás de la palestra. Nadie se fija cuando los adultos entran corriendo a encargarse del hombre. Todos contemplamos el cadáver desplomado del niño con una triste resignación. No sabemos cuáles de los adultos reunidos pueden ser sus padres, pues todas nuestras expresiones son más o menos iguales. Mañana los huesudos aparecerán con otro niño o niña para sustituir a ese. Guardamos unos incómodos segundos de silencio por el niño fallecido, tal vez sin saber qué pensar, qué significa todo, ese círculo vital torcido e invertido. O a lo mejor solo me lo pregunto yo.

Mis hijos son los siguientes de la cola. Observan la lección atentamente, y a veces se ponen de puntillas para ver, pero no tienen miedo. Son más pequeños que el resto, y seguramente los enfrentarán con alguien débil que no oponga mucha resistencia, pero ellos no lo saben, y ese no es el motivo por el que no tienen miedo. Cuando todo el mundo se fundamenta en la muerte y el horror, cuando la existencia es un estado de pánico constante, resulta difícil que algo te afecte. Los temores concretos se han vuelto irrelevantes. Los hemos sustituido por un manto asfixiante que es mucho peor.

Me paseo por el exterior del túnel de embarque del 747 durante aproximadamente una hora antes de entrar. Abro la puerta del avión sin hacer ruido. Julie está acurrucada en el apartado de clase preferente, dormida. Se ha envuelto con una colcha hecha con recortes de tejanos que traje de recuerdo hace unas semanas. El sol matutino forma un halo en su cabello rubio y la santifica.

—Julie —susurro.

Sus ojos se abren solo un poco. Esta vez no se incorpora de golpe o se aparta de mí. Se limita a mirarme con los ojos hinchados de cansancio.

—¿Qué? —murmura ella.

—¿Cómo… estás…?

—¿Tú qué crees?

Me da la espalda y se cubre los hombros con la colcha.

La observo un momento. Su postura es como un muro de ladrillo. Agacho la cabeza y me vuelvo para marcharme, pero cuando estoy cruzando la puerta ella dice:

—Espera.

Me giro. Está incorporada, con la colcha amontonada sobre el regazo.

—Tengo hambre —dice.

La miro sin comprender. ¿Hambre? ¿Le apetece un brazo o una pierna? ¿Sangre caliente, carne y vida? Está viva… ¿Acaso quiere comerse a sí misma? Entonces me acuerdo de lo que significaba antes tener hambre. Me acuerdo de los bistecs y las tortitas, los cereales, la fruta y la verdura, esa pequeña y curiosa pirámide alimenticia. A veces echo de menos paladear sabores y texturas en lugar de tragar energía simplemente, pero procuro no darle muchas vueltas. La comida de antes ya no consigue saciar nuestra hambre. Ni siquiera la carne muy roja de un conejo o un ciervo recién muerto alcanza nuestras exigencias culinarias; su energía simplemente es incompatible, como intentar hacer funcionar un ordenador con gasóleo. No existe una solución sencilla para nosotros, una alternativa humana para la moral imperante. El hambre nueva exige sacrificio. Exige sufrimiento humano como precio por nuestros placeres, por exiguos y baratos que sean.

—Ya sabes, comida —apunta Julie. Imita el acto de dar un mordisco—. Sandwiches. Pizza. Cosas que no exijan matar a personas.

Asiento con la cabeza.

—Yo… traeré.

Echo a andar, pero ella me detiene de nuevo.

—Deja que me vaya —dice—. ¿Qué estás haciendo? ¿Por qué me retienes aquí?

Me paro a pensar un instante. Me acerco a su ventana y señalo las pistas de aterrizaje. Ella mira y ve la misa que se está oficiando en la iglesia. Los feligreses muertos se balancean y gruñen. Los esqueletos traquetean de un lado a otro, mudos pero carismáticos, rechinando sus dientes astillados. Allí abajo hay docenas de ellos amontonados.

—Te… protegeré.

Ella alza la vista desde el asiento con una expresión que no logro descifrar. Tiene los ojos entrecerrados y los labios apretados, pero no es rabia exactamente.

—¿Cómo sabes mi nombre? —pregunta.

Ya está. Tarde o temprano tenía que llegar.

—En el edificio dijiste mi nombre, me acuerdo. ¿Cómo coño sabes mi nombre?

No hago el menor intento por responder. No hay forma de explicar lo que sé y cómo lo sé, al menos con mi vocabulario de párvulos y mi habla defectuosa propia de un retrasado mental. De modo que simplemente me retiro, salgo del avión y recorro penosamente el túnel de embarque, sintiendo más intensamente que nunca las limitaciones de mi condición.

Cuando estoy en la puerta 12 planteándome adónde ir desde allí, noto un roce en el hombro. Julie está detrás de mí. Se mete las manos en los bolsillos de sus ceñidos tejanos negros, con aspecto indeciso.

—Déjame salir y andar un poco —dice—. Me voy a volver loca en ese avión.

No contesto. Echo un vistazo a los pasillos.

—Venga —dice—. He entrado aquí y nadie me ha comido. Déjame ir contigo a por comida. Tú no sabes lo que me gusta.

Eso no es… del todo cierto. Sé que le encanta el *pad thai*. Sé que se le cae la baba con el *sushi*. Sé que tiene debilidad por las hamburguesas con queso grasientas, pese a los rigurosos programas de ejercicio del estadio. Pero no puedo usar esos conocimientos. Son unos conocimientos robados.

Asiento con la cabeza despacio y la señalo.

—Muerta —pronuncio.

Hago rechinar los dientes y arrastro los pies de forma exagerada, al modo de los zombis.

—Vale —dice ella.

Me muevo pesadamente en un círculo con pasos lentos y temblorosos, soltando algún que otro gruñido.

—Entendido.

La cojo de la muñeca y la meto en el pasillo. Apunto en una y otra dirección, señalando los corrillos de zombis que deambulan en las tenues sombras matutinas. La miro fijamente a los ojos.

—No... corras.

Ella jura que no lo hará.

—Lo prometo.

Al estar tan cerca de ella, descubro que puedo olerla de nuevo. Se ha quitado gran parte de la sangre negra de la piel, y a través de los huecos detecto restos de su energía vital. Sale borboteante y efervescente como el champán, y me provoca chispazos en el fondo de los senos nasales. Sin dejar de sostenerle la mirada, me froto la palma de la mano en un corte reciente del antebrazo, y aunque casi está seco, consigo recoger una pequeña cantidad de sangre. La esparzo lentamente por su mejilla y su cuello. Ella se estremece, pero no se aparta. Por encima de todo, es una chica muy lista.

—¿Vale? —pregunto, arqueando las cejas.

Ella cierra los ojos, respira hondo y siente náuseas al notar el olor de mis fluidos, y a continuación asiente con la cabeza.

—Vale.

Echo a andar, y ella me sigue dando traspiés detrás de mí y gruñendo cada tres o cuatro pasos. Está exagerando, sobreactúa como en una obra de Shakespeare interpretada por alumnos de secundaria, pero servirá. Atravesamos la multitud de muertos que pasan por delante de nosotros arrastrando los pies, y nadie nos mira. Para gran sorpresa mía, el temor de Julie parece disminuir a medida que andamos, a pesar del evidente peligro de la situación. En varios momentos la sorprendo conteniendo una sonrisa después de soltar un gruñido especialmente exagerado. Yo también sonrío, pero me aseguro de que ella no me vea.

Esto es... nuevo.

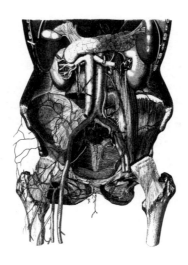

Llevo a Julie a la zona de los restaurantes, y me lanza una mirada de extrañeza al ver que me dirijo inmediatamente al restaurante tailandés. A medida que nos aproximamos le entran náuseas y se tapa la nariz.

—Dios mío —dice con un gemido.

Los recipientes para mantener la comida caliente de la parte delantera están llenos de putrefacción reseca, gusanos muertos y moho. A estas alturas yo soy muy insensible al olor, pero, a juzgar por la expresión de Julie, es repugnante. Rebuscamos un rato en el cuarto interior, pero con la electricidad intermitente del aeropuerto, los frigoríficos solo funcionan a tiempo parcial, de modo que todo lo que hay dentro está rancio. Me dirijo a la hamburguesería. Julie me vuelve a lanzar una mirada de perplejidad y me sigue. En la cámara frigorífica encontramos unas cuantas hamburguesas frías, pero han sido claramente descongeladas y vueltas a congelar muchas veces. El fondo blanco del frigorífico está salpicado de moscas muertas.

Julie suspira.

—¿Y bien?

Miro a lo lejos, pensando. El aeropuerto tiene un restaurante de *sushi*... pero me acuerdo un poco del *sushi*, y si unas pocas horas pueden echar a perder un filete de jurel fresco, no quiero saber lo que pueden causarle años enteros.

—Vaya por Dios —dice Julie mientras yo medito—, desde luego sabes cómo planear una cena. —Abre unas cuantas cajas de panecillos mohosos y arruga la nariz—. Nunca has cogido a un humano vivo antes, ¿verdad?

Niego con la cabeza en actitud de disculpa, pero hago una mueca al reparar en su uso de la palabra «humano». Nunca me ha gustado esa distinción. Ella es una viva y yo un muerto, pero me gustaría creer que los dos somos humanos. Llámame idealista.

Levanto un dedo como para pedir más tiempo.

—Un... sitio más.

Nos dirigimos a un lateral de la zona de restaurantes sin letreros. Después de cruzar varias puertas, entramos en la zona de almacenamiento central del aeropuerto. Abro la puerta de un frigorífico haciendo palanca, y sale una nube de aire helado. Oculto mi alivio. La situación estaba empezando a ponerse delicada. Entramos y nos situamos entre los estantes llenos hasta arriba de bandejas con menús de vuelo.

—Mira lo que tenemos aquí... —dice Julie, y empieza a hurgar entre los estantes bajos, inspeccionando los filetes rusos y las patatas congeladas.

Gracias a los magníficos conservantes que contienen, los alimentos parecen comestibles.

Julie examina las etiquetas de los estantes superiores a los que no llega y sonríe de repente, mostrando unas hile-

ras de dientes blancos corregidos en la infancia con aparato dental.

—¡Mira, *pad thai*! Me encanta… —Se sorprende a sí misma, y su voz se va apagando, mirándome con intranquilidad. Señala el estante—. Comeré eso.

Me estiro por encima de su cabeza y cojo una brazada
de *pad thai* congelado. No quiero que ningún muerto vea
a Julie comiendo ese desecho sin vida, esas calorías inútiles, de modo que la llevo a una mesa escondida detrás de
unos quioscos de postales caídos. Trato de alejarla lo máximo posible de la escuela, pero todavía oímos los gritos re-
sonando por los pasillos. Julie mantiene una expresión totalmente plácida incluso cuando se oyen los lamentos más
agudos y hace de todo menos silbar una canción para de-
mostrar que no se percata de la carnicería. ¿Lo hace por mí
o por ella?

Nos sentamos a la mesa, y coloco una de las bandejas de
menú delante de ella.

—A… proveche —digo.

Ella pincha los fideos totalmente congelados con un
tenedor de plástico. Me mira.

—No te acuerdas de mucho, ¿verdad? ¿Cuánto hace que
no tomas comida de verdad?

Me encojo de hombros.

—¿Cuánto hace que te… moriste o lo que sea?

Me doy unos golpecitos con el dedo contra la sien y
niego con la cabeza.

Ella me examina.

—Pues no debió de ser hace mucho. Tienes bastante
buen aspecto para ser un cadáver.

Vuelvo a hacer una mueca al oír su lenguaje, pero me
doy cuenta de que ella no puede saber las delicadas con-
notaciones culturales de la palabra «cadáver». M la utiliza

a veces en broma, y yo también la uso en mis momentos más sombríos, pero viniendo de una forastera, despierta una indignación y una actitud defensiva que ella no entendería. Respiro hondo y lo dejo correr.

—El caso es que no me puedo comer esto así —dice, clavando el tenedor en la comida hasta que una de las puntas se parte—. Voy a buscar un microondas. Espera.

Se levanta y entra en uno de los restaurantes vacíos. Se ha olvidado de arrastrar los pies, y sus caderas se cimbrean rítmicamente. Es peligroso, pero no me preocupa.

—Ya está —dice al volver, y aspira una vaharada de humo picante—. Mmm... Hace una eternidad que no como *pad thai*. En el estadio ya no tomamos comida de verdad, solo la nutrición básica y Carbtein. Carbtein en pastillas, Carbtein en polvo, Carbtein en jugo. Joder, es asqueroso. —Se sienta y da un mordisco al tofu quemado—. Caramba, está casi rico.

Me quedo sentado viendo cómo come. Me fijo en que parece tener problemas para tragar los fideos apelmazados. Voy a buscar una botella de cerveza templada a la nevera del restaurante y la dejo sobre la mesa.

Julie deja de comer y mira la cerveza. Me mira y sonríe.

—Vaya, señor Zombi. Me lees el pensamiento. —Desenrosca el tapón y bebe un largo trago—. También hacía tiempo que no bebía cerveza. En el estadio no están permitidas las sustancias que alteran el estado mental. Hay que estar alerta a todas horas, estar despierto, bla, bla, bla. —Bebe otro trago y me lanza una mirada apreciativa teñida de sarcasmo—. A lo mejor no eres tan terrible, señor Zombi. Alguien capaz de apreciar la buena cerveza me parece como mínimo medio legal.

La miro y me llevo la mano al pecho.

—Me... llamo... —digo casi sin voz, pero no se me ocurre cómo continuar.

Ella deja la cerveza y se inclina un poco hacia delante.

—¿Tienes nombre?

Asiento con la cabeza.

Su labio se curva en una media sonrisa de diversión.

—¿Cómo te llamas?

Cierro los ojos y me pongo a pensar detenidamente, tratando de expresarlo, pero ya lo he intentado muchas veces antes.

—Rrr —digo, intentando pronunciarlo.

—¿Rar? ¿Te llamas Rar?

Niego con la cabeza.

—Rrrr...

—¿Rrr? ¿Empieza con erre?

Asiento con la cabeza.

—¿Robert?

Niego con la cabeza.

—¿Rick? ¿Rodney?

Niego con la cabeza.

—Em... ¿Rambo?

Lanzo un suspiro y miro la mesa.

—¿Y si te llamo simplemente R? Es un principio, ¿no?

Alzo la vista rápidamente hacia ella.

—R.

Una sonrisa se dibuja despacio en mi cara.

—Hola, R —dice—. Yo soy Julie. Pero ya lo sabías, ¿no? Supongo que soy una famosa de mierda. —Empuja la cerveza en dirección a mí—. Bebe un trago.

Observo la botella un instante y siento una extraña especie de náusea al pensar en su contenido. Un vacío color ámbar oscuro. Meados sin vida. Pero no quiero echar a perder ese momento sorprendentemente cálido con mis remilgos de no muerto. Acepto la cerveza y le doy un buen trago. Noto cómo gotea por los orificios de mi estómago y me moja la camisa. Y para gran sorpresa mía, noto una ligera embriaguez propagándose por mi cerebro. Es imposible, por supuesto, ya que carezco de flujo sanguíneo por el que penetre el alcohol, pero lo noto de todas formas. ¿Es algo psicosomático? ¿Tal vez un lejano recuerdo de mi experiencia como bebedor en mi vida anterior? De ser así, parece que yo no tenía mucho aguante.

Julie sonríe al ver mi expresión de estupefacción.

—Acábatela —dice—. De todas formas, a mí me va más el vino.

Bebo otro trago. Saboreo el brillo de labios con sabor a frambuesa de ella en el borde. Me la imagino arreglándose para ir a un concierto, con su cabello largo hasta el cuello recogido y peinado, su cuerpo menudo radiante con un vestido de fiesta rojo, y a mí besándola, el lápiz de labios manchándome la boca, untando mis labios grises de carmín de color vivo…

Aparto la botella y la sitúo a una distancia prudencial.

Julie suelta una risita y sigue comiendo. Hurga en la comida durante varios minutos, haciendo caso omiso de mi presencia en la mesa. Me dispongo a hacer un intento condenado al fracaso por entablar conversación cuando ella alza la vista hacia mí, sin ningún rastro de jovialidad en la cara, y dice:

—Bueno, R., ¿por qué me retienes aquí?

La pregunta me pilla como un guantazo por sorpresa. Miro al techo. Señalo el aeropuerto en general y los gruñidos lejanos de mis compañeros muertos.

—Te protegeré.

—Chorradas.

Se hace el silencio. Ella me mira fijamente. Aparto la vista.

—Oye —dice—. Deduzco que me salvaste la vida en la ciudad. Y supongo que te lo agradezco. Sí, gracias por salvarme la vida. O por perdonármela. Lo que fuera. Pero me has metido en este sitio, y estoy segura de que me podrías sacar. Así que, una vez más, ¿por qué me retienes aquí?

Sus ojos son como hierros candentes en mi cara, y me doy cuenta de que no tengo escapatoria. Me llevo una mano al pecho, sobre el corazón. Mi «corazón». ¿Todavía representa algo ese penoso órgano? Permanece inmóvil, sin bombear sangre, sin la más mínima utilidad, y sin embargo mis emociones todavía parecen originarse entre sus frías paredes. Mi tristeza muda, mi vago anhelo, mis escasos momentos de alegría. Se acumulan en el centro de mi pecho y se escurren desde allí, diluidas y débiles, pero auténticas.

Pego la mano al corazón. A continuación la alargo lentamente hacia Julie y le toco el brazo. Consigo mirarla a los ojos.

Ella observa mi mano y acto seguido me lanza una mirada seca.

—¿Estás de coña o qué?

Retiro la mano y bajo la vista a la mesa, dando gracias por ser incapaz de ruborizarme.

—Tienes... esperar —murmuro—. Ellos creen... eres nueva... conversa. Ellos sabrán.

—¿Cuánto tiempo?

—Unos días. Se... olvidarán.

—Joder —dice suspirando, y se tapa los ojos con la mano, sacudiendo la cabeza.

—Estarás... bien —le digo—. Prometido.

Ella no hace caso de mi comentario. Saca un iPod del bolsillo y se mete los auriculares en las orejas. Retoma la comida, escuchando una música que no es más que un tenue susurro para mí.

La cita no está yendo bien. Una vez más, la absurdidad de mis pensamientos me abruma, y deseo salir de mi pellejo, escapar de mi carne desagradable y torpe y ser un esqueleto, desnudo y anónimo. Estoy a punto de levantarme para irme cuando Julie se saca un auricular de la oreja y me lanza una mirada penetrante.

–Tú eres… distinto, ¿verdad? –dice.

Yo no contesto.

–Nunca he oído hablar a un zombi, aparte de decir «¡Cerebros!» y todos esos estúpidos gruñidos. Nunca he visto a un zombi interesarse por los humanos si no es para comérselos. Y desde luego ninguno me ha invitado a una copa. ¿Hay… otros como tú?

Una vez más, siento el impulso de ruborizarme.

–No… sé.

Ella empuja los fideos por el plato.

–Unos días –repite.

Asiento con la cabeza.

–¿Qué se supone que tengo que hacer aquí hasta que pueda escapar sin peligro? No esperarás que me quede en tu avión tomando baños de sangre toda la semana, ¿verdad?

Reflexiono por un momento. Una multitud de imágenes inunda mi cabeza, seguramente fragmentos de antiguas películas que he visto, ridículos y románticos y totalmente imposibles. Tengo que controlarme.

–Te… atenderé –digo al final, y le dedico una sonrisa poco convincente–. Eres… invitada.

Ella pone los ojos en blanco y sigue comiendo. El segundo auricular sigue sobre la mesa. Sin alzar la vista del plato, me lo ofrece despreocupadamente. Me lo introduzco en la oreja, y la voz de Paul McCartney penetra en mi cabeza cantando una serie de antónimos melancólicos: sí/no, alto/bajo, hola/adiós/hola.

–¿Sabes que John Lennon odiaba esta canción? –dice Julie mientras suena, hablando en dirección a mí pero sin dirigirse a mí–. Le parecía un galimatías sin sentido. Tiene gracia, viniendo del tipo que compuso «I Am the Walrus».

–*Goo goo... gajoob* –digo.

Ella se detiene, me mira y ladea la cabeza agradablemente sorprendida.

–Sí, exacto.

Bebe distraídamente un sorbo de cerveza, olvidándose de la huella de mis labios en la botella, y mis ojos se abren mucho por un pánico fugaz. Pero no ocurre nada. Tal vez el virus que porto no se contagia en momentos dulces como este. Tal vez requiere la violencia del mordisco.

–En fin –dice–, es demasiado alegre para este momento.

Salta la canción. Oigo un breve fragmento de Ava Gardner cantando algo de *Magnolia*, luego salta unas canciones más, acaba en una melodía de rock desconocida y sube el volumen. Tengo una vaga conciencia de la música que suena, pero he desconectado. Observo cómo Julie menea la cabeza de un lado a otro con los ojos cerrados. Incluso ahora, aquí, en el sitio más oscuro y extraño y con la compañía más macabra posible, la música la emociona y su vida vibra intensamente. Vuelvo a olerla, un resplandeciente vapor blanco que emana por debajo de mi sangre negra. Y no me siento con el valor de reprimirla, ni siquiera para mayor seguridad de Julie.

¿Qué me pasa? Me quedo mirando mi mano, la carne gris pálido, fría y rígida, y me imagino que es rosada, caliente y suave, capaz de orientar y crear y acariciar. Me imagino que mis células necróticas rechazan su letargo, se inflan y se iluminan como la Navidad en mi oscuro seno. ¿Me lo estoy imaginando todo como con la embriaguez de la cerveza? ¿Es un placebo? ¿Una ilusión optimista? En cualquier caso, siento que el encefalograma de mi vida se altera, formando montañas y valles con los latidos de mi corazón.

—Tienes que tomar las curvas más cerradas. Casi te sales de la carretera al girar a la derecha.

Giro el fino volante de cuero y piso el acelerador. El Mercedes avanza dando una sacudida, y nos empuja la cabeza hacia atrás.

—Se te va el pie. ¿Puedes pisar un poco menos el acelerador?

Paro bruscamente, se me olvida pisar el embrague, y el coche se cala. Julie pone los ojos en blanco y adopta un tono de voz paciente.

—Está bien, mira.

Vuelve a arrancar el motor, se hace a un lado y desliza las piernas a través de las mías hasta colocar los pies encima de los míos. Cambio el acelerador por el embrague bajo la presión de sus pies, y el coche se desliza hacia delante.

—Así —dice, y vuelve a su asiento.

Suelto un resoplido de satisfacción.

Circulamos por la pista de aterrizaje, rodando de un lado a otro bajo el sol tibio de la tarde. La brisa nos revuelve el pelo. Aquí, en este momento, dentro de este descapotable del 64 rojo metalizado con esta hermosa joven, no puedo evitar introducirme en otras vidas más propias del cine clásico. Mi cabeza divaga, y pierdo la poca concentración que había conseguido mantener. Me salgo de la pista de aterrizaje y golpeo el parachoques de una escalera móvil, y desalineo el círculo de la iglesia de los huesudos. La sacudida nos lanza la cabeza hacia un lado, y oigo cómo el cuello de mis hijos se parte en el asiento trasero. Gruñen en señal de protesta, y les hago callar. Ya estoy lo bastante avergonzado; no necesito que mis hijos me lo restrieguen por las narices.

Julie examina la parte delantera abollada del vehículo y sacude la cabeza.

—Maldita sea, R. Era un coche bonito.

Mi hijo se abalanza hacia delante en otro torpe intento por morder el hombro de Julie, pero alargo el brazo y le doy un guantazo. Él se hunde en el asiento cruzado de brazos, haciendo pucheros.

—¡No se muerde! —lo reprende Julie, que sigue inspeccionando los daños del coche.

No sé por qué he decidido traer a mis hijos a la lección de conducción de hoy. Julie lleva varios días intentando enseñarme, y hoy he sentido un oscuro deseo de ejercer de padre. De transmitir conocimientos. Soy consciente de que no es precisamente seguro. Mis hijos son demasiado pequeños para reconocer las pautas de lenguaje de los vivos, y más aún para apreciarlas como yo, y he renovado el espantoso camuflaje de Julie varias veces, pero de cerca su auténtica condición sigue saltando a la vista. De vez en cuando mis hijos la huelen, y sus instintos, pese a estar desarrollándose lentamente, se apoderan de ellos. Yo intento disciplinarlos cariñosamente.

Mientras damos la vuelta en dirección a la terminal donde vivimos, me fijo en la congregación que sale de una puerta de carga. Cual cortejo fúnebre invertido, los muertos desfilan formando una fila solemne, dando pasos lentos y pesados hacia la iglesia. Un grupo de huesudos encabeza el peregrinaje, avanzando con mucha más determinación que cualquiera de los revestidos de carne. Entre nosotros son de los pocos que siempre parecen saber exactamente adónde van y qué están haciendo. No vacilan, no se detienen ni cambian de rumbo, y sus cuerpos ya no crecen ni se descomponen. Son totalmente estáticos. Uno de ellos me mira fijamente, y me acuerdo de un aguafuerte de la Edad Media que vi en una ocasión, un cadáver putrefacto sonriendo a una virgen joven y rolliza.

Quod tu es, ego fui, quod ego sum, tu eris.

Lo que tú eres, yo lo fui.
Lo que yo soy, tú lo serás.

Me aparto de la mirada vacía del esqueleto. Mientras avanzamos junto a su fila, algunos de los carnosos nos miran con desinterés, y veo a mi esposa entre ellos. Camina al lado de un varón, con la mano entrelazada con la de él. Mis hijos la ven entre la multitud, se levantan en el asiento trasero y empiezan a saludar con la mano y a gruñir en voz alta. Julie sigue su mirada y ve a mi esposa devolverles el saludo. Julie me mira.

—¿Es esa tu… mujer?

No contesto. Miro a mi esposa, esperando recibir algún tipo de reprimenda. Pero en sus ojos prácticamente no hay señal de reconocimiento. Mira el coche. Me mira a mí. Mira al frente y sigue andando, cogida de la mano de otro hombre.

—¿Es esa tu mujer? —vuelve a preguntar Julie, de forma más enérgica. Asiento—. ¿Quién era el... tipo con el que iba? —Me encojo de hombros—. ¿Te está engañando o algo así? —Me encojo de hombros—. ¿No te molesta?

Me encojo de hombros.

—¡Deja de encogerte de hombros, gilipollas! Sé que puedes hablar; di algo.

Pienso un instante. Mientras veo cómo mi mujer desaparece a lo lejos, me llevo la mano al corazón.

—Muerto. —Agito una mano en dirección a mi mujer—. Muerto. —Mis ojos se desvían hacia el cielo y se desenfocan—. Quiero... que duela. Pero... no.

Julie me mira como si esperara que siguiera, y me pregunto si he expresado algo con mi soliloquio murmurado y entrecortado. ¿Son mis palabras de verdad audibles, o simplemente resuenan en mi cabeza mientras la gente me mira fijamente, esperando? Deseo cambiar la puntuación. Anhelo los signos de exclamación, pero me ahogo en los puntos suspensivos.

Julie me observa un instante y gira el rostro para situarse de cara al parabrisas y el paisaje que se aproxima. A nuestra derecha, las oscuras aberturas de los túneles de embarque vacíos, antaño llenos de viajeros entusiasmados que iban a ver mundo, a ampliar sus horizontes, a buscar amor, fama y fortuna. A nuestra derecha, los restos ennegrecidos de un Boeing 787.

—Mi novio me engañó una vez —dice Julie al parabrisas—. Su padre estaba alojando en su casa a una chica mientras se construían las casas de acogida, y una noche se pusieron ciegos y ocurrió. En el fondo fue un accidente, y él me hizo la confesión más sincera y conmovedora de la historia, juró por Dios que me quería mucho y que estaba dispuesto a hacer cualquier cosa para convencerme, bla, bla, bla, pero daba igual. Yo no dejaba de pensar en ello y de darle vueltas en la cabeza, y me consumía. Lloré todas las noches durante semanas. Casi gasté mis canciones más tristes. —Sacude la cabeza despacio. Tiene la mirada perdida—. Las cosas son... A veces siento las cosas muy intensamente. Cuando me pasó eso con Perry, me habría gustado ser... como tú.

La observo. Se pasa un dedo por el pelo y se lo enrosca ligeramente. Me fijo en las cicatrices pálidas de sus muñecas y antebrazos, líneas finas demasiado simétricas para ser accidentales. Ella parpadea y me lanza una mirada bruscamente, como si acabara de despertarla de un sueño.

—No sé por qué te cuento esto —dice, inquieta—. En fin, se acabó la lección por hoy. Estoy cansada.

Y sin hacer más comentarios, conduzco hacia casa. Freno demasiado tarde, y aparco el coche con el parachoques incrustado cinco centímetros en la rejilla del radiador de un Miata. Julie suspira.

Más tarde, por la noche, estamos en el 747 sentados con las piernas cruzadas en medio del pasillo. En el suelo, delante de Julie, hay un plato de *pad thai* calentado en el microondas que se está enfriando. Observo en silencio cómo remueve el plato. Incluso cuando no hace ni dice nada, es divertido observarla. Ladea la cabeza, su mirada se pasea, sonríe y mueve el cuerpo. Sus pensamientos se reflejan en su cara como las películas retroproyectadas.

—Aquí hay demasiado silencio —dice, y se levanta. Empieza a hurgar en mis montones de discos—. ¿Cómo es que tienes tantos discos? ¿No sabes usar un iPod?

—Suena… mejor.

Ella se ríe.

—Ah, así que eres un purista, ¿eh?

Hago un movimiento de giro en el aire con el dedo.

—Más real. Más… vivo.

Ella asiente con la cabeza.

—Sí, es verdad. Pero también da muchos más problemas. —Repasa los estantes y frunce un poco el ceño—. No hay nada de antes de… mil novecientos noventa y nueve. ¿Es cuando moriste o qué?

Pienso en ello por un momento y luego me encojo de hombros. Es posible, pero la verdad es que no tengo ni idea de cuándo me morí. A partir de mi estado de descomposición actual se podría intentar aventurar la fecha de mi muerte, pero no todos nosotros nos pudrimos a la misma velocidad. Algunos se mantienen frescos como en la funeraria durante años, mientras que otros quedan reducidos a los huesos en cuestión de meses, la carne desprendida como espuma de mar seca. No sé cuál es el motivo de esa desigualdad. Tal vez nuestros cuerpos siguen el ejemplo de nuestras mentes; algunos se resignan con facilidad, y otros se mantienen firmes.

Otra cosa que me impide calcular mi edad es que no tengo ni idea de en qué año estamos. El año 1999 podría haber sido hace una década o ayer. Se puede intentar deducir una cronología contemplando las calles desmoronadas, los edificios derribados, las infraestructuras descompuestas, pero cada parte del mundo se está deteriorando a su propio ritmo. Hay ciudades que se podrían confundir con ruinas aztecas, y otras que no se vaciaron hasta la semana pasada, con televisores que siguen encendidos toda la noche emitiendo estática y tortillas que empiezan a enmohecerse en las cafeterías.

Lo que le ocurrió al mundo fue progresivo. Me he olvidado de qué fue, pero tengo recuerdos vagos y embrionarios de cómo fue. El temor latente que no prendió hasta que ya no quedó suficiente que quemar. Cada paso sucesivo nos sorprendía. Y un buen día nos despertamos, y todo había desaparecido.

—Ya estás otra vez —dice Julie—. Soñando despierto. Tengo mucha curiosidad por saber en qué piensas cuando estás en la luna. —Me encojo de hombros, y ella suelta un resoplido de indignación—. Y ya estás otra vez, encogiéndote de hombros. ¡Deja de hacerlo, caray! Responde a mi pregunta. ¿A qué se debe la falta de evolución musical?

Me dispongo a encogerme de hombros, pero me detengo con cierta dificultad. ¿Cómo puedo explicárselo con palabras? La lenta muerte del Quijote. El abandono de las aventuras, el cese de los deseos, el asentamiento y el acomodamiento que constituyen el destino inevitable de los muertos.

—Nosotros no... pensamos... cosas nuevas —comienzo, esforzándome por sortear mi defectuosa dicción—. Yo... encuentro... cosas... a veces. Pero no... buscamos.

—No me digas —contesta Julie—. Joder, pues es una tragedia.

Sigue rebuscando entre mis discos, pero su tono comienza a elevarse conforme habla.

—¿No piensas cosas nuevas? ¿No «buscas»? ¿Qué significa eso? ¿Que no buscas qué? ¿Música? ¡La música es la vida! Es una emoción física... ¡Se puede tocar! Es una energía sacada del alma y convertida en ondas acústicas para que el oído las consuma. ¿Qué me estás diciendo?, ¿que es aburrida? ¿Que no tienes tiempo para ella?

No puedo contestar nada a eso. Me sorprendo rezando a la terrible boca del cielo abierto para que Julie no cambie nunca. Para que no se despierte un buen día y descubra que es mayor y más sabia.

—De todas formas, aquí tienes algunas cosas buenas —dice, dejando que su indignación se apague—. Algunas cosas estupendas, la verdad. Escuchemos este otra vez. Frank nunca falla.

Pone un disco y vuelve al *pad thai*. «The Lady is a Tramp» inunda la cabina del avión, y me dedica una sonrisilla torcida.

—La canción de mi vida —dice, y se llena la boca de fideos.

Movido por una curiosidad malsana, cojo un fideo del plato y lo mastico. No sabe a nada en absoluto. Es como comida imaginaria, como masticar aire. Giro la cabeza y lo escupo en la palma de la mano. Julie no se percata de ello. Parece muy distante de nuevo, y observo los colores y las formas de la película mental que parpadea tras su cara. Al cabo de unos minutos, traga un bocado y alza la vista hacia mí.

—R —dice en un tono de curiosidad despreocupada—. ¿A quién mataste?

Me quedo rígido. Pierdo la conciencia de la música.

—En el rascacielos. Antes de salvarme. Vi la sangre en tu cara. ¿De quién era?

La miro. ¿Por qué tiene que preguntarme eso? ¿Por qué sus recuerdos no pueden desaparecer como los míos? ¿Por qué no puede vivir conmigo en la oscuridad, nadando en el abismo de la historia suprimida?

—Necesito saber quién fue.

Su expresión no revela nada. Tiene los ojos clavados en los míos, sin pestañear.

—Nadie —murmuro—. Un… chico.

—Existe la teoría de que coméis cerebros porque conseguís revivir la vida de la persona en cuestión. ¿Es verdad?

Me encojo de hombros, procurando no retorcerme. Me siento como un niño pequeño al que pillan pintando la pared con los dedos. O matando a docenas de personas.

—¿Quién fue? —insiste ella—. ¿No te acuerdas?

Me planteo mentir. Recuerdo unos cuantos rostros de la sala; podría echarlo a suertes y elegir uno, seguramente un recluta elegido al azar al que ella ni siquiera conocía, y así dejaría correr el asunto y no volvería a sacarlo a colación. Pero no puedo hacer eso. No puedo mentirle como tampoco puedo escupir la indigesta verdad. Estoy atrapado.

Julie deja que sus ojos me atraviesen durante un minuto largo, y luego vacila. Baja la vista a la alfombra manchada del avión.

—¿Fue Berg? —apunta, tan bajo que casi habla consigo misma—. ¿El chico con acné? Apuesto a que fue Berg. Ese tío era un capullo. Llamaba a Nora mulata y se dedicó a mirarme el culo durante toda la expedición. Por supuesto, Perry ni siquiera se dio cuenta. Si fue Berg, casi me alegro de que te lo cargaras.

Intento llamar su atención para entender ese cambio de rumbo, pero ahora es ella la que evita el contacto visual.

—En fin —dice—, quienquiera que matara a Perry… Solo quiero que sepas que no lo culpo por ello.

Me pongo tenso de nuevo.

—¿No… lo culpas?

—No. Creo que lo entiendo. No tenéis otra opción, ¿verdad? Y para ser sincera… Nunca le diría esto a nadie, pero… —Remueve la comida—. Es un alivio que ocurriera por fin.

Frunzo el ceño.

—¿Qué?

—Poder dejar de temer ese momento.

—¿Que Perry… muriera?

Inmediatamente me arrepiento de pronunciar su nombre. Al deslizarse por mi lengua, las sílabas saben a su sangre. Julie asiente con la cabeza, sin apartar la vista del plato. Cuando vuelve a hablar, su voz suena tenue y débil, la voz de los recuerdos que anhelan ser olvidados.

—Algo... le pasó. Muchas cosas, en realidad. Supongo que llegó un momento en que ya no podía asimilar nada más, así que se convirtió en otra persona. Era un chico brillante y apasionado, muy excéntrico y divertido y lleno de sueños, y luego... renunció a todos sus planes, se alistó en Seguridad... Fue espeluznante lo rápido que cambió. Decía que lo hacía todo por mí, que era el momento de que madurara y se enfrentara a la realidad, de que aceptara la responsabilidad y todo eso. Pero todo lo que yo amaba de él, todo lo que hacía de él quien era, empezó a pudrirse. Se rindió, básicamente. Renunció a su vida. La muerte real solo es el siguiente paso lógico. —Aparta el plato—. Hablábamos de la muerte a todas horas. Él la sacaba a colación constantemente. En pleno beso apasionado era capaz de parar y decir: «Julie, ¿cuál crees que es la esperanza de vida media en la actualidad?». O «Julie, cuando me muera, ¿te encargarás de cortarme la cabeza?». El colmo del romanticismo, ¿verdad?

Mira por la ventanilla del avión las lejanas montañas.

—Yo intentaba convencerlo. Me esforzaba mucho por mantenerlo con los pies en el suelo, pero durante los dos últimos años todo el mundo se dio cuenta. Estaba... ido. No sé si algo podría haberlo traído de vuelta, aparte de que Jesús y el Rey Arturo vinieran a redimir al mundo. Desde luego yo no bastaba. —Me mira—. Pero ¿resucitará? ¿Como uno de vosotros?

Bajo la vista, recordando el jugoso sabor de su cerebro. Niego con la cabeza.

Ella se queda callada un rato.

—No es que no esté triste porque haya muerto. Lo estoy... –La voz le tiembla un poco. Hace una pausa y carraspea–. Estoy muy triste. Pero él lo deseaba. Sé que lo deseaba.

Una lágrima le escapa del ojo, y parece sorprenderse. Se la enjuga como si fuera un mosquito.

Me levanto, cojo el plato y lo tiro al cubo de la basura. Cuando vuelvo a sentarme, ella tiene los ojos secos pero todavía enrojecidos. Se sorbe la nariz y me dedica una leve sonrisa.

—Supongo que echo pestes de Perry, pero tampoco es que yo sea la alegría de la huerta. Yo también estoy hecha polvo, pero... sigo viva. Me hago polvo cada día. –Suelta una risita entrecortada–. Es curioso, nunca había hablado de esto con nadie, pero tú eres... Eres muy callado, te quedas ahí sentado escuchando. Es como hablar con...

Su sonrisa desaparece y se queda ausente un momento. Cuando vuelve a hablar, lo hace en un tono de voz prudente pero apagado, y su mirada vaga por la cabina, examinando los remaches de las ventanillas y las etiquetas de advertencia.

—Cuando era joven consumía drogas. Empecé con doce años y lo probé casi todo. Todavía bebo y fumo hierba cuando se me presenta la ocasión. Una vez hasta me acosté con un tío por dinero cuando tenía trece años. No porque quisiera el dinero; incluso entonces el dinero tenía bastante poco valor. Lo hice solo porque era algo terrible, y sentía que me lo merecía. –Se mira la muñeca, las finas cicatrices que se parecen al sello que ponen en la entrada de los conciertos–. Todas las cosas jodidas que se hace la gente a sí misma... es el mismo caso, ¿sabes? Una forma de ahogar tu voz. De matar tus recuerdos sin tener que matarte.

Se hace un largo silencio. Su mirada vaga por el suelo, y la mía permanece en su cara, esperando a que vuelva a casa. Respira hondo, me mira y se encoge de hombros ligeramente.

—Ahora soy yo la que se encoge de hombros —dice con una vocecilla, y fuerza una sonrisa.

Me levanto despacio y me acerco al tocadiscos. Saco uno de mis discos favoritos, una recopilación poco conocida de canciones de Sinatra extraídas de varios álbumes. No sé por qué me gusta tanto. En una ocasión me pasé tres días enteros inmóvil delante de él, mirando cómo el vinilo daba vueltas. Conozco los surcos de ese disco mejor que los de la palma de mi mano. La gente solía decir que la música era la forma de expresión con mayor poder de comunicación; me pregunto si todavía es cierto en esta época poshumana y póstuma. Pongo el disco y empiezo a mover la aguja mientras reproduce el disco, saltando compases, saltando canciones, danzando a través de las espirales en busca de las palabras que quiero que llenen el aire. Las frases suenan desafinadas, con el tempo inadecuado, puntuadas por chirridos sonoros como el desgarre del tejido conjuntivo de un músculo, pero el tono es impecable. La sedosa voz de barítono de Frank lo dice mejor de lo que jamás podría hacerlo mi voz ronca si tuviera la dicción de un Kennedy. Permanezco junto al disco, cortando y pegando los fragmentos de mi corazón en un collage transmitido por el aire.

Me da igual si te llamas—chirrido—*cuando la gente dice que eres*—chirrido—*brujería malvada*—chirrido—*no cambies ni una pizca por mí, no si*—chirrido—*porque eres sensacional*—chirrido—*tal como eres*—chirrido—*eres sensacional... sensacional... Nada más...*

Dejo que el disco desgrane su repertorio normal y vuelvo a sentarme delante de Julie. Ella me mira fijamente con los ojos húmedos y enrojecidos. Pego la mano a su pecho y noto los tenues golpes de su interior. Una vocecilla hablando en clave.

Julie se sorbe los mocos. Se pasa un dedo por debajo de la nariz.

—¿Qué eres? —me pregunta por segunda vez.

Sonrío un poco. A continuación me levanto y salgo del avión, dejando la pregunta en el aire, sin contestar. En la palma de la mano noto el eco de su pulso, sustituyendo la ausencia del mío.

Esa noche me duermo tumbado en el suelo de la puerta 12. Por supuesto, el nuevo sueño es distinto. Nuestro cuerpo no está «cansado», ni nosotros «descansamos». Pero de vez en cuando, tras días o semanas de conciencia implacable, nuestra mente simplemente no puede soportar más el peso, y nos venimos abajo. Nos permitimos morir, desconectar y no pensar en nada durante horas, días, semanas, por mucho que se tarde en recuperar los electrones de nuestra identidad, en mantenernos intactos un poco más. No hay nada plácido ni bonito en ello; es desagradable y forzoso, un pulmón de acero para la cáscara jadeante de nuestra alma. Pero esta noche ocurre algo distinto.

Tengo un sueño.

Escenas de mi vida anterior insuficientemente reveladas, oscuras, viradas en sepia como una película con siglos de antigüedad parpadean en el vacío del sueño. Figuras amorfas cruzan puertas que se derriten y entran en habitaciones tenebrosas. En mi cabeza suenan voces graves y confusas como de gigantes borrachos. Practico deportes ambiguos, veo películas incoherentes, hablo y me río con formas borrosas y anónimas. Entre esas imágenes veladas de una vida sin examinar, alcanzo a ver atisbos de un pasado, una vehemente afición sacrificada mucho tiempo atrás en el altar ensangrentado del pragmatismo. ¿La guitarra? ¿El baile? ¿Las motos de motocross? Fuera lo que fuese, no consigue penetrar la espesa niebla que ahoga mi memoria. Todo se mantiene oscuro. Vago. Sin nombre.

He empezado a preguntarme de dónde vengo. La persona que soy ahora, este suplicante que avanza a tientas y dando traspiés... ¿fui creado sobre la base de mi antigua vida, o me levanté de la tumba como una pizarra en blanco? ¿Qué parte de mí es heredada y qué parte es de mi propia creación? Preguntas que antes eran solo vanas cavilaciones han empezado a resultar extrañamente urgentes. ¿Estoy firmemente arraigado a lo que hubo antes? ¿O puedo optar por desviarme?

Me despierto mirando al techo lejano. Los recuerdos, ya de por sí vacíos, se evaporan por completo. Todavía es de noche, y oigo a mi mujer acostándose con su nuevo amante detrás de la puerta de una sala de personal que hay cerca. Trato de hacer como si no existieran. Ya los he sorprendido hoy una vez. Oí ruidos y, como la puerta estaba abierta de par en par, entré. Allí estaban, desnudos, entrechocando torpemente sus cuerpos, gruñendo y sobando la carne pálida del otro. Él estaba flácido. Ella estaba seca. Se miraban con expresiones de desconcierto, como si una fuerza desconocida los hubiera empujado a esa maraña húmeda de miembros. Sus ojos parecían preguntar «¿Quién demonios eres tú?», mientras se zarandeaban y se sacudían como marionetas de carne.

No pararon ni reaccionaron cuando repararon en mi presencia. Se limitaron a mirarme y siguieron moviéndose con dificultad. Asentí con la cabeza y volví a la puerta 12, y esa fue la gota que colmó el vaso de mi cabeza. Me desplomé en el suelo y me dormí.

No sé por qué estoy ya despierto, después de tan solo unas cuantas horas febriles. Todavía noto la presión de los pensamientos acumulados sobre mi sensible cerebro, pero creo que ya no puedo dormir más. Noto un zumbido y un runrún en la cabeza que me mantienen alerta. Echo mano de lo único que me ha ayudado en ocasiones como esa. Meto la mano en el bolsillo y saco el último trozo de cerebro.

Cuando la energía vital residual desaparece del cerebro, el caos inservible es lo primero en desvanecerse. Las citas de películas, las sintonías de radio, los cotilleos de famosos y los eslóganes políticos, todos se esfuman y dejan únicamente los recuerdos más intensos y dolorosos. Cuando el cerebro muere, la vida interior se aclara y se destila. Envejece como el buen vino.

El trozo que sostengo en la mano ha encogido algo y ha adquirido un matiz gris parduzco. Casi ha expirado. Tendré suerte si saco de él unos cuantos minutos de la vida de Perry, pero serán unos minutos vertiginosos y urgentes. Cierro los ojos, me lo meto en la boca y mastico, pensando: «No me dejes todavía, Perry. Solo un poco más. Solo un poco más. Por favor».

Salgo del túnel oscuro y agobiante a un resplandor de luz y ruido. Me rodea un aire nuevo, frío y seco, mientras me limpian las últimas manchas de mi hogar de la piel. Noto un dolor agudo cuando cortan algo, y de repente me veo mermado. Soy solamente yo, pequeño y débil y totalmente solo. Me veo elevado y balanceado a grandes alturas, y entregado a Ella. Ella me envuelve, mucho más grande y suave de lo que había imaginado jamás desde dentro, y abro los ojos con esfuerzo. La veo. Es inmensa, cósmica. Ella es el mundo. El mundo me sonríe, y cuando Ella habla es la voz de Dios, enorme y resonante de significado, pero en mi cabeza suena un galimatías hecho de palabras inconocibles.

Ella dice…

Estoy en una sala oscura e inclinada recogiendo suministros médicos y cargándolos en cajas. Un pequeño grupo de civiles me acompaña en la expedición, todos escogidos cuidadosamente por el coronel Rosso menos yo. Una de ellas se escogió a sí misma. Una de ellas vio la mirada de mis ojos y se preocupó. Una de ellas quiere salvarme.

—¿Has oído eso? —dice Julie, mirando en derredor.

—No —contesto inmediatamente, y sigo cargando medicamentos.

—Yo sí —dice Nora, apartándose los rizos crespos de los ojos—. Pear, deberíamos…

—No pasa nada. Lo hemos registrado; estamos seguros. Trabajad.

Me miran continuamente, tensas como celadoras de hospital, listas para intervenir. Pero eso no cambia nada. No pienso ponerlas en peligro, pero todavía debo encontrar la manera. Cuando esté solo, cuando nadie esté mirando, lo haré. Haré que ocurra. Ellas no dejan de intentarlo, pero la belleza de su amor solo consigue hundirme más. ¿Por qué no entienden que es demasiado tarde?

Un ruido. Ahora lo oigo. Un ruido de pasos que suben la escalera, un coro de gruñidos. ¿Tiene Julie un oído muy sensible o yo he dejado de escuchar? Cojo la escopeta y me vuelvo…

No —dejo escapar en mitad de la visión—. *Eso no. Eso no es lo que quiero ver.*

Para gran sorpresa mía, todo se detiene. Perry alza la vista hacia mí, la voz del cielo.

—Son mis recuerdos, ¿lo has olvidado? Tú solo eres un invitado. Si no quieres verlo, puedes escupirlo.

Es toda una sorpresa. El recuerdo ha brotado de improviso. ¿Estoy manteniendo una conversación con la misma cabeza que estoy digiriendo? No sé qué parte de esto es de Perry y qué parte de mí, pero me dejo llevar.

¡Deberíamos estar viendo tu vida! —le grito—. *¡Y no esto! ¿Por qué quieres que tu último pensamiento sea una repetición de tu triste y absurda muerte?*

—¿Tú piensas que la muerte no tiene sentido? —replica él, al tiempo que carga un cartucho en la escopeta. Julie y los demás aguardan en sus puestos como accesorios de fondo, moviéndose impacientemente—. ¿No te gustaría recordar la tuya si pudieras? ¿Cómo si no vas a invertir el proceso y a convertirte en algo nuevo?

¿Algo nuevo?

—Claro, cadáver idiota. —Acerca el ojo al punto de mira y empieza a examinar la habitación despacio, y se detiene un instante en Berg—. Hay miles de tipos de vida y muerte en todo el espectro metafísico, por no hablar del metafórico. No querrás quedarte muerto el resto de tu vida, ¿verdad?

Pues no...

—Entonces relájate y déjame hacer lo que tengo que hacer.

Me trago el trozo y digo:

De acuerdo...

…cojo la escopeta y me vuelvo en el mismo momento en que las ruidosas pisadas llegan a nuestro piso. La puerta se abre de golpe y entran como un torbellino. Les disparamos, les disparamos, les disparamos, pero son demasiados, y son rápidos. Me agazapo sobre Julie, protegiéndola lo mejor posible.

No. Dios mío. Esto no es lo que yo quería.

De repente uno alto y flaco aparece detrás de mí y me agarra de las piernas. Me caigo, me doy con la mesa y la vista se me tiñe de rojo. Todo va mal, pero cuando el rojo se vuelve negro dejo escapar un grito exultante, un último orgasmo orgulloso antes de echarme a dormir para siempre.

Por fin. ¡Por fin!

Y entonces…

—Perry. —Un codazo en las costillas—. ¡Perry!

—¿Qué?

—No te duermas ahora.

Abro los ojos. Después de aguantar una hora el sol deslumbrante con los párpados cerrados, todos los colores del mundo se han convertido en un gris azulado, como el viejo cartel de una película en un decadente videoclub. Giro la cabeza y la miro. Ella sonríe maliciosamente y me da otro codazo.

—Da igual. Anda, duérmete.

Más allá de su cara veo los imponentes postes blancos de los arcos del techo del estadio, y más allá, el cielo de intenso color cerúleo. Centro la vista lenta y alternativamente en ella y el cielo, dejando que su cara se desdibuje en una nube de color melocotón y dorado para luego volver a centrarla.

—¿Qué? —dice.

—Dime algo que dé esperanza.

—¿Qué clase de esperanza?

Me incorporo y cruzo los brazos por encima de las rodillas. Contemplo la ciudad, los edificios derrumbados, las calles vacías y el cielo solitario, limpio y azul y de un silencio mortal sin aviones que dibujen estelas blancas.

—Dime que esto no es el fin del mundo.

Ella se queda inmóvil un instante, mirando al cielo. A continuación se incorpora, se saca un auricular de su enmarañado cabello rubio y me lo introduce en la oreja con cuidado.

El rasgueo de una guitarra quebrada, la ampulosidad de una orquesta, los «Uh» y «Ah» de un coro de estudio y la voz aturdida y cansada de John Lennon, cantando al amor ilimitado y eterno. Todos los que tocaron esta canción son ahora huesos en una tumba, pero aquí están, emocionándome y estimulándome, llamándome una y otra vez. Cuando la música se apaga al final, algo se rompe dentro de mí, y me brotan lágrimas de los ojos. La radiante verdad y la ineludible mentira, la una al lado de la otra como Julie y yo. ¿Puedo tenerlas las dos? ¿Puedo sobrevivir en este mundo condenado y seguir queriendo a Julie, que sueña por encima de él? Al menos en este instante, atado al cerebro de ella por el cable blanco que se interpone entre nuestros oídos, siento que puedo hacerlo.

«Nada va a cambiar mi mundo —canta Lennon una y otra vez—. Nada va a cambiar mi mundo.»

Julie canta una armonía aguda, y yo murmuro una grave. En el ardiente tejado blanco del último fortín de la humanidad, contemplamos el mundo que cambia rápida, irremediable e irreparablemente y cantamos:

Nada va a cambiar mi mundo. Nada va a cambiar mi mundo.

Estoy mirando el techo del aeropuerto de nuevo. Me meto el último pedazo del cerebro de Perry en la boca y lo mastico, pero no pasa nada. Lo escupo como si fuera ternilla. Se acabó la historia. La vida ha terminado.

Descubro que los ojos me pican de nuevo, reclamando unas lágrimas que mis conductos no pueden proporcionar. Me siento como si hubiera perdido a un ser querido. Un hermano. Un gemelo. ¿Dónde está ahora su alma? ¿Soy la otra vida de Perry Kelvin?

Finalmente me vuelvo a dormir. Estoy a oscuras. Las moléculas de mi mente siguen desperdigadas, y floto a través del espacio negro y oleaginoso, tratando de recogerlas como si fueran luciérnagas. Cada vez que me duermo sé que es posible que no me despierte jamás. ¿Cómo se puede esperar algo así? Dejas caer tu pequeña y desvalida mente en un pozo sin fondo, cruzando los dedos con la esperanza de que cuando la saques en su endeble hilo de pesca no la hayan roído los animales de abajo. Con la esperanza de que extraigas algo. Tal vez ese sea el motivo por el que solo duermo unas cuantas horas al mes. No quiero volver a morir. Es algo que últimamente he empezado a ver cada vez más claro, un deseo tan intenso y centrado que no puedo creer que sea mío: no quiero morir. No quiero desaparecer. Quiero quedarme.

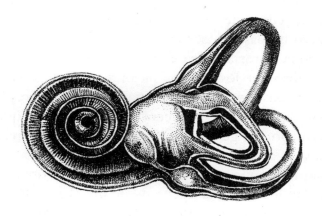

Me despierto con un ruido de gritos.

Abro los ojos de golpe y escupo unos bichos de la boca. Me incorporo de una sacudida. El sonido suena lejos, pero no viene de la escuela. Carece del matiz de pánico quejumbroso de los cadáveres aún vivos de la escuela. Reconozco la chispa desafiante de esos gritos, la esperanza implacable a pesar de la innegable desesperanza. Me levanto de un salto y echo a correr más rápido de lo que jamás ha corrido ningún zombi.

Siguiendo los gritos, encuentro a Julie en la puerta de embarque. Está arrinconada en una esquina, rodeada de seis muertos babeantes. La están cercando y retroceden un poco cada vez que ella blande la podadora de setos que escupe humo, pero avanzan de manera constante. Me abalanzo sobre ellos por detrás, choco contra el corro prieto que forman y los disperso como si fueran bolos. Doy un puñetazo tan fuerte al más próximo a Julie que los huesos de la mano se me hacen añicos. Su cara se resquebraja hacia dentro y se cae al suelo. Estampo al siguiente contra la pared, le agarro la cabeza y se la golpeo contra el hormigón hasta que le sale el cerebro y se desploma. Uno de ellos me coge por detrás y me da un mordisco en la carne de las costillas. Alargo la mano hacia atrás, le arranco el brazo podrido y le asesto un golpe con él como si fuera un bateador. La cabeza le da una vuelta completa sobre el cuello, se ladea, se desprende y se cae. Me quedo delante de Julie, blandiendo el miembro exageradamente musculoso, y los muertos dejan de avanzar.

—¡Julie! —les gruño al tiempo que la señalo a ella—. ¡Julie!

Se me quedan mirando. Se balancean de un lado a otro.

—¡Julie! —digo de nuevo, sin saber cómo expresarlo.

Me acerco a ella y pego la mano a su corazón. Suelto el brazo que me sirve de maza y coloco la otra mano en mi corazón.

—Julie.

La sala está en silencio salvo por el tenue gruñido de la podadora de setos de Julie. El aire está cargado del olor a albaricoques podridos de la gasolina, y me fijo en que a los pies de ella yacen varios cadáveres decapitados con los que no he tenido nada que ver. «Bien hecho, Julie —pienso con una débil sonrisa—. Estás hecha una guerrera.»

—Pero ¿qué... coño...? —gruñe una voz grave detrás de mí.

Una silueta alta y corpulenta se está levantando del suelo. Es el primero al que he atacado, al que le he dado el puñetazo en la cara. Es M. En el calor del momento no lo he reconocido. Ahora, con el pómulo incrustado en la cabeza, es todavía más difícil de identificar. Me lanza una mirada asesina y se frota la cara.

—¿Qué estás... haciendo...? —Su voz se va apagando, incapaz de encontrar palabras con que expresarse.

—Julie —digo una vez más, como si se tratara de un argumento irrebatible.

Y en cierto modo lo es. Esa palabra, un nombre plenamente encarnado, está teniendo el efecto de un reluciente teléfono móvil alzado ante un grupo de hombres primitivos. Todos los muertos que quedan miran fijamente a Julie en silencio, menos M. Él está desconcertado y enfurecido.

—¡Viva! —farfulla—. ¡Comer!

Yo niego con la cabeza.

—No.

—Comer, coño...

—¡Eh!

M y yo nos volvemos. Julie se ha apartado de detrás de mí. Lanza una mirada colérica a M y aumenta la potencia de la podadora.

—Vete a la mierda —dice.

Me toca el codo con el brazo, y noto un hormigueo de calor que se esparce con su roce.

M la mira, me mira a mí y luego otra vez a ella, y a continuación me mira de nuevo. Su mueca permanente está tensa. Parece que estemos en un callejón sin salida, pero antes de que la situación empeore, el silencio se ve interrumpido por un rugido reverberante, como un espeluznante toque de cuerno sin aire.

Todos nos volvemos en dirección a la escalera mecánica. Unos esqueletos amarillentos y fibrosos están subiendo uno a uno de los pisos inferiores. Un pequeño comité de huesudos sale de la escalera y se acerca a Julie y a mí. Se detienen delante de nosotros y se despliegan en una hilera. Julie retrocede un poco, amedrentada por su mirada negra sin ojos. Me agarra el brazo más fuerte.

Uno de ellos se adelanta y se para delante de mí, a escasos centímetros de mi cara. De su boca vacía no sale ningún aliento, pero percibo el débil y tenue zumbido que desprenden sus huesos. Ese zumbido no se advierte en mí, ni en M, ni en ninguno de los demás muertos cubiertos de carne, y empiezo a preguntarme qué son exactamente esas criaturas resecas. Ya no creo en los hechizos de vudú ni en los virus de laboratorio. Esto es algo más profundo y siniestro. Esto viene del cosmos, de las estrellas, o de la negrura desconocida que se esconde tras ellas. Las sombras del sótano de Dios.

El demonio y yo nos enzarzamos en un torneo de miradas, cuerpo a cuerpo, ojo contra cuenca ocular. Yo no parpadeo, y él no puede. Pasan lo que parecen horas. Entonces él hace algo que atenúa ligeramente el horror de su presencia. Levanta un montón de fotos Polaroid con sus dedos puntiagudos y empieza a dármelas una a una. Me viene a la memoria la figura de un anciano orgulloso luciendo a sus nietos, pero la sonrisa del esqueleto dista mucho de ser la de un abuelo, y las fotos distan mucho de ser reconfortantes.

Imágenes espontáneas de una especie de combate. Soldados organizados disparando proyectiles a nuestros refugios, rifles liquidándonos con precisión, uno, dos, tres. Ciudadanos con machetes y sierras mecánicas dándonos tajos como si fuéramos zarzas y salpicando el objetivo de la cámara con nuestros jugos oscuros. Gigantescos montones de cadáveres recién reaniquilados.

Humo. Sangre. Fotos de familia de nuestras vacaciones en el infierno.

Sin embargo, pese a lo inquietante de las imágenes, ya las he visto antes. He visto a los huesudos hacerlo docenas de veces, normalmente para los niños. Se pasean por el aeropuerto con cámaras colgando de las vértebras y de vez en cuando nos siguen en nuestras cacerías y se quedan atrás para documentar la masacre, y siempre me pregunto lo que buscan. El tema no varía nunca: cadáveres. Enfrentamientos. Zombis recién convertidos. Y ellos mismos. Sus salas de reuniones están empapeladas con esas fotos del suelo al techo, y a veces meten a rastras a un joven zombi y lo obligan a quedarse allí durante horas, incluso días, apreciando su obra en silencio.

El esqueleto, que es idéntico al resto, me entrega las polaroid lenta y cortésmente, convencido de que las imágenes hablan por sí solas. El mensaje del sermón de hoy está claro: la inevitabilidad. Los inmutables resultados binarios de nuestras interacciones con los vivos.

Ellos mueren / nosotros morimos.

Del lugar donde el esqueleto debería tener la garganta brota un ruido, un sonido jactancioso lleno de orgullo, reproche y una rígida y formal rectitud. Dice todo lo que él y el resto de los huesudos tienen que decir, su lema y su mantra. Dice: «No tengo nada más que decir» y «Así son las cosas» y «Porque yo lo digo».

Mientras miro fijamente sus cuencas oculares dejo caer las fotos al suelo. Me froto los dedos como si estuviera intentando quitarme algo sucio.

El esqueleto no reacciona. Se limita a dirigirme esa horrible mirada vacía, tan inmóvil que parece que el tiempo se haya detenido. El siniestro zumbido de sus huesos lo domina todo, una tenue onda sinusoidal rebosante de un tono amargo. Y de repente, tan bruscamente que doy un brinco, la criatura se gira y se reúne con sus compañeros. Escupe un último toque de cuerno, y los huesudos bajan la escalera. El resto de los muertos se dispersa, lanzando miradas hambrientas de reojo a Julie. M es el último en marcharse. Me mira con el ceño fruncido y se aleja moviéndose pesadamente. Julie y yo nos quedamos solos.

Me vuelvo para situarme de cara a ella. Ahora que la situación se ha calmado y la sangre del suelo se está secando, por fin puedo contemplar lo que pasa, y mi corazón resuella en lo profundo de mi pecho. Señalo lo que creo que es el letrero de «Salidas» y lanzo a Julie una mirada inquisitiva, incapaz de ocultar el dolor que hay detrás.

Julie mira al suelo.

—Han pasado unos días —murmura—. Dijiste que solo serían unos días.

—Quería… llevarte casa. Decir adiós. Quería… protegerte.

—Tengo que marcharme. Lo siento, pero tengo que hacerlo. No puedo quedarme aquí. Lo entiendes, ¿verdad?

Sí. Claro que lo entiendo.

Ella tiene razón, y yo soy ridículo.

Y sin embargo…

Pero y si…

Quiero hacer algo imposible. Algo asombroso e inaudito. Quiero quitar el musgo del transbordador espacial y llevar a Julie a la luna y colonizarla, o hacer flotar un transatlántico volcado hasta una isla lejana donde nadie nos pondrá reparos, o aprovechar la magia que me permite entrar en el cerebro de los vivos y usarla para que Julie entre en el mío, porque aquí se está calentito, es agradable y silencioso, y aquí no somos una absurda yuxtaposición, sino que somos perfectos.

Finalmente ella me mira a los ojos. Parece una niña perdida, confundida y triste.

—Gracias por… em… salvarme. Otra vez.

Yo salgo de mi ensoñación con gran esfuerzo y le dedico una sonrisa.

—A tu... disposición.

Me abraza. Al principio de forma tímida, un poco asustada y, sí, un poco asqueada, pero luego se funde en el abrazo. Apoya la cabeza en mi cuello frío y me abraza. Incapaz de creer lo que está pasando, yo la rodeo con los brazos y la estrecho.

Casi puedo notar mi corazón latiendo con fuerza. Pero debe de ser el suyo, apretado contra mi pecho.

Volvemos andando al 747. No se ha decidido nada, pero ella ha accedido a aplazar su huida. Después de la turbulenta escena que hemos montado, parece prudente no llamar la atención durante un tiempo. No sé hasta qué punto se opondrán los huesudos a la irregularidad que representa Julie, pues es la primera vez que he tenido motivos para desafiarlos. Mi caso no tiene precedentes.

Entramos en un pasillo suspendido sobre un aparcamiento, y el cabello de Julie danza al viento que silba a través de las ventanas hechas añicos. Los parterres de los arbustos de interior se han visto invadidos por margaritas silvestres. Julie las ve, sonríe y coge un puñado. Le arranco una de las manos y se la prendo torpemente en el pelo. Todavía tiene las hojas, y sobresale toscamente a un lado de su cabeza. Pero ella se la deja.

—¿Te acuerdas de cómo era vivir con personas? —pregunta mientras andamos—. Antes de que murieras.

Agito la mano en el aire vagamente.

—Pues ha cambiado. Yo tenía diez años cuando mi ciudad natal fue invadida y vinimos aquí, así que me acuerdo de cómo era. Ahora las cosas son muy distintas. Todo se ha vuelto más pequeño y más estrecho, más ruidoso y más frío. —Se detiene al final del paso elevado y contempla por las ventanas vacías el pálido atardecer—. Ahora estamos todos acorralados en el estadio sin más ocupación que sobrevivir hasta el final del día. Nadie escribe, nadie lee, y nadie habla siquiera. —Gira las margaritas que sostiene en las manos y huele una—. Ya no tenemos flores. Solo cultivos.

Yo miro la parte oscura del atardecer por las ventanas del otro lado.

—Por nuestra... culpa.

—No, no por vuestra culpa. O sea, sí, vosotros tenéis la culpa, pero no solo vosotros. ¿De verdad te acuerdas de cómo eran las cosas antes? ¿Todos los fracasos políticos y sociales? ¿La inundación global? ¿Las guerras, los disturbios y los bombardeos continuos? El mundo ya había desaparecido en gran parte antes de que os presentarais vosotros. Vosotros solo fuisteis el juicio final.

—Pero somos... lo que os mata. Ahora.

Ella asiente con la cabeza.

—Claro, ahora mismo los zombis son la amenaza más evidente. El hecho de que casi todos los que mueren vuelvan y maten a dos personas más... sí, es una proporción desalentadora. Pero la raíz del problema tiene que ser más grande, o quizá más pequeña, más sutil, y matar a un millón de zombis no va a solucionarlo, porque siempre va a haber más.

Dos muertos aparecen doblando una esquina y se lanzan sobre Julie. Les entrechoco las cabezas y los suelto, preguntándome si en mi vida anterior pude haber aprendido artes marciales. Parezco mucho más fuerte de lo que aparenta mi delgado cuerpo.

—A mi padre le da igual todo eso —continúa Julie mientras recorremos el túnel de carga y entramos en el avión—. Era general del ejército cuando el gobierno todavía funcionaba, así que piensa de esa forma. Localizar la amenaza, matar a la amenaza y esperar órdenes de los peces gordos. Pero como el mundo ha desaparecido y todas las personas que mandaban están muertas, ¿qué debemos hacer ahora? Nadie lo sabe, así que no hacemos nada. Nos limitamos a saquear provisiones, matar zombis y ampliar nuestros muros dentro de la ciudad. Básicamente, la idea de mi padre para salvar a la humanidad consiste en construir una caja de hormigón muy grande, meterlo todo dentro y vigilar la puerta con armas hasta que envejezcamos y muramos. —Se deja caer en un asiento, respira hondo y espira. Parece muy cansada—. Evidentemente, seguir vivo es muy importante, joder —dice—. Pero tiene que haber algo más, ¿no?

Mi mente repasa los últimos días, y me sorprendo pensando en mis hijos. La imagen de ellos en el pasillo, utilizando una grapadora como juguete y riéndose. Riéndose. ¿He visto a otros niños muertos reír? No me acuerdo. Pero al pensar en ellos, en la mirada de sus ojos mientras me abrazaban las piernas, siento que brotan en mí unas extrañas emociones. ¿Qué es esa mirada? ¿De dónde viene? ¿Qué bonita banda sonora se oye en la hermosa película proyectada en sus caras? ¿En qué idioma están los diálogos? ¿Se puede traducir?

En la cabina del avión se hace el silencio durante varios minutos. Tumbada boca arriba, Julie ladea la cabeza y mira por la ventanilla hacia abajo.

—Vives en un avión, R —dice—. Es genial. Echo de menos ver aviones en el cielo. ¿Te he dicho que echo de menos los aviones?

Me dirijo al tocadiscos. El disco de Sinatra sigue puesto, dando saltos en un surco interior en blanco, de modo que empujo la aguja hasta «Come Fly With Me».

Julie sonríe.

—Estupendo.

Me tumbo en el suelo y cruzo las manos por encima del pecho, mirando al techo y pronunciando al azar las palabras de la canción moviendo mudamente los labios.

—¿Te he dicho también —comenta Julie, girando la cabeza para mirarme— que en cierto modo estar aquí está siendo muy agradable? Dejando de lado que casi me han comido cuatro veces. Hacía años que no tenía tanto tiempo para respirar y reflexionar y mirar por la ventana. Y tienes una colección de discos bastante decente.

Alarga la mano y me mete una margarita entre las manos cruzadas, y acto seguido suelta una risita. Tardo un instante en darme cuenta de que parezco un cadáver de un funeral a la antigua usanza. Me incorporo bruscamente como si me hubiera alcanzado un rayo, y Julie rompe a reír. No puedo por menos de esbozar una sonrisa.

—¿Y sabes lo más absurdo, R? —dice—. A veces casi no me creo que seas un zombi. A veces pienso que llevas maquillaje, porque cuando sonríes... cuesta mucho creerlo.

Me tumbo de nuevo y cruzo las manos por detrás de la cabeza. Avergonzado, me quedo con una expresión triste hasta que Julie se duerme. Entonces dejo que la sonrisa vuelva a asomar y sonrío al techo mientras en el exterior las estrellas cobran vida parpadeando.

A media tarde sus suaves ronquidos van disminuyendo. Tumbado aún en el suelo, aguardo a oír los sonidos de su despertar. El desplazamiento del peso, la brusca inhalación, el pequeño gemido.

—R —dice medio dormida.

—¿Sí?

—Tienen razón, ¿sabes?

—¿Quiénes?

—Esos esqueletos. He visto las fotos que te han enseñado. Tienen razón con respecto a lo que seguramente pasará.

Yo no digo nada.

—Uno de los nuestros escapó. Cuando tu grupo nos atacó, mi amiga Nora se escondió debajo de una mesa. Te vio... capturarme. Puede que los de Seguridad tarden en localizar adónde me has llevado, pero no tardarán en descubrirlo, y mi padre vendrá. Te matará.

—Ya... muerto —contesto.

—No lo estás —dice ella, y se incorpora en su asiento—. Salta a la vista que no lo estás.

Pienso un momento en lo que está diciendo.

—Quieres... volver.

—No —responde ella, y acto seguido parece sorprendida—. Quiero decir que sí, claro, pero... —Suelta un gemido de azoramiento—. De cualquier forma no importa; tengo que hacerlo. Vendrán aquí y te liquidarán. A todos vosotros.

Me quedo callado de nuevo.

—No quiero ser la responsable de eso, ¿vale? —Parece estar meditando sobre algo mientras habla. Tiene un tono tenso y contradictorio—. Siempre me han enseñado que los zombis no son más que cadáveres andantes de los que hay que deshacerse, pero... fíjate en ti. Tú eres más que eso. Así que ¿y si hay otros como tú aquí?

Mi rostro muestra una expresión rígida.

Julie suspira.

—R... puede que tú seas tan tonto que consideres romántico el sufrimiento, pero ¿y las demás personas? ¿Tus hijos? ¿Qué hay de ellos?

Está espoleando mi mente por vías apenas transitadas. Durante todos los meses o años que llevo aquí, nunca he pensado en las otras criaturas que caminan a mi alrededor como personas. Humanos, sí, pero no personas. Comemos y dormimos y avanzamos arrastrando los pies a través de la niebla, recorriendo un maratón sin línea de meta, ni medallas, ni aplausos. Ninguno de los ciudadanos del aeropuerto pareció muy afectado cuando maté hoy a cuatro de los nuestros. Nos contemplamos a nosotros mismos de la misma forma que contemplamos a los vivos: como carne. Anónimos, sin rostro, desechables. Pero Julie está en lo cierto. Yo tengo pensamientos. Tengo una especie de alma, por arrugada e impotente que sea. De modo que otros también pueden estar en la misma situación. Tal vez haya algo que merezca la pena salvar.

—Está bien —digo—. Tienes… que irte.

Ella asiente con la cabeza en silencio.

—Pero yo… voy contigo.

Ella se ríe.

—¡R! ¿Al estadio? ¿Estás loco?

Niego con la cabeza.

—Pensémoslo un momento, ¿vale? Eres un zombi. Por muy bien conservado que estés y muy encantador que seas, eres un zombi. ¿Y sabes para que se entrena todo el mundo de más de diez años en el estadio los siete días de la semana?

No digo nada.

—Exacto. Para matar zombis. Te lo diré más claramente: no puedes venir conmigo. Te matarán.

Aprieto la mandíbula.

—¿Y qué?

Ella ladea la cabeza, y su sarcasmo desaparece. Su voz adquiere un tono tímido.

—¿Cómo que «Y qué»? ¿Quieres acabar muerto? ¿Muerto de verdad?

Mi acto reflejo es encogerme de hombros. El encogimiento de hombros ha sido mi respuesta por defecto durante mucho tiempo. Pero tumbado en el suelo con su mirada de preocupación posada en mí, recuerdo la sensación que me invadió ayer al despertarme, la sensación de «¡No!» y «¡Sí!». La sensación opuesta a encogerse de hombros.

—No —digo al techo—. No quiero morir.

Al decirlo me doy cuenta de que he batido mi récord de sílabas.

Julie asiente con la cabeza.

—Bien.

Respiro hondo y me levanto.

—Tengo... que pensar —le digo, evitando el contacto visual—. Volveré... pronto. Cierra... puerta.

Salgo del avión, y su mirada me sigue al exterior.

La gente se me queda mirando. En el aeropuerto siempre he sido como un forastero, pero ahora mi halo de misterio ha crecido como la espuma. Cuando entro en una sala, todo el mundo deja de moverse y me mira. Pero la expresión de su cara no es del todo seria. Hay cierta fascinación en su reproche.

Encuentro a M examinando su reflejo en una ventana del vestíbulo, metiéndose los dedos en la boca y empujando. Creo que está intentando recomponer su cara.

—Hola —digo, manteniéndome a una distancia prudencial.

Él me lanza una mirada colérica por un momento y acto seguido vuelve a mirar a la ventana. Empuja firmemente su mandíbula superior, y su pómulo se recoloca con un fuerte ruido seco. Se vuelve hacia mí y sonríe.

—¿Qué... tal?

Agito la mano vagamente. La mitad de su cara tiene ahora un aspecto relativamente normal, pero la otra mitad sigue siendo un poco... cóncava.

Él suspira y mira de nuevo a la ventana.

—Malas... noticias... para... las mujeres.

Sonrío. Pese a lo distintos que somos, tengo que reconocer el mérito de M. Es el único zombi que he conocido que ha logrado conservar una pizca de humor. También es digna de mención su capacidad para pronunciar cuatro sílabas sin hacer una pausa. Acaba de igualar mi antigua marca.

—Lo siento —le digo—. Por... eso.

Él no contesta.

—¿Puedo hablar... contigo?

Él vacila y a continuación se encoge de hombros. Me sigue hasta el siguiente grupo de sillas. Nos sentamos en un oscuro y caduco Starbucks. Dos vasos de café expreso mohosos reposan delante de nosotros, abandonados mucho tiempo atrás por dos amigos, dos socios, dos personas que acababan de conocerse en la terminal unidas por un interés común por los cerebros.

—Lo siento... mucho —digo—. Irrita... ble. Estos días.

M frunce el ceño.

—¿Qué... te... pasa?

—No... sé.

—¿Traído... chica viva?

—Sí.

—¿Estás... loco?

—Quizá.

—¿Cómo... es?

—¿El qué?

—Sexo... vivo.

Le lanzo una mirada de advertencia.

—Está... buena. Yo me la...

Él se ríe entre dientes.

—Cállate.

—¿Follando... contigo?

—No es… eso. No se trata… de eso.

—Entonces… ¿de qué?

Vacilo, sin saber cómo responder.

—Más.

Su expresión se torna de una seriedad inquietante.

—¿Qué? ¿Amor?

Pienso en ello, y no hallo más respuesta que un encogimiento de hombros. De modo que me encojo de hombros, procurando no sonreír.

M echa la cabeza hacia atrás y hace su mejor imitación de una carcajada. Me da un golpe en el hombro.

—¡Amigo… mío! ¡Un… donjuán! ¡Ja!

—Irme… con ella —le digo.

—¿Adónde?

—Llevarla… a casa.

—¿Estadio?

Asiento con la cabeza.

—La… protegeré.

M medita la respuesta, observándome con su rostro magullado ensombrecido por la preocupación.

—Ya… lo sé —digo suspirando.

M se cruza de brazos.

—¿Qué… te… pasa? —me pregunta una vez más.

Y, una vez más, yo me encojo de hombros por toda respuesta.

—¿Estás… bien?

—Cambiando.

Él asiente con la cabeza con aire indeciso, y yo me retuerzo bajo su mirada penetrante. No estoy acostumbrado a mantener conversaciones profundas con M. Ni con ninguno de los muertos, todo sea dicho. Doy vueltas al vaso de café entre los dedos, examinando atentamente su turbio contenido verde.

—Cuando… lo sepas —dice M por fin, en un tono más serio de lo que jamás le he oído—, dímelo. Dínoslo.

Espero a que tenga una salida graciosa, a que se lo tome a guasa, pero no lo hace. Habla en serio.

—Lo haré —digo.

Le doy una palmada en el hombro y me levanto.

Mientras me alejo, me lanza la misma mirada extraña que veo en las caras de todos los muertos. Esa mezcla de confusión, miedo y ligera expectación.

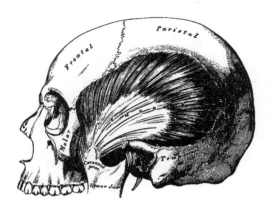

La escena que tiene lugar cuando Julie y yo abandonamos el aeropuerto parece un cortejo nupcial o la fila de un bufet. Los muertos están alineados en los pasillos para vernos pasar. Está presente hasta el último de ellos. Parecen inquietos, agitados, y salta a la vista que devorarían a Julie encantados, pero no se mueven ni hacen el más mínimo ruido. Pese a las protestas encendidas de Julie, he pedido a M que nos acompañe. Él nos sigue varios pasos por detrás, enorme y alerta, escudriñando a la multitud como un agente del servicio secreto.

El silencio artificial de una sala llena de personas que no respiran resulta surrealista. Casi puedo oír el corazón de Julie latiendo con fuerza. Ella intenta caminar firme y parecer tranquila, pero sus miradas fugaces la delatan.

—¿Estás seguro de esto? —susurra.

—Sí.

—Hay... cientos de ellos.

—Te... protegeré.

—Claro, claro, me protegerás, cómo olvidarlo. —Habla con un hilo de voz—. En serio, R... Te he visto repartir leña, pero si a alguien se le ocurre hacer sonar la campana de la cena, me harán picadillo.

—No... lo harán —le digo con un sorprendente grado de confianza—. Somos... distintos. Algo... nunca visto. Míralos.

Ella mira más detenidamente las caras que nos rodean, y confío en que pueda ver lo que yo he estado viendo. Las extrañas reacciones ante nosotros, ante la anomalía que representamos. Sé que nos dejarán pasar, pero Julie no parece convencida. Empieza a respirar con un silbido. Se pone a hurgar en su bolso de bandolera y saca un inhalador, aspira de él y lo esconde, sin dejar de lanzar miradas rápidas.

—Estarás... bien —dice M en un murmullo grave.

Ella expulsa el aire y gira la cabeza de golpe para lanzarle una mirada asesina.

—¿Quién coño te ha preguntado a ti, fiambre de mierda? Debería haberte partido por la mitad con el podador de setos.

M se ríe entre dientes y me mira arqueando las cejas.

—Cazado... una viva... R.

Continuamos sin que nos molesten hasta la puerta de embarque. Al salir a la luz del sol, noto una sensación de nerviosismo en el estómago. Al principio pienso que es solo el terror omnipresente del cielo abierto, que se extiende amenazadoramente sobre nosotros con tonos grises y morados, lleno de nubarrones a gran altura. Pero no se trata del cielo. Oigo el sonido. Ese tono grave y modulado, como unos barítonos locos tarareando canciones infantiles. No sé si estoy más sensibilizado a él o si suena más alto, pero lo oigo antes de que aparezcan los huesudos.

—Mierda —susurra Julie para sí.

Doblan resueltamente las dos esquinas de la zona de carga y forman una fila delante de nosotros. Hay más de los que jamás he visto juntos. No tenía ni idea de que hubiera tantos, al menos en nuestro aeropuerto.

—Problema —dice M—. Parecen… molestos.

Tiene razón. Hay algo distinto en su actitud. Su lenguaje corporal parece más rígido, si eso es posible. Ayer eran un jurado que intervenía para revisar nuestro caso. Hoy son los jueces que anuncian la sentencia. O tal vez los verdugos que la ejecutan.

—¡Marchar! —les grito—. ¡Llevarla! ¡Para que… no vengan!

Los esqueletos no se mueven ni responden. Sus huesos armonizan en una extraña clave amarga.

—¿Qué… queréis? —pregunto.

La primera fila al completo levanta los brazos a la vez y señala a Julie. Me llama la atención lo extraño del gesto, lo distintas, en lo básico, que esas criaturas son del resto de nosotros. Los muertos se encuentran a la deriva en un mar brumoso de hastío. No hacen cosas a la vez.

—¡Llevarla! —grito más alto, sin éxito en mi intento por pronunciar un discurso razonable—. Si… matáis… vendrán aquí. ¡Nos… matarán!

No vacilan ni se detienen lo más mínimo a considerar algo de lo que he dicho; su respuesta es inmediata y determinada de antemano. Al unísono, como monjes demoníacos cantando las vísperas del infierno, emiten ese sonido procedente de sus cavidades torácicas. Forman un grupo orgulloso de inquebrantable convicción, y aunque no pronuncian ninguna palabra, entiendo perfectamente lo que dicen:

No hace falta hablar.
No hace falta escuchar.
Ya se sabe todo.
Ella no se marchará.
La mataremos.
Así se hacen las cosas.
Siempre ha sido así.
Siempre lo será.

Miro a Julie. Está temblando. La agarro de la mano y miro a M. Él asiente con la cabeza.

Echo a correr con el calor del pulso de la mano de Julie inundándome los dedos helados.

Huimos hacia la izquierda, tratando de esquivar el borde del pelotón de huesudos. Cuando ellos avanzan ruidosamente para cerrarme el paso, M aparece como un huracán delante de mí, embiste con el cuerpo contra la fila más próxima y los derriba en un montón de miembros enganchados y cajas torácicas entrecruzadas. Un feroz toque de su cuerno invisible horada el aire.

—¿Qué estás haciendo? —dice Julie con voz entrecortada mientras tiro de ella detrás de mí.

Estoy corriendo más deprisa que ella.

—Te protege...

—¡Ni se te ocurra decir «Te protegeré»! —chilla—. Esto es lo menos protegida que he...

Lanza un grito cuando una mano sin piel le aprieta el hombro y se clava en él. La mandíbula de la criatura se abre para hundir sus afilados colmillos en el cuello de ella, pero yo lo agarro por la columna vertebral y lo aparto de Julie de un tirón. Lo arrojo al hormigón lo más fuerte que puedo, pero no se produce ningún impacto ni ningún ruido de huesos. El extraño ser casi parece flotar desafiando la gravedad; su caja torácica apenas toca el suelo antes de erguirse nuevamente de un brinco, y se dirige hacia mi cara dando traspiés como un espantoso insecto inextinguible.

–¡M! –grito con voz ronca mientras la criatura lucha para agarrarme del cuello–. ¡Socorro!

M está ocupado tratando de sacudirse esqueletos de los brazos, las piernas y la espalda, pero parece estar resistiendo gracias a su volumen superior. Mientras yo lucho por apartar los dedos del esqueleto de mis ojos, M se dirige pesadamente hacia mí, me arranca la criatura y la lanza contra otras tres que están a punto de saltar sobre él por detrás.

–¡Marchaos! –chilla, y me empuja hacia delante antes de volverse para hacer frente a nuestros perseguidores.

Agarro la mano de Julie y echo a correr hacia nuestro objetivo. Por fin lo veo. El Mercedes.

–¡Ah! –dice ella jadeando–. ¡De acuerdo!

Entramos en el coche de un salto, y arranco el motor.

–Oh, Merceditas... –dice Julie, acariciando el salpicadero como si fuera una mascota muy querida–. Me alegro mucho de verte.

Meto una marcha y suelto el embrague, y salimos disparados. De algún modo ahora parece sencillo.

M ha dejado de intentar luchar y ahora corre como alma que lleva el diablo seguido de un montón de esqueletos. Cientos de zombis aguardan fuera de la entrada de la zona de embarque, observándolo todo en silencio. ¿En qué están pensando? ¿Están pensando? ¿Existe alguna posibilidad de que se estén formando una reacción al suceso que tiene lugar ante ellos? ¿Ese repentino estallido de anarquía en el programa concertado de sus vidas?

M ataja por la calle, justo al otro lado de nuestra ruta de salida, y piso el acelerador. M cruza la vía por delante de nosotros, a continuación lo hacen los huesudos, y a continuación mil ochocientos kilos de ingeniería alemana se estrellan contra sus cuerpos quebradizos y osificados. Se rompen en pedazos. Partes de su anatomía salen volando por todas partes. Dos fémures, tres manos y medio cráneo caen dentro del coche, en cuyos asientos siguen vibrando y meneándose, soltando resoplidos secos y zumbidos insectiles. Julie los arroja fuera del coche y se limpia las manos frenéticamente en su sudadera, estremeciéndose del asco y diciendo entre gemidos:

—Dios mío. Dios mío.

Pero estamos a salvo. Julie está a salvo. Pasamos ruidosamente por delante de las puertas de llegadas, nos metemos en la autopista y salimos al vasto mundo mientras en lo alto se ciernen nubarrones. Miro a Julie. Ella me mira a mí. Los dos sonreímos cuando empiezan a caer las primeras gotas de lluvia.

Diez minutos más tarde la tormenta ha emprendido su gran movimiento de obertura, y nos estamos empapando. El descapotable ha sido una mala elección para un día como este. Ninguno de los dos sabemos cómo poner la capota, de modo que avanzamos en silencio mientras densas cortinas de lluvia nos caen con fuerza sobre la cabeza. Pero no nos quejamos. Procuramos no perder el optimismo.

—¿Sabes adónde vas? —pregunta Julie al cabo de veinte minutos.

Tiene el pelo enmarañado y aplastado contra la cara.

—Sí —digo, mirando carretera abajo en dirección al horizonte gris oscuro.

—¿Estás seguro? Porque yo no tengo ni idea.

—Muy... seguro.

Prefiero no explicarle por qué conozco tan bien la ruta entre el aeropuerto y la ciudad. Nuestra ruta de caza. Sí, ella sabe lo que soy y lo que hago, pero ¿tengo que recordárselo? ¿No podemos viajar tranquilamente y olvidar ciertas cosas por un rato? En los campos soleados de mi imaginación, no somos una adolescente y un muerto andante viajando en pleno chaparrón. Somos Frank y Ava recorriendo caminos rurales bordeados de árboles mientras una chirriante orquesta de vinilo toca nuestra banda sonora.

–Tal vez deberíamos parar y preguntar.

La miro. Miro los barrios desmoronados que nos rodean, casi negros a la penumbra vespertina.

–Es broma –dice ella, los ojos asomando entre mechones de pelo húmedo pegados. Se reclina en el asiento y cruza los brazos detrás de la cabeza–. Avísame cuando necesites descansar. Conduces como una vieja.

Mientras la lluvia se acumula a nuestros pies, me fijo en que Julie tiembla un poco. Es una cálida noche de primavera, pero ella está empapada, y la cabina del descapotable parece un ciclón con el viento de la autopista. Tomo la siguiente salida, y entramos en el silencioso cementerio de casas cuadriculadas de una zona residencial. Julie me mira con ojos inquisitivos. Oigo cómo le castañetean los dientes.

Conduzco despacio por delante de las casas, en busca de un buen lugar donde pasar la noche. Al final me meto en un callejón sin salida lleno de matojos y aparco junto a un Plymouth Voyager oxidado. Cojo a Julie de la mano y la llevo hacia la casa más próxima. La puerta está cerrada con llave, pero la madera putrefacta cede con una suave patada. Penetramos en la relativa calidez del acogedor nidito de una familia muerta mucho tiempo atrás. Hay lámparas de cámping por toda la casa, y cuando Julie las enciende arrojan un parpadeante fulgor propio de campamento que resulta extrañamente reconfortante. Ella se pasea por la cocina y la sala de estar, mirando los juguetes, los platos y los montones de viejas revistas. Coge un koala de peluche y lo mira a los ojos.

—Hogar, dulce hogar —murmura.

Mete la mano en su bolso de bandolera, saca una cámara Polaroid, me enfoca con ella y hace una foto. El flash resulta molesto en un lugar tan oscuro. Ella sonríe al ver mi expresión de sorpresa y levanta la cámara.

—¿Te suena? La robé de la sala de reuniones de los esqueletos ayer por la mañana. —Me entrega la foto que se está revelando—. Es importante conservar los recuerdos, ¿sabes? Sobre todo ahora, que el mundo va camino de su final. —Se lleva el visor al ojo y se gira en un lento círculo, abarcando toda la habitación—. Todo lo que ves podrías estar viéndolo por última vez.

Agito la foto con la mano. Una imagen espectral empieza a cobrar forma. Soy yo, R, el cadáver que cree estar vivo, mirándome con sus ojos gris metálico muy abiertos. Julie me da la cámara.

—Deberías hacer fotos constantemente, si no con una cámara, con la mente. Los recuerdos que captas a propósito siempre son más vivos que los que tomas por casualidad. —Posa y sonríe—. ¡Patata!

Le hago una foto. Cuando sale de la cámara, ella alarga la mano para cogerla, pero yo la aparto y la escondo a la espalda. Le doy la mía. Ella pone los ojos en blanco. Coge la foto y la examina, ladeando la cabeza.

—Tu piel tiene mejor aspecto. La lluvia debe de haberte limpiado un poco.

Baja la foto y me mira con los ojos entornados un instante.

—¿Por qué tienes los ojos así?

La miro con recelo.

—¿Cómo?

—De ese gris tan raro. No se parecen en nada a los ojos de los cadáveres. No están nublados ni nada parecido. ¿Por qué son así?

Pienso en ello.

—No sé. Ocurre en… la conversión.

Me está mirando tan fijamente que empiezo a avergonzarme.

—Son espeluznantes. Parecen… casi sobrenaturales. ¿Cambian de color cuando matas a alguien o algo por el estilo?

Procuro no suspirar.

—Creo… que piensas… en vampiros.

—Ah, claro. —Ella suelta una risita y sacude la cabeza con gesto arrepentido—. Por lo menos esos todavía no son de verdad. Últimamente hay tantos monstruos que cuesta llevar la cuenta.

Antes de que pueda ofenderme, alza la vista hacia mí y sonríe.

—De todas formas… me gustan. Tus ojos. Son bastante bonitos. Espeluznantes… pero bonitos.

Seguramente es el mejor cumplido que he recibido en toda mi vida de muerto. Haciendo caso omiso de mi mirada de idiota, Julie se adentra en la casa canturreando para sí.

La tormenta brama en el exterior, y de vez en cuando estalla un trueno. Doy gracias por estar en una casa con todas las ventanas intactas. La mayoría de las ventanas de las otras acabaron hechas añicos hace mucho por saqueadores o buscadores de comida. Vislumbro unos cuantos cadáveres sin cerebro en los jardines de nuestros vecinos, pero me gustaría imaginar que nuestros anfitriones han sobrevivido. Que llegaron a un estadio, tal vez incluso a un paraíso tapiado en las montañas, con coros angelicales sonando tras una verja de titanio adornada con perlas...

Estoy sentado en la sala de estar escuchando cómo cae la lluvia mientras Julie se pasea por la casa. Al cabo de un rato vuelve con los brazos cargados de ropa seca y la deja en el canapé. Levanta unos tejanos unas diez tallas más grandes que la suya.

—¿Qué te parece? —dice, envolviendo todo su cuerpo con la cintura de la prenda—. ¿Se me ve gorda? —Los suelta, se pone a hurgar entre el montón y saca un bulto de tela que parece un vestido—. Si mañana nos perdemos en el bosque, puedo utilizar esto para hacer una tienda. Dios, un zombi con suerte debió de darse un festín con estos tipos.

Sacudo la cabeza, poniendo cara de repugnancia.

—¿Qué pasa, tú no comes a gente gorda?

—Gordos... no vivos. Residuos. Necesito... carne.

Ella se ríe.

—¡Vaya, así que eres un audiófilo y un gourmet! —Lanza la ropa a un lado y espira profundamente—. Bueno, estoy agotada. La cama no está demasiado podrida. Me voy a dormir.

Me tumbo en el estrecho canapé y me pongo cómodo para pasar una larga noche a solas con mis pensamientos. Pero Julie no se marcha. Se queda en la puerta del dormitorio y me mira un largo rato. He visto esa mirada antes, y me preparo para lo que se avecina.

—R... —dice—. ¿Tú... tienes que comer gente?

Suspiro para mis adentros, harto de esas preguntas desagradables, pero ¿cuándo ha merecido intimidad un monstruo?

—Sí.

—¿O te morirás?

—Sí.

—Pero a mí no me has comido.

Vacilo.

—Me rescataste. Unas tres veces.

Asiento con la cabeza despacio.

—Y desde entonces no te has comido a nadie, ¿verdad?

Frunzo el ceño, concentrado, haciendo memoria. Ella tiene razón. Sin contar unos cuantos bocados de cerebros sobrantes aquí y allá, me he mantenido célibe desde el punto de vista grastronómico desde el día que la conocí.

Una extraña media sonrisa se dibuja en su cara.

—Estás... cambiando, ¿verdad?

Como siempre, no sé qué decir.

—En fin, buenas noches —dice ella, y cierra la puerta del dormitorio.

Me quedo tumbado en el sofá, mirando fijamente al techo estucado con manchas de humedad.

—¿Qué te pasa? —me pregunta M ante una taza de café mohoso en el Starbucks del aeropuerto—. ¿Estás bien?

—Sí, estoy bien. Solo estoy cambiando.

—¿Cómo puedes cambiar? Si todos partimos de la misma pizarra en blanco, ¿qué te hace distinto?

—A lo mejor no estamos en blanco. A lo mejor los restos de nuestra antigua vida siguen dándonos forma.

—Pero no nos acordamos de esa vida. No podemos leer nuestro diario.

—No importa. Estamos donde estamos, independientemente de cómo llegamos aquí. Lo importante es adónde vamos.

—Pero ¿podemos decidirlo?

—No lo sé.

—Estamos muertos. ¿De verdad podemos decidir algo?

—Tal vez, si lo deseamos lo bastante.

La lluvia tamborilea en el tejado. El crujido de las vigas cansadas. El picor de los viejos cojines del sofá a través de los agujeros de mi camisa. Estoy ocupado rebuscando en mi memoria post mórtem, tratando de recordar la última vez que aguanté tanto tiempo sin comer, cuando me percato de que Julie está de nuevo en la puerta. Tiene los brazos cruzados sobre el pecho y la cadera apoyada contra el marco. Con el pie marca un ritmo impaciente en el suelo.

—¿Qué? —pregunto.

—Bueno... —dice—. Estaba pensando que la cama es de matrimonio. Así que si te apetece... No me importaría que durmieras conmigo. —Arqueo las cejas un poco. Ella se ruboriza—. Oye, lo único que estoy diciendo... lo único que estoy diciendo... es que no me importa cederte un lado de la cama. Estas habitaciones dan bastante miedo, ¿sabes? No quiero que el fantasma de la señora Fondona me aplaste en sueños. Y teniendo en cuenta que no me ducho desde hace más de una semana, tú no hueles mucho peor que yo... Tal vez nuestros olores se anulen.

Encoge un hombro y desaparece en el dormitorio.

Espero unos minutos. Luego, con gran indecisión, me levanto y la sigo a la habitación. Ella ya está en la cama, acurrucada en posición fetal y bien tapada con las mantas. Me tumbo con cuidado en el otro lado. Todas las mantas están en su mitad, pero desde luego yo no necesito mantenerme en calor. Siempre estoy a temperatura ambiente.

A pesar del montón de suntuosos edredones de plumas con que está envuelta, Julie sigue temblando.

—Esta ropa está... —murmura, y se incorpora en la cama—. Joder. —Me lanza una mirada—. Voy a poner la ropa a secar. Tú... relájate, ¿vale?

Colocada de espaldas a mí, se quita los tejanos mojados retorciéndose y se saca la camiseta por la cabeza. Tiene la piel de la espalda blanquiazulada del frío. Casi del mismo tono que la mía. Sale de la cama con su sostén de lunares y sus bragas a cuadros y coloca la ropa sobre la cómoda, vuelve rápidamente a meterse bajo las mantas y se acurruca.

—Buenas noches —dice.

Me quedo tumbado boca arriba con los brazos cruzados, mirando al techo. Los dos estamos en los extremos del colchón, separados por un espacio de un metro y veinte centímetros aproximadamente. Tengo la sensación de que no solo mi condición biológica la pone en guardia. Vivo o muerto, viril o impotente, todavía parezco un hombre, y tal vez piensa que me comportaré como haría cualquier hombre al estar tumbado tan cerca de una mujer hermosa. Tal vez piensa que intentaré arrebatarle algo. Que me acercaré deslizándome e intentaré abusar de ella. Pero entonces, ¿por qué estoy en la cama? ¿Es una prueba? ¿Está pensada para mí o para ella? ¿Qué extrañas esperanzas la empujan a correr semejante riesgo?

Escucho su lenta respiración mientras se duerme. Al cabo de unas horas, con sus temores bien ocultos en los sueños, se da la vuelta y ocupa gran parte de la separación que había entre nosotros. Ahora está de cara hacia mí. Su suave respiración me hace cosquillas en la oreja. Si se despertara ahora, ¿gritaría? ¿Podría hacerle entender que está a salvo? No negaré que su proximidad me despierta más deseos que el instinto de matar y comer. Pero si bien esos nuevos deseos están ahí, algunos con sorprendente intensidad, lo único que quiero es quedarme tumbado junto a ella. En este momento lo máximo a lo que aspiraría sería a que ella apoyara su cabeza en mi pecho, espirara una bocanada de aire cálida y satisfecha y se durmiera.

He aquí una rareza. Una pregunta para los filósofos de los zombis. ¿Qué significa que mi pasado sea confuso pero mi presente sea radiante, rebosante de luz y color? Desde que me volví un muerto he registrado nuevos recuerdos con la fidelidad de una vieja platina, tenues y apagados y olvidables en última instancia. Pero recuerdo cada hora de los últimos días con todo lujo de detalles, y la idea de perder una sola de ellas me horroriza. ¿De dónde saco esta concentración, esta claridad? Puedo trazar una línea ininterrumpida desde el momento en que conocí a Julie hasta ahora, tumbado a su lado en este dormitorio sepulcral, y pese a los millones de momentos pasados que he perdido o he tirado como basura por la ventanilla, sé con total certeza que me acordaré de este el resto de mi vida.

En algún momento previo al amanecer, mientras permanezco tumbado boca arriba sin ninguna necesidad real de descansar, un sueño empieza a parpadear como una bobina de película detrás de mis ojos. Solo que no es un sueño, sino una visión, demasiado nítida y viva para ser producto de mi cerebro sin vida. Normalmente esos recuerdos de segunda mano se ven precedidos por el sabor de la sangre y las neuronas, pero esta noche no es así. Esta noche cierro los ojos y ocurre sin más, un pase de medianoche sorpresa.

Comenzamos con una escena de una cena. Una larga mesa metálica provista de un banquete minimalista. Un plato de arroz. Un plato de alubias. Un rectángulo de pan de lino.

—Gracias, Señor, por esta comida —dice el hombre situado a la cabecera de la mesa, con las manos cruzadas por delante pero los ojos muy abiertos—. Bendice los alimentos que vamos a tomar. Amén.

Julie da un codazo al chico sentado a su lado. Él le estruja el muslo por debajo de la mesa. El chico es Perry Kelvin. Estoy en la cabeza de Perry otra vez. Su cerebro ha desaparecido, su vida se ha evaporado y esfumado... pero todavía está aquí. ¿Se trata de una evocación química? ¿Un vestigio de su cerebro que sigue disolviéndose en algún lugar de mi cuerpo? ¿O es él realmente, que sigue aferrándose en alguna parte, de algún modo, por algún motivo?

—Bueno, Perry —le dice... me dice el padre de Julie—. Julie dice que trabajas en Agricultura.

Me trago el arroz.

—Sí, general Grigio, soy...

—No estamos en el comedor, Perry; estamos cenando. «Señor Grigio» es suficiente.

—De acuerdo. Sí, señor.

Hay cuatro sillas en la mesa. El padre de Julie está sentado a la cabecera, y ella y yo estamos sentados el uno al lado del otro a su derecha. La silla del otro lado de la mesa está vacía. Julie me ha dicho lo siguiente de su madre: «Se marchó cuando yo tenía doce años». Y aunque la he sondeado con delicadeza, no me ha dicho nada más, ni siquiera cuando estamos tumbados desnudos en mi cama individual, agotados y felices y todo lo vulnerables que pueden estar dos personas.

—Soy sembrador —le digo a su padre—, pero creo que me van a ascender. Aspiro a ser supervisor de cosechas.

—Entiendo —dice el padre, asintiendo con la cabeza pensativamente—. No es mal trabajo... pero me pregunto por qué no te unes a tu padre en Construcción. Seguro que le vendría bien otro joven trabajando en ese importantísimo pasadizo.

—Él me lo ha pedido, pero... No sé, no creo que mi sitio esté ahora en Construcción. Me gusta trabajar con plantas.

123

—Plantas —repite él.

—Me parece que en este momento es importante cultivar cosas. El suelo está tan consumido que cuesta sacar algo de él, pero cuando por fin ves algo verde salir a través de esa capa gris es una gran satisfacción.

El señor Grigio deja de masticar, con el rostro inexpresivo. Julie parece intranquila.

—¿Te acuerdas del pequeño arbusto que teníamos en la sala de estar de nuestra casa en el este? —dice—. ¿El que parecía un arbolito flaco?

—Sí... —contesta su padre—. ¿Qué pasa con él?

—Te encantaba ese arbusto. No hagas como si no entendieras la jardinería.

—Era la planta de tu madre.

—Pero era a ti al que le gustaba. —Julie se vuelve hacia mí—. Papá estaba hecho todo un interiorista, aunque no te lo creas. Tenía nuestra antigua casa decorada como una sala de muestras de IKEA, toda llena de cristal moderno y cosas de metal, que mamá no soportaba. Ella quería que todo fuera sencillo y natural, con fibras de cáñamo y maderas sostenibles...

El señor Grigio tiene una expresión tensa. O Julie no se percata de ello o le da igual.

—...así que para contraatacar compró ese frondoso arbusto de color verde intenso, lo metió en una maceta de mimbre enorme y lo puso justo en medio de la perfecta sala de estar blanca y plateada de papá.

—No era mi sala de estar, Julie —tercia su padre—. Si mal no recuerdo, decidíamos por votación cada mueble, y tú siempre te ponías de mi parte.

—Tenía unos ocho años, papá, y seguramente me gustaba fingir que vivía en una nave espacial. El caso es que mamá compró esa planta y discutieron por ella una semana. Papá

124

decía que era «incongruente», y mamá decía que o se quedaba la planta o ella se marchaba… —Vacila un instante. La expresión de su padre se vuelve más tensa—. Siguieron así un tiempo —prosigue—, pero tal como era mamá, se obsesionó con otra cosa y dejó de regar la planta. Y adivina quién adoptó a la pobrecilla cuando empezó a marchitarse.

—No iba a tener un arbusto muerto como centro de la sala de estar. Alguien tenía que cuidarlo.

—Lo regabas todos los días, papá. Lo fertilizabas y lo podabas.

—Sí, Julie, así se mantiene una planta con vida.

—¿Por qué no reconoces que te encantaba esa estúpida planta, papá? —Julie lo observa con una mezcla de asombro y frustración—. No lo entiendo, ¿qué hay de malo?

—Que es absurdo —le espeta él, y el ambiente de la habitación varía de repente—. Se puede regar y podar una planta sin que te «encante».

Julie abre la boca para hablar, y acto seguido la cierra.

—Es un objeto de decoración sin sentido. Agota tiempo y recursos, y un buen día decide morirse, por mucho que la hayas regado. Es absurdo tomar apego a algo tan inútil y fugaz.

Se hace el silencio durante varios largos segundos. Julie evita la mirada de su padre y se pone a hurgar en su arroz.

—En fin —murmura—, lo que quería decir, Perry… es que papá ha hecho de jardinero. Así que deberías compartir tus anécdotas de jardinería.

—Me interesan muchas más cosas que la jardinería —respondo, dándome prisa por cambiar de tema.

—Ah —dice el señor Grigio.

—Sí, por ejemplo… las motos. Hace tiempo encontré una BMW R 1200 R y he estado blindándola, preparándola para el combate, por si acaso.

—Entonces tienes experiencia como mecánico. Eso está bien. Ahora mismo tenemos escasez de mecánicos en la Armería.

Julie pone los ojos en blanco y se mete una cucharada de alubias en la boca.

—También dedico mucho tiempo a mejorar mi puntería. He solicitado tareas extra en la escuela y me he vuelto bastante hábil con el M40.

—Oye, Perry, ¿por qué no le hablas a papá de tus otras plantas? —dice Julie—. Dile que siempre has querido…

Le piso el pie. Ella me lanza una mirada asesina.

—¿Que siempre has querido qué? —pregunta su padre.

—Yo no… Todavía no… —Bebo un trago de agua—. Todavía no estoy seguro, señor, para ser sincero. No estoy seguro de lo que quiero hacer con mi vida. Pero estoy seguro de que cuando empiece a ir al instituto ya lo habré descubierto.

¿Qué ibas a decir?, se pregunta en voz alta R, que interrumpe la escena de nuevo, y noto una sacudida cuando cambio de sitio con él. Perry le lanza —me lanza— una mirada frunciendo el ceño.

—Venga, cadáver, ahora no. Es la primera vez que veo al padre de Julie y la cosa no va bien. Tengo que concentrarme.

—Va perfectamente —le dice Julie a Perry—. Ahora mi padre es así, ya te lo advertí.

—Más vale que prestes atención —me dice Perry—. A lo mejor un día tú también tienes que conocerlo, y te va a costar mucho más que a mí conseguir su aprobación.

Julie le pasa una mano a Perry por el pelo.

—Vamos, cariño, no hables del presente. Me siento excluida.

Él suspira.

—Vale. De todas formas, eran mejores tiempos. Cuando me hice mayor me convertí en una auténtica estrella de neutrones.

Siento haberte matado, Perry. Yo no quería, pero...

—Olvídalo, cadáver. Lo entiendo. De todas formas, a esas alturas yo quería dejarlo.

—Siempre te echaré de menos cuando recuerde esa época —dice Julie tristemente—. Eras genial antes de que papá te dominara.

—Cuida de ella, ¿quieres? —me susurra Perry—. Ha pasado cosas muy duras. Protégela.

Lo haré.

El señor Grigio carraspea.

—Yo de ti empezaría a hacer planes ahora, Perry. Con tus cualidades, deberías plantearte recibir instrucción de Seguridad. Está bien ver cómo los brotes salen de la tierra, pero no necesitamos obligatoriamente todas esas frutas y verduras. Los humanos pueden vivir solo a base de Carbtein durante casi un año antes de que el agotamiento celular sea detectable. Lo más importante es mantenernos todos con vida, y en Seguridad nos dedicamos a eso.

Julie tira del brazo de Perry.

—Vamos, ¿tenemos que aguantar esto hasta el final otra vez?

—No —responde Perry—. No merece la pena revivir esto. Vamos a algún sitio bonito.

Estamos en una playa. No una playa de verdad, labrada a lo largo de los milenios por la destreza maestra del mar; esas están todas sumergidas ahora. Estamos en la joven orilla de un puerto urbano recién inundado. Pequeñas parcelas de arena aparecen entre losas rotas de acera. Farolas cubiertas de percebes sobresalen del oleaje, algunas de las cuales todavía parpadean a la penumbra de la noche, proyectando círculos de luz anaranjada sobre las olas.

—Está bien, chicos —dice Julie, lanzando un palo al agua—. Concurso de preguntas. ¿Qué queréis hacer con vuestra vida?

—Ah, hola, señor Grigio —murmuro, sentado al lado de Julie en un madero a la deriva que antaño fue un poste de teléfono.

Ella no me hace caso.

—Nora, tú primero. Y no me refiero a lo que creéis que acabaréis haciendo. Me refiero a lo que queréis hacer.

Nora está sentada en la arena frente al madero, jugando con unos guijarros y sujetando un porro encendido entre el dedo corazón y el muñón del dedo anular, amputado a partir del primer nudillo. Sus ojos son de color marrón tierra; su piel es de color café con leche.

—Enfermería, tal vez —dice—. Curar personas, salvar vidas... trabajar en la cura de algo, quizá. Podría dedicarme a eso.

—La enfermera Nora —dice Julie con una sonrisa—. Suena a programa infantil de televisión.

—¿Por qué enfermera? —pregunto—. ¿Por qué no aspirar a médico?

Nora se burla.

—Sí, ¿y estudiar siete años de universidad? Dudo que la civilización vaya a durar tanto.

—Sí que durará —contesta Julie—. No hables así. Pero no hay nada malo en ser enfermera. ¡Las enfermeras son sexy!

Nora sonríe y tira despreocupadamente de sus gruesos rizos negros. Me mira.

—¿Por qué médico, Pear? ¿Es ese tu objetivo?

Yo niego con la cabeza rotundamente.

—No, gracias. Ya he visto suficiente sangre y vísceras para toda la vida.

—Entonces, ¿qué?

—Me gusta escribir —digo a modo de confesión—. Así que... supongo que quiero ser escritor.

Julie sonríe. Nora ladea la cabeza.

—¿En serio? ¿La gente sigue haciendo eso?

—¿Qué? ¿Escribir?

—Me refiero a si todavía existe... una industria editorial.

Me encojo de hombros.

—Pues... no. Buena observación, Nora.

—Solo estaba...

—Ya lo sé, pero tienes razón. Es una tontería incluso como fantasía. El coronel Rosso dice que solo un treinta por ciento de las ciudades del mundo siguen operativas, así que a menos que los zombis estén aprendiendo a leer... no es un buen momento para meterse en la literatura. Probablemente acabe en Seguridad.

—Cierra la puta boca, Perry —exclama Julie, al tiempo que me da un puñetazo en el hombro—. La gente todavía lee.

—Ah, ¿sí? —dice Nora.

—Yo sí. ¿Qué más da si hay una industria detrás? Si todo el mundo está demasiado ocupado construyendo cosas y haciendo puntería para molestarse en alimentar su alma, que les den. Escribe en un cuaderno y dámelo. Yo lo leeré.

—Un libro entero para una sola persona —dice Nora, mirándome—. ¿Merecería la pena?

Julie responde por mí.

—Por lo menos sus pensamientos saldrían de su cabeza, ¿no? Por lo menos alguien llegaría a verlos. Creo que sería precioso. Sería como ser dueña de un trozo de su cerebro.

—Me mira fijamente—. Dame un trozo de tu cerebro, Perry. Quiero probarlo.

—Vaya —dice Nora riéndose—. ¿Os dejo solos?

Rodeo a Julie con el brazo y esbozo la sonrisa de hastío que he perfeccionado últimamente.

—Mi niña —digo, y la estrecho.

Ella frunce el entrecejo.

—¿Y tú, Jules? —pregunta Nora—. ¿Cuál es tu sueño imposible?

—Quiero ser maestra. —Respira hondo—. Y pintora, y cantante, y poeta. Y piloto. Y...

Nora sonríe. Yo pongo los ojos en blanco a escondidas. Nora le pasa el porro a Julie, que le da una pequeña calada y me lo ofrece. Yo niego con la cabeza, mostrando más juicio. Todos contemplamos el agua reluciente; tres chicos en el mismo tronco observando el mismo atardecer, albergando pensamientos muy distintos mientras las gaviotas blancas inundan el aire de cantos lúgubres.

Vas a hacer esas cosas, murmura R a Julie, y él y yo nos intercambiamos una vez más. Julie alza la vista hacia mí, el cadáver de las nubes, flotando sobre el mar como un espíritu inquieto. Me dedica una sonrisa radiante, y sé que no es ella en realidad, sé que nada de lo que diga aquí saldrá de los confines de mi cráneo, pero lo digo de todas formas. *Vas a ser alta y fuerte y brillante, y vas a vivir eternamente. Vas a cambiar el mundo.*

—Gracias, R —dice ella—. Eres un encanto. ¿Crees que serás capaz de dejarme marchar cuando llegue el momento? ¿Crees que serás capaz de decirme adiós?

Trago saliva. *¿Tendré que hacerlo?*

Julie se encoge de hombros, sonriendo inocentemente, y susurra:

—Yo me encojo de hombros.

Por la mañana la tormenta ha cesado. Estoy tumbado boca arriba en una cama al lado de Julie. Un intenso rayo de sol atraviesa el polvo del aire y forma un foco blanco caliente sobre su figura acurrucada. Sigue arrebujada con las mantas. Me levanto y salgo al porche. El sol primaveral tiñe el barrio de blanco, y el único sonido que se oye es el de los columpios oxidados del jardín chirriando con la brisa. La pregunta directa del sueño resuena en mi cabeza. No quiero enfrentarme a ella, pero me doy cuenta de que dentro de muy poco esto habrá acabado. La llevaré de vuelta al porche de su padre hacia las nueve, y todo habrá terminado. La puerta se cerrará de golpe, y yo me largaré a casa. *¿Seré capaz de dejarla marchar?* Nunca he formulado una pregunta más difícil. Hace un mes no había nada en la tierra que echara de menos, que me gustara o que anhelara. Sabía que lo podía perder todo y no sentía nada, y vivía tranquilo con ello. Pero me estoy cansando de la tranquilidad.

Cuando vuelvo a entrar, Julie está sentada en el borde de la cama. Parece aturdida, medio dormida. Su pelo parece una catástrofe natural, como las palmeras después del paso de un huracán.

—Buenos días —digo.

Ella gruñe. Procuro denodadamente no mirarla cuando arquea la espalda y se estira, ajustando la tira del sostén y soltando un pequeño gemido. Puedo ver cada uno de sus músculos y vértebras, y como ya está desnuda me la imagino sin piel. Sé por experiencia que también hay belleza en las capas interiores del cuerpo. Prodigios de simetría y artesanía contenidos dentro de ella como los mecanismos decorados con joyas de un reloj, excelentes obras de arte pensadas para no ser vistas.

—¿Qué vamos a desayunar? —murmura—. Estoy muerta de hambre.

Yo vacilo.

—Podemos... llegar a... estadio en... una hora. Pero... falta... gasolina. Para... Merceditas.

Ella se frota los ojos. Empieza a ponerse la ropa todavía húmeda. Una vez más, yo procuro no mirarla. Su cuerpo se contonea y brinca de una forma vedada a la carne muerta.

De repente, una mirada de alerta asoma a sus ojos.

—Mierda. Tengo que llamar a papá.

Coge el teléfono alámbrico, y me sorprende oír un tono de llamada. Supongo que para su gente era una prioridad mantener el funcionamiento de las líneas telefónicas. Seguramente todos los artefactos basados en la tecnología digital o por satélite se apagaron hace mucho tiempo, pero las conexiones físicas, los cables subterráneos, deberían durar un poco más.

Julie marca el número. Aguarda, tensa. A continuación el alivio inunda su cara.

—¡Papá! Soy Julie.

Al otro lado de la línea se oye un sonoro estallido de exclamaciones. Julie aparta el teléfono del oído y me lanza una mirada que dice: «Ya estamos».

—Sí, papá, estoy bien, estoy bien. Sana y salva. Nora te contó lo que pasó, ¿verdad? —Más ruido al otro lado—. Sí, sabía que tú me estarías buscando, pero estabas muy lejos. He estado en el aeropuerto de Orán. Me metieron en una pequeña sala llena de muertos, como una despensa o algo por el estilo, pero al cabo de unos días... supongo que se olvidaron de mí. Me escapé, hice un puente a un coche y me marché. Ahora estoy de camino. Solo he parado a llamarte. —Una pausa. Me lanza una mirada—. No, mmm, no mandes a nadie, ¿vale? Estoy en las zonas residenciales del sur, casi estoy… –Espera–. No lo sé, en algún sitio cerca de la autopista, pero, papá… –Se queda paralizada, y le cambia la cara–. ¿Qué? –Respira hondo–. Papá, ¿por qué hablas de mamá ahora? No, ¿por qué hablas de ella? Esto no tiene nada que ver. Estoy de camino, solo… ¡Papá! Espera, ¿quieres hacer el favor de escucharme? No mandes a nadie. Vuelvo a casa, ¿vale? Tengo un coche, estoy de camino, solo… ¡Papá! –Se hace el silencio en el aparato–. ¿Papá?

Silencio. Ella se muerde el labio y mira al suelo. Cuelga el teléfono.

Arqueo las cejas, lleno de preguntas que temo formular. Ella se masajea la frente y espira lentamente.

–¿Puedes buscar la gasolina tú solo, R? Necesito… pensar un momento.

No me mira al hablar. Tímidamente, alargo el brazo y le poso la mano en el hombro. Ella se estremece, pero acto seguido se ablanda, se vuelve y me abraza fuerte, sepultando su cara en mi camisa.

–Solo necesito un momento –dice, y se aparta para recobrarse.

De modo que la dejo allí. Encuentro un bidón de gasolina vacío en el garaje y comienzo a dar la vuelta a la manzana, en busca de un vehículo con el depósito lleno para vaciarlo. Cuando estoy arrodillado junto a un Chevy Tahoe recién estrellado con el sifón borboteando en la mano, oigo el sonido de un motor arrancando a lo lejos. No le hago caso. Me centro en el sabor de la gasolina, fuerte y astringente en la boca. Cuando el bidón está lleno, regreso al callejón, cerrando los ojos y dejando que el sol me atraviese los párpados. Luego los abro y me quedo un rato quieto, sujetando el bidón de plástico rojo como un regalo de cumpleaños atrasado. El Mercedes ha desaparecido.

Dentro de la casa, en la mesa de la sala de estar, encuentro una nota. Hay algo escrito en ella, unas letras que soy incapaz de convertir en palabras, pero al lado hay dos polaroid. Las dos fotos son de Julie, tomadas por ella misma, sujetando la cámara con el brazo extendido y enfocándose a sí misma. En una de ellas aparece diciendo adiós con la mano. El gesto resulta poco convincente, tímido. En la otra, sujeta la misma mano contra el pecho. Tiene una expresión estoica, pero sus ojos están húmedos.

Adiós, R —me susurra la fotografía—. *Ha llegado el momento. Ha llegado el momento de decirlo. ¿Puedes decirlo?*

Sostengo la fotografía ante mí, mirándola fijamente. La froto con los dedos y emborrono su emulsión en unas manchas multicolores. Me planteo llevármela, pero decido que no. No estoy listo para convertir a Julie en un recuerdo.

Dilo, R. Dilo.

Vuelvo a dejar la foto en la mesa y salgo de la casa. No lo digo.

Emprendo el camino de vuelta al aeropuerto a pie. No estoy seguro de lo que me espera. ¿La muerte total? Muy posiblemente. Después del jaleo que he armado, puede que los huesudos se limiten a deshacerse de mí como un desecho contagioso. Pero estoy solo de nuevo. Mi mundo es pequeño y mis opciones escasas. No sé a qué otro sitio ir.

El trayecto de cuarenta minutos en coche se convertirá en una jornada a pie. A medida que camino, el viento parece cambiar de dirección, y los nubarrones de ayer se deslizan por el horizonte una vez más. Giran en espiral sobre mí y reducen el círculo del cielo azul como una inmensa apertura de cámara. Yo ando deprisa y con rigidez, casi desfilando.

El pequeño círculo azul que hay sobre mí se oscurece hasta volverse gris, después añil, y luego las nubes lo cierran por fin. Empieza a llover. Cae a cántaros de tal forma que el chubasco de anoche parece una ligera llovizna. Para mi gran confusión, descubro que tengo frío. A medida que la lluvia penetra con fuerza en mi ropa y en cada poro de mi piel, me echo a temblar. Y a pesar del obsceno atracón de sueño que me he dado últimamente, noto de nuevo el deseo de dormir. Ya son casi tres noches seguidas.

Me desvío de la autopista en la siguiente salida y subo a un triángulo de zona verde entre la carretera y el carril de salida. Atravieso la maleza y me interno en el pequeño grupo de árboles, un bosque en miniatura con diez o doce cedros dispuestos en un agradable diseño para los fantasmas de los empleados estresados que viajan en coche al trabajo.

Me hago un ovillo al pie de uno de los árboles, cuyas escuálidas ramas me brindan cierta protección, y cierro los ojos. Mientras los relámpagos parpadean en el horizonte cual bombillas de flash y los truenos me retumban en los huesos, me sumo en la oscuridad.

Estoy con Julie en el 747. Me doy cuenta de que es un sueño. Un sueño de verdad, no otra repetición de la vida compartida de Perry Kelvin. Esto es un producto exclusivamente mío. La claridad ha mejorado desde el residuo borroso del primer intento de mi cerebro en el aeropuerto, pero aún hay un elemento tosco y trémulo, como un vídeo de aficionado comparado con los impecables largometrajes de Perry.

Julie y yo estamos sentados con las piernas cruzadas el uno frente al otro, flotando sobre las nubes en la radiante ala blanca del avión. El viento nos revuelve el pelo, pero no más que un trayecto relajado en descapotable.

—¿Así que ahora sueñas? —dice Julie.

Yo sonrío nerviosamente.

—Supongo.

Julie no sonríe. Tiene una mirada fría.

—Supongo que no tenías nada con que soñar hasta que has tenido líos de faldas. Eres como un colegial intentando llevar un diario.

Ahora estamos en tierra, sentados en el césped verde y soleado de una zona residencial. Una pareja aquejada de obesidad mórbida asa a la parrilla miembros humanos en el jardín. Trato de mantener concentrada a Julie.

—Estoy cambiando —le digo.

—Me da igual —responde—. Ya estoy en casa. Vuelvo a estar en el mundo real, donde tú no existes. El campamento de verano ha terminado.

Un Mercedes con alas pasa con gran estruendo por el lejano cielo y desaparece con un estampido sónico amortiguado.

—Me he ido —dice ella, mirándome fijamente a los ojos—. Ha sido divertido, pero ya ha terminado. Así son las cosas.

Niego con la cabeza, evitando su mirada.

—No estoy preparado.

—¿Qué creías que iba a ocurrir?

—No lo sé. Solo esperaba algo. Un milagro.

—Los milagros no existen. Solo hay causa y efecto, sueños y realidad, vivos y muertos. Tu esperanza es absurda. Tu romanticismo, penoso.

La miro con inquietud.

—Ya es hora de que crezcas. Julie ha vuelto a su sitio, y tú volverás al tuyo. Así son las cosas. Siempre han sido así. Y siempre serán así.

Sonríe, y sus dientes se han convertido en unos colmillos amarillos irregulares. Me besa y me roe haciendo un agujero en los labios, me arranca los dientes a mordiscos, sube hacia el cerebro y chilla como un niño moribundo. Yo me atraganto con mi sangre roja y caliente.

Abro los ojos de repente y me incorporo, apartándome unas ramas empapadas de la cara. Aún es de noche. La lluvia sigue aporreando la tierra. Salgo de entre los árboles y subo al paso elevado. Me apoyo en la barandilla y contemplo la autopista vacía y el horizonte oscuro que se ve más allá. Un pensamiento me retumba en la cabeza como una migraña de rabia: *Te equivocas. Os equivocáis, monstruos de mierda. En todo.*

Por el rabillo del ojo atisbo una silueta al otro lado del paso elevado. La forma oscura avanza hacia mí con pasos regulares y pesados. Aprieto los músculos, preparándome para un enfrentamiento. Después de vagar solos durante demasiado tiempo, los muertos aislados a veces pierden la capacidad para distinguir a los de su propia especie de los vivos. Y algunos están tan idos, tan sumidos en esa forma de vida, que les da igual una cosa u otra. Están dispuestos a comerse a cualquiera, cualquier cosa, en cualquier parte, porque no entienden otra forma de interactuar. Me imagino a una de esas criaturas sorprendiendo a Julie al parar el Mercedes para orientarse, rodeándole la cara con sus asquerosas manos y mordiendo su esbelto cuello, y mientras esa imagen fermenta en mi cabeza, me preparo para hacer trizas al ser que tengo delante y dejarlo irreconocible. Cada vez que pienso en que alguien hace daño a Julie me invade una terrible ira primaria. La violencia de matar y comer gente parece una broma amistosa comparada con esa avasalladora sed de sangre.

La sombra imponente se acerca dando traspiés. Un relámpago ilumina su cara, y dejo caer los brazos a los lados.

—¿M?

Al principio casi no lo reconozco. Tiene la cara desgarrada y llena de arañazos, y le han arrancado a mordiscos incontables pedacitos del cuerpo.

—Eh —gruñe. La lluvia le corre por la cara y se acumula en sus heridas—. Cubrámonos… de… lluvia.

Pasa por delante de los árboles chorreantes y desciende por la pendiente hacia la autopista. Yo lo sigo al espacio seco situado bajo el paso elevado. Nos acurrucamos entre la basura, rodeados de viejas latas de cerveza y jeringuillas.

—¿Qué… hace… él… él… aquí? —le pregunto, buscando las palabras con dificultad. He estado en silencio menos de un día y ya estoy oxidado.

—Adi… vina —dice M, señalando las heridas—. Huesudos. Echado.

—Lo siento.

M gruñe.

—A la… mierda. —Da una patada a una lata de cerveza descolorida por el sol—. ¿Sabes… qué? —Algo parecido a una sonrisa ilumina su rostro desfigurado—. Algunos… venido… conmigo.

Señala la autopista, y veo unas nueve figuras más avanzando despacio hacia nosotros.

Miro a M, confundido.

—¿Venido? ¿Por qué?

Él se encoge de hombros.

—Una… locura… en casa. Rutina… cambiado. —Me señala con el dedo—. Tú.

—¿Yo?

—Tú y… ella. Algo… en aire. Movi… miento.

138

Los nueve zombis se detienen bajo el paso elevado y permanecen allí, mirándonos con expresión vaga.

—Hola —digo.

Ellos se balancean y gruñen un poco. Uno saluda con la cabeza.

—¿Dónde... la chica? —me pregunta M.

—Se llama Julie.

El nombre brota de mi lengua fluidamente, como un trago de manzanilla caliente.

—Ju... lie —repite él con cierto esfuerzo—. Vale. ¿Dónde... está?

—Marchado. A casa.

M escruta mi cara. Deja caer una mano sobre mi hombro.

—¿Estás... bien?

Cierro los ojos y respiro despacio.

—No.

Miro la autopista, en dirección a la ciudad, y algo florece en mi cabeza. Primero una emoción, luego un pensamiento y luego una decisión.

—Me voy a buscarla.

Seis sílabas. He vuelto a batir mi récord.

—¿Al... estadio?

Asiento con la cabeza.

—¿Por qué?

—Para... salvarla.

—¿De... qué?

—To... do.

M me mira durante un largo rato. Entre los muertos, una mirada penetrante puede durar varios minutos. Me pregunto si tiene la más remota idea de a lo que me refiero, cuando ni siquiera yo estoy seguro. Solo es una intuición. El cigoto rosado de un plan.

Él alza la vista al cielo, y una mirada perdida aflora a mis ojos.

—Anoche... tuve... un sueño. De verdad. Recuerdos.

Lo miro fijamente.

—Recordé... era joven. Verano. Choco Krispis. Una chica.

Sus ojos vuelven a enfocarme.

—¿Cómo... es?

—¿El qué?

—Has... sentido. ¿Sabes... qué es?

—¿De qué... hablas?

—Mi sueño —dice, con la cara llena de asombro como un niño ante un telescopio—. Esas cosas... amor.

Un hormigueo me sube por la columna. ¿Qué está ocurriendo? ¿Hacia qué lejanos confines se dirige nuestro planeta? M está soñando, reclamando recuerdos, haciendo preguntas asombrosas. Yo bato mi récord de sílabas cada día. Nueve muertos desconocidos nos acompañan bajo el paso elevado, a kilómetros del aeropuerto y de las órdenes de los esqueletos, aguardando... algo.

Un nuevo lienzo se despliega ante nosotros. ¿Qué pintamos en él? ¿Cuál es el primer tono con el que salpicamos este espacio en blanco?

—Yo iré... contigo —dice M—. Ayudaré... a entrar. Salvarla. —Se vuelve hacia los muertos que están esperando—. ¿Ayudáis? —pregunta, sin alzar la voz por encima de su rumor natural—. ¿Ayudáis... salvar... chica? ¿Salvar...? —Cierra los ojos y se concentra—. ¿Ju... lie?

Los muertos empiezan a moverse al oír el nombre, retuercen los dedos y lanzan miradas rápidas. M parece complacido.

—¿Ayudáis... encontrar... algo... perdido? —pregunta con una voz más firme de lo que jamás he oído salir de su maltrecha garganta—. ¿Ayudáis... desenterrar?

Los zombis miran a M. Me miran a mí. Se miran entre ellos. Uno se encoge de hombros. Otro asiente con la cabeza.

–Ayudamos –gruñe uno de ellos, y todos resoplan en señal de conformidad.

Descubro una sonrisa dibujándose en mi cara. No sé lo que estoy haciendo, ni cómo lo estoy haciendo, ni qué pasará cuando esté hecho, pero por lo menos sé que voy a volver a ver a Julie. Sé que no le voy a decir adiós. Y si estos refugiados tambaleantes quieren ayudarme, si creen ver algo más que un chico que persigue a una chica, que me ayuden, y veremos lo que pasa cuando digamos «Sí» mientras este mundo atenazado por el rigor mortis grita «No».

Empezamos a avanzar pesadamente hacia el norte por la autopista que va al sur, y los truenos se alejan hacia las montañas como si les diéramos miedo.

Aquí estamos, en la carretera. Debemos de estar yendo a alguna parte.

SEGUNDO PASO

ACEPTAR

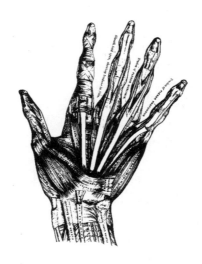

Soy joven. Soy un adolescente rebosante de salud, fuerte, viril y lleno de energía. Pero me hago mayor. Cada segundo me hace envejecer. Mis células se propagan cada vez más endebles y se vuelven rígidas, frías, oscuras. Tengo quince años, pero cada muerte a mi alrededor me añade una década. Cada atrocidad, cada tragedia, cada pequeño momento de tristeza. Dentro de poco seré un anciano.

Aquí estoy, Perry Kelvin, en el estadio. Oigo a los pájaros en los muros. Los lamentos bovinos de las palomas, los gorjeos musicales de los estorninos. Alzo la vista y respiro hondo. El aire es mucho más puro últimamente, incluso aquí. Me pregunto si esto es lo que olía el mundo cuando era nuevo, siglos antes de las chimeneas. Me frustra y al mismo tiempo me fascina que nunca vayamos a poder saberlo con seguridad, que a pesar de todos los esfuerzos de historiadores y científicos y poetas, hay cosas que no sabremos nunca. Cómo sonaba la primera canción. Cómo fue ver la primera fotografía. Quién dio el primer beso, y si estuvo bien.

—¡Perry!

Sonrío y saludo con la mano a mi pequeño admirador mientras él y su docena de hermanos adoptivos cruzan la calle en fila, cogidos de la mano.

—¡Hola… colega! —le grito.

Nunca me acuerdo de su nombre.

—¡Vamos al parque!

—¡Genial!

Julie Grigio me sonríe, encabezando la fila como una madre cisne. En una ciudad con miles de habitantes, me tropiezo con ella casi a diario, a veces cerca de las escuelas donde el encuentro parece probable, y otras en los rincones más remotos del estadio donde las posibilidades son escasas. ¿Me está siguiendo los pasos o estoy siguiéndoselos yo? En cualquier caso, cada vez que la veo noto que una descarga de adrenalina y de hormonas del estrés recorre todo mi ser, me sudan las palmas de las manos y la cara se me llena de granos. La última vez que coincidimos, ella me llevó al tejado. Estuvimos horas escuchando música, y cuando se puso el sol, estoy convencido de que nos faltó poco para besarnos.

—¿Quieres venir con nosotros, Perry? —dice—. ¡Vamos de excursión!

—Qué divertido… una excursión al sitio donde paso ocho horas trabajando.

—Oye, en este sitio no hay muchas opciones.

—Ya me he dado cuenta.

Me hace un gesto con la mano para que me acerque, y accedo al instante, al mismo tiempo que hago todo lo posible por mostrarme reacio.

—¿Nunca salen fuera? —pregunto, observando a los niños que desfilan torpemente al estilo militar.

—La señora Grau diría que ya estamos fuera.

—Me refiero a fuera de verdad. Árboles, ríos, etcétera.

—No hasta que tengan doce años.

—Qué horror.

—Sí.

Caminamos en un silencio solo perturbado por la burbuja de conversación infantil que se oye detrás de nosotros. Los muros del estadio se alzan protectores como los padres que esos niños nunca conocerán. Mi emoción por ver a Julie se ensombrece bajo una súbita nube de melancolía.

—¿Cómo soportáis esto? —digo, en un tono que apenas es de pregunta.

Julie me mira con el ceño fruncido.

—Sí que salimos. Dos veces al mes.

—Ya lo sé, pero...

Ella permanece a la espera.

—¿Qué, Perry?

—¿Alguna vez te preguntas si merece la pena? —Señalo vagamente los muros—. ¿Todo esto?

La expresión de ella se vuelve más afilada.

—Quiero decir si realmente estamos mucho mejor aquí dentro.

—Perry —suelta ella con inesperada vehemencia—. No empieces a hablar así, joder.

Ella repara en el brusco silencio que se ha hecho detrás de nosotros y se arredra.

—Lo siento —dice a los niños en un susurro confidencial—. Palabrotas.

—¡Joder! —grita mi amiguito, y toda la fila estalla en carcajadas.

Julie pone los ojos en blanco.

—Estupendo.

Yo chasqueo la lengua en señal de desaprobación.

—Tú, cierra la boca. Lo decía en serio. Eso es un taco.

La miro con aire indeciso.

—Salimos dos veces al mes. Más si vamos de expedición. Y conseguimos sobrevivir.

Parece que recite un verso de la Biblia. Un viejo refrán. Como percibiendo su propia falta de convicción, me lanza una mirada y luego gira la vista hacia delante. Baja la voz.

—Se acabaron los tacos si quieres venir de excursión.

—Lo siento.

—Tú no llevas aquí suficiente tiempo. Creciste en un sitio seguro. No entiendes los peligros que existen.

Al oír sus palabras, me inundan sentimientos sombríos, pero logro refrenar la lengua. No sé a qué dolor se refiere, pero sé que es profundo. La vuelve dura y al mismo tiempo terriblemente delicada. Son sus espinas y su mano asomando del matorral.

—Lo siento —digo de nuevo, y busco esa mano y la saco del bolsillo de sus tejanos.

Está caliente. Mis dedos fríos rodean los suyos, y mi cabeza evoca una imagen desagradable de tentáculos. La descarto.

—Se acabaron los tacos.

Los niños me miran fijamente con impaciencia, los ojos enormes y las mejillas inmaculadas. Me pregunto qué son y a qué se refieren y qué va a ser de ellos.

—Papá.

—¿Sí?

—Creo que tengo novia.

Mi padre baja la carpeta y se ajusta el casco. Una sonrisa se dibuja en las profundas arrugas de su cara.

—No me digas.

—Eso creo.

—¿Quién?

—Julie Grigio.

Él asiente con la cabeza.

—La conozco. Es... ¡Eh! ¡Doug! —Se inclina sobre el borde del baluarte y grita a un obrero que carga con una estructura de acero—. Esa es del cuarenta, Doug. Estamos usando de cincuenta en las secciones arteriales. —Vuelve a mirarme—. Es guapa. Pero ándate con cuidado; parece explosiva.

—Me gustan las cosas que explotan.

Mi padre sonríe. Su mirada se desvía.

—A mí también, muchacho.

Su walkie-talkie crepita, y lo saca y empieza a dar instrucciones. Contemplo el feo panorama de hormigón en construcción. Estamos en el extremo de un muro de cuatro metros y medio de alto que se está terminando, actualmente con varias manzanas de largo. Otro muro avanza paralelo a él y convierte la calle principal en un pasillo cercado que ataja por el centro de la ciudad. Los obreros pululan abajo, colocando vigas metálicas y levantando armazones.

—¿Papá?

—¿Sí?

—¿Crees que es una tontería?

—¿El qué?

—Enamorarse.

Él se detiene y guarda su walkie-talkie.

—¿A qué te refieres, Pear?

—Quiero decir... ahora. Teniendo en cuenta como son las cosas ahora. Todo es tan incierto... ¿Es una tontería perder el tiempo en cosas así cuando todo podría desmoronarse en cualquier momento?

Mi padre me mira largamente.

—Cuando conocí a tu madre me hice esa misma pregunta —dice—. Y entonces solo había unas cuantas guerras y recesiones. —Su walkie-talkie crepita de nuevo. Él no le hace caso–. Estuve diecinueve años con tu madre. Pero ¿crees que habría rechazado la idea si hubiera sabido que solo estaría un año? ¿O un mes? –Examina la construcción, sacudiendo la cabeza lentamente–. No hay un punto de referencia que diga cómo tiene que ser la vida, Perry. No tienes que quedarte esperando un mundo ideal. El mundo siempre es lo que hay ahora, y tú decides cómo reaccionas a él.

Miro los oscuros agujeros de las ventanas de los bloques de oficinas en ruinas. Me imagino los esqueletos de sus ocupantes sentados todavía a sus mesas, trabajando para cumplir una cuota que nunca satisfarán.

–¿Y si solo hubieras estado una semana con ella?

–Perry... –dice mi padre, ligeramente asombrado–. El mundo no se va a acabar mañana, ¿vale? Estamos trabajando para arreglarlo. Mira. –Señala los grupos de obreros de abajo–. Estamos construyendo carreteras. Vamos a conectar con los demás estadios y escondites, a unir los territorios, a poner en común nuestra investigación y recursos, tal vez a trabajar en una cura. –Mi padre me da una palmada en el hombro–. Tú y yo, todo el mundo... vamos a conseguirlo. No te rindas aún, ¿vale?

Cedo soltando un pequeño suspiro.

–Vale.

–¿Lo prometes?

–Lo prometo.

Mi padre sonríe.

–Te haré cumplir tu palabra.

¿Sabes lo que pasó después, cadáver? –susurra Perry desde las profundas tinieblas de mi conciencia–. *¿Lo adivinas?*

–¿Por qué me estás enseñando todo esto? –pregunto a la oscuridad.

Porque es lo que queda de mí, y quiero que lo sientas. No estoy dispuesto a desaparecer todavía.

—Yo tampoco.

Percibo una sonrisa fría en su voz.

Bien.

—Estás aquí.

Julie sube con esfuerzo por la escalera de mano y se sitúa en el tejado de mi nuevo hogar, observándome. Yo la miro y vuelvo a apoyar la cara en las manos.

Se acerca con paso cauto por la lámina metálica y se sienta a mi lado en el borde del tejado. Nuestras piernas cuelgan, balanceándose lentamente con el frío aire otoñal.

—¿Perry?

No contesto. Ella escruta mi perfil. Alarga la mano y pasa dos dedos por mi pelo greñudo. Sus ojos azules me atraen como la gravedad, pero me resisto. Me quedo mirando la calle embarrada.

—No puedo creer que esté aquí —murmuro—. En esta estúpida casa. Con todos estos desechos.

Ella no responde al instante. Luego habla en voz baja.

—No son desechos. Fueron seres queridos.

—Por un tiempo.

—Sus familiares no se marcharon. Se los llevaron.

—¿Hay alguna diferencia?

Ella me mira tan fijamente que no me queda más remedio que mirarla a los ojos.

—Tu madre te quería, Perry. Nunca te ha cabido duda. Y a tu padre tampoco.

No puedo soportar la carga. Me rindo y dejo que caiga sobre mí. Aparto la cara de Julie cuando brotan las lágrimas.

—Si quieres puedes creer que te abandonó Dios, el hado o el destino o lo que sea, pero al menos sabes que ellos te querían.

—¿Qué más da? —digo con voz ronca—. A nadie le importa un carajo. Están muertos. El presente es esto. Esto es lo que importa ahora.

Permanecemos sin hablar durante unos minutos. La brisa fría nos pone la piel de gallina en los brazos. Hojas de vivos colores llegan de los bosques de las afueras, entran en el estadio dando vueltas y caen sobre el tejado de la casa.

—¿Sabes qué, Perry? —dice Julie. Tiene la voz trémula de sus penas íntimas—. Todo acaba muriendo. Todos lo sabemos. Personas, ciudades, civilizaciones enteras. Nada dura. Así que si la existencia es binaria, muertos o vivos, estar aquí o no estar aquí, ¿de qué coño sirve todo? —Alza la vista hacia unas hojas que caen y alarga la mano para coger una hoja de arce de un rojo encendido—. Mi madre decía que por eso tenemos memoria. Y lo contrario de la memoria: la esperanza. Para que las cosas que han desaparecido sigan siendo importantes. Para que podamos aprovechar el pasado y crear un futuro. —Gira la hoja delante de su cara de un lado a otro—. Mamá decía que la vida solo tiene sentido si vemos el tiempo como lo ve Dios. Pasado, presente y futuro al mismo tiempo.

Accedo a mirar a Julie. Ella ve mis lágrimas e intenta enjugar una.

—Entonces, ¿qué es el futuro? —pregunto, sin inmutarme—. Puedo ver el pasado y el presente, pero ¿qué es el futuro?

—Bueno… —dice ella, riéndose de forma entrecortada—. Supongo que esa es la parte difícil. El pasado está compuesto de hechos e historia… Supongo que el futuro es solo esperanza.

—O miedo.

—No. —Ella niega con la cabeza firmemente y me prende la hoja en el pelo—. Esperanza.

El estadio surge en el horizonte a medida que los muertos avanzan dando traspiés. Se cierne sobre la mayoría de los edificios circundantes y ocupa varias manzanas de la ciudad, un monumento llamativo a una época de exceso, un mundo de derroche y necesidad y sueños desacertados totalmente acabado.

Nuestro cuadro cadavérico lleva caminando un poco más de un día, vagando por las carreteras abiertas como los beatniks de Kerouac sin dinero para gasolina. Los demás tienen hambre, y hay un breve debate mantenido en su mayor parte sin palabras entre M y el resto antes de parar a comer delante de una antigua casa adosada protegida con tablones. Han pasado más días de los que puedo recordar desde la última vez que comí, pero me encuentro extrañamente saciado. Una sensación neutral corre por mis venas, equilibrada con precisión entre el hambre y el hartazgo. Los gritos de las personas de la casa me desgarran más que todas las veces que participé en matanzas, y ni siquiera estoy cerca de ellos. Me encuentro lejos, en la calle, tapándome los oídos con las manos y esperando a que acabe.

Cuando aparecen, M evita mi mirada. Se limpia la sangre de la boca con el dorso de la mano y me lanza una sola mirada de culpabilidad antes de pasar por mi lado rozándome. Los demás todavía no han alcanzado el nivel de conciencia de M, pero también hay algo distinto en ellos. No cogen sobras. Se secan las manos manchadas de sangre en los pantalones. Caminan en un silencio incómodo. Es un principio.

Cuando nos aproximamos lo bastante al estadio para oler por primera vez a los vivos, repaso el plan mentalmente. La verdad es que no se le puede llamar plan. Es de una simpleza caricaturesca, pero puede funcionar porque nunca ha sido puesto en práctica. Nadie ha tenido la voluntad suficiente para hallar una forma.

Paramos a pocas manzanas de la verja de entrada en una casa abandonada. Entro en el cuarto de baño y me observo en el espejo como debió de hacer el antiguo residente miles de veces. Reviso mentalmente las exasperantes repeticiones de la rutina de la mañana, metiéndome en el personaje. Despertador, ducha, ropa, desayuno. ¿Tengo el mejor aspecto posible? ¿Doy la mejor impresión? ¿Estoy preparado para todo lo que este mundo tiene que ofrecerme?

Me pongo fijador en el pelo. Me salpico la cara con loción para después del afeitado. Enderezo la corbata.

—Listo —digo a los demás.

M me examina.

—Bastante... parecido.

Nos dirijimos a la verja.

A pocas manzanas de distancia, el olor de los vivos resulta casi abrumador. Es como si el estadio fuera una gigantesca bobina de Tesla que crepitara envuelta de olorosos rayos vitales de color rosa. Todos los miembros de nuestro grupo lo miran con asombro. Algunos babean copiosamente. Si no hubieran comido, nuestra precaria estrategia se vendría abajo al instante.

Antes de tener la verja a la vista, tomamos una calle lateral, paramos en un cruce y nos escondemos detrás de un camión de UPS. Salgo y echo un vistazo a la esquina.

A menos de dos manzanas hay cuatro guardias situados delante de las puertas de la entrada principal del estadio, charlando entre ellos con escopetas colgadas del hombro. Sus frases bruscas y militares contienen todavía menos sílabas que las nuestras.

Miro a M.

—Gracias. Por... hacer esto.

—De nada —dice M.

—No te... mueras.

—Lo... intento. ¿Estás... listo?

Asiento con la cabeza.

—Hazte... el vivo... allí.

Sonrío. Me peino el pelo hacia atrás una vez más, respiro hondo y echo a correr.

—¡Socorro! —grito, agitando los brazos—. ¡Socorro, los... tengo detrás!

Corro hacia la puerta haciendo gala de mi mejor equilibrio y aplomo. M y los otros muertos me siguen pesadamente, gruñendo de forma teatral.

Los guardias reaccionan instintivamente: levantan las armas y abren fuego contra los zombis. Un brazo sale volando. Una pierna. Uno de los nueve anónimos pierde la cabeza y se desploma. Pero ni una sola arma apunta en dirección a mí. Dibujando la cara de Julie en el aire, corro a toda velocidad con concentración olímpica. Mis zancadas son buenas, lo noto; parezco normal, vivo, de modo que se me puede etiquetar de «humano». Otros dos guardias aparecen con armas en ristre, pero apenas me miran. Entornan los ojos, apuntan a sus objetivos y gritan:

—¡Vamos! ¡Métete aquí, tío!

Dos zombis más caen al suelo detrás de mí. Al entrar rápidamente por las puertas, veo que M y los muertos que quedan se desvían y se retiran. A medida que avanzan, sus andares cambian de repente. Dejan de caminar dando traspiés y corren como seres vivos. No tan deprisa como yo, no con tanta elegancia, pero con decisión. Los guardias vacilan, y el fuego se interrumpe.

—Pero ¿qué coño...? —murmura uno de ellos.

Dentro hay un hombre con una carpeta y un cuaderno. Un oficial de aduanas listo para tomar nota de mi nombre y hacerme rellenar una pila de formularios antes de despacharme con total seguridad. Los muertos hemos dependido de este hombre durante años para proveernos de rezagados indefensos a los que comemos en las ruinas del exterior. Se dirige hacia mí y hojea su cuaderno, sin establecer contacto ocular.

—Por los pelos, ¿eh, amigo? Voy a necesitar que...

—¡Ted! ¡Mira esta mierda!

Ted alza la vista, mira a través de las puertas abiertas y ve a sus compañeros boquiabiertos. Me lanza una mirada.

—Espera aquí.

Ted sale a trote corto y se detiene junto a los centinelas, mirando cómo los zombis misteriosamente animados se internan a toda prisa en las calles lejanas como personas de verdad. Me imagino la expresión de la cara de los hombres, la inquietante sensación de que la tierra se está moviendo bajo sus pies.

Aprovechando que se han olvidado momentáneamente de mí, me vuelvo y echo a correr. Avanzo corriendo por el oscuro pasillo de la entrada en dirección a la luz del otro lado, preguntándome si se trata de un canal de parto o del túnel que lleva al cielo. ¿Voy o vengo? En cualquier caso, es demasiado tarde para darme la vuelta. Oculto en la penumbra bajo un cielo vespertino rojo, entro en el mundo de los vivos.

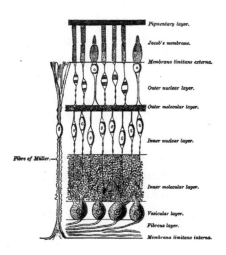

El palacio de deportes que Julie llama hogar es extrañamente grande, tal vez uno de esos «macrorrecintos» para
dos tipos de eventos construido para una época en la que
la mayor dificultad a la que se enfrentaba el mundo era
dónde celebrar las fiestas. Por fuera no se ve más que un
gigantesco óvalo de muros anodinos, un arca de hormigón que ni siquiera Dios podría hacer flotar. Pero el interior permite ver el alma del estadio: caótica pero anhelan-
te de orden, como los crecientes suburbios de Brasil de
haber sido diseñados por un arquitecto moderno.

Todas las gradas han sido arrancadas para hacer sitio a
una extensa cuadrícula de rascacielos en miniatura, casas
destartaladas construidas con una altura y una estrechez
inusuales para aprovechar la limitada finca. Sus muros son
una mezcolanza de materiales recuperados: una de las torres más altas comienza siendo de hormigón y se vuelve
más endeble conforme se eleva, pasando del acero al plástico y a un precario noveno piso de aglomerado mojado.

Parece que la mayoría de los edificios se vayan a derrumbar con la primera brisa, pero toda la ciudad se sustenta gracias a rígidas redes de cables que van de torre en torre, ciñendo firmemente la cuadrícula. Los muros interiores del estadio se elevan muy por encima de todo, rematados con tuberías cortadas, alambres y pinchos de refuerzo que sobresalen del hormigón cual barba incipiente. Unas farolas alimentadas con electricidad insuficiente brindan una tenue iluminación naranja, que deja esa ciudad de bola de cristal sumida en las sombras.

En cuanto salgo del túnel de entrada, mis senos nasales se ven inflamados por una abrumadora ráfaga de olor vital. Está por todas partes, tan dulce e intenso que resulta casi doloroso; me siento como si me estuviera ahogando en una botella de perfume. Pero en medio de esa densa bruma, percibo a Julie. Su aroma característico destaca por encima del ruido, gritando como una voz bajo el agua. Lo sigo.

Las calles tienen la anchura de aceras, estrechas franjas de asfalto vertido sobre el viejo césped sintético, que asoma a través de los huecos sin asfaltar como llamativo musgo verde. En los letreros de las calles no hay nombres. En lugar de enumerar estados o presidentes o variedades de árboles, muestran simples dibujos blancos —Aro, Bola, Coche, Dedo—, una guía infantil del alfabeto. Hay barro por todas partes, alisando el asfalto y amontonado en las esquinas junto con desechos de la vida diaria: latas de refresco, colillas, condones usados y cartuchos.

Procuro no quedarme mirando la ciudad con la boca abierta como el turista paleto que soy, pero algo superior a la curiosidad fija mi atención en cada acera y cada tejado. A pesar de lo extraño que me resulta todo, experimento una espectral sensación de reconocimiento, incluso de nostalgia, y mientras avanzo por lo que debe de ser la calle del Ojo, algunos de mis recuerdos robados comienzan a despertar.

Aquí es donde empezamos. Aquí es donde nos mandaron cuando desaparecieron las costas. Cuando cayeron las bombas. Cuando nuestros amigos murieron y se alzaron como seres extraños, desconocidos y crueles.

No es la voz de Perry; es de otra persona, un coro susurrante de todas las vidas que he consumido, congregándose en el oscuro salón de mi inconsciente para evocar el pasado.

La avenida de la Bandera, donde colocaron la bandera de nuestro país, cuando todavía había países y sus banderas eran importantes. La calle de la Pistola, donde montaron los campamentos de guerra, planeaban ataques y defensas contra nuestros incontables enemigos, tan pronto vivos como muertos.

Camino con la cabeza gacha, pegándome todo lo posible a los muros. Cuando coincido con alguien que viene en la otra dirección, mantengo la vista al frente hasta el último momento, y acto seguido establezco un breve contacto ocular para no parecer inhumano. Nos cruzamos con paso enérgico y nos saludamos con la cabeza de forma brusca.

No hizo falta mucho para derribar el castillo de naipes de la civilización. Solo unas cuantas ráfagas y se acabó; el equilibrio se vio alterado, y el hechizo se rompió. Los buenos ciudadanos se dieron cuenta de que las líneas que habían conformado su vida eran imaginarias y que se podían cruzar fácilmente. Tenían deseos y necesidades y la capacidad de satisfacerlos, y eso hicieron. En cuanto se apagaron las luces, todo el mundo dejó de fingir.

Empiezo a preocuparme por mi ropa. Todas las personas con las que me encuentro llevan gruesa ropa tejana gris, impermeables, botas de trabajo cubiertas de barro.

¿En qué mundo sigo viviendo, donde la gente todavía se viste por estética? Aunque nadie se percate de que soy un zombi, es posible que denuncien al elegante chalado que deambula por las calles con una camisa a medida y una corbata. Aprieto el paso, olfateando desesperadamente en busca del rastro de Julie.

La avenida de la Isla, donde construyeron el palacio de justicia para las reuniones comunitarias, donde «ellos» se convirtió en «nosotros», o eso creímos. Votamos y elegimos a nuestros líderes, hombres y mujeres encantadores de dientes blancos y picos de oro, y depositamos nuestras esperanzas y temores en sus manos, creyendo que esas manos eran fuertes porque daban apretones firmes. Nos fallaron, siempre. Era imposible que no nos fallaran: eran humanos, y nosotros también.

Me desvío de la calle del Ojo y me dirijo hacia el centro de la cuadrícula. El aroma de Julie se vuelve más nítido, pero su dirección exacta continúa siendo imprecisa. Sigo esperando a que las salmodias de mi cabeza me brinden una pista, pero a esos viejos fantasmas no les interesa en lo más mínimo mi insignificante búsqueda.

La calle de la Joya, donde construimos las escuelas cuando por fin aceptamos que esta era la realidad, que este era el mundo que heredarían nuestros hijos. Les enseñamos a disparar, a pavimentar, a matar y a sobrevivir, y si dominaban esas disciplinas y tenían tiempo de sobra, les enseñábamos a leer y escribir, a razonar y relacionarse y entender el mundo. Al principio nos esforzábamos, había mucha esperanza y fe, pero era una montaña escarpada que había que subir bajo la lluvia, y muchos se deslizaban hasta el pie.

Reparo en que los mapas de los recuerdos están ligeramente obsoletos; la calle que llaman de la Joya ha sido rebautizada. El letrero es más nuevo, de un verde primario reciente, y en lugar de un icono visual tiene una palabra escrita. Intrigado, giro en el cruce y me acerco a un edificio metálico de atípica anchura. El aroma de Julie sigue siendo remoto, de modo que sé que no debería parar, pero la débil luz que sale por las ventanas parece despertar una angustia muda en mis voces interiores. Al pegar la nariz al cristal, sus cavilaciones cesan.

Una gran habitación totalmente despejada. Una hilera tras otra de mesas metálicas blancas bajo fluorescentes. Docenas de niños, todos menores de diez años, divididos por filas en grupos de trabajo: una fila repara generadores, otra trata gasolina, otra limpia rifles, otra afila cuchillos y otra cose heridas. Y en el borde, muy cerca de la ventana por la que estoy mirando, una fila disecciona cadáveres. Solo que, naturalmente, no son cadáveres. Cuando una niña de ocho años con coletas rubias separa la carne de la boca del sujeto y deja a la vista la sonrisa torcida que hay debajo, los ojos de la criatura se abren de golpe y mira a su alrededor, forcejea brevemente contra sus ataduras, y acto seguido se relaja, con aspecto de cansancio y aburrimiento. Mira en dirección a la ventana y establecemos un breve contacto ocular, poco antes de que la niña le extirpe los ojos.

Tratamos de construir un mundo maravilloso —murmuran las voces—. *Había quienes veían el fin de la civilización como una oportunidad de empezar de nuevo, de reparar los errores de la historia… de revivir la adolescencia de la humanidad con la sabiduría de la edad moderna. Pero todo pasaba muy deprisa.*

Oigo el ruido de una pelea violenta procedente de la otra parte del edificio, zapatos arrastrándose contra el hormigón, codos golpeando la plancha metálica. Luego un gruñido grave. Recorro el exterior del edificio en busca de una perspectiva mejor.

Al otro lado de nuestros muros había hordas de hombres y monstruos ansiosos por robar lo que teníamos, y dentro teníamos nuestra parte de locura, con muchas culturas e idiomas distintos y valores incompatibles comprimidos en una cajita. Nuestro mundo era demasiado pequeño para compartirlo pacíficamente; nunca se alcanzaba un consenso, y la armonía era imposible. De modo que cambiamos de objetivos.

A través de otra ventana veo un gran espacio abierto similar a un almacén, tenuemente iluminado y salpicado de coches averiados y desechos que parece simular el paisaje exterior de la ciudad. Un grupo de niños mayores rodea un corral hecho con tela metálica y barreras de hormigón. Se parece a las «zonas de libre expresión» usadas en el pasado para contener a protestantes fuera de los mítines políticos, pero en lugar de estar repletas de disidentes con pancartas en la mano, la jaula está ocupada por tan solo cuatro figuras: un adolescente protegido de la cabeza a los pies con un uniforme antidisturbios y tres muertos terriblemente mustios.

¿Se puede culpar a los médicos de la Edad Media de sus métodos? ¿Las sangrías, las sanguijuelas, los agujeros practicados en el cráneo? Andaban a tientas, aferrándose a los misterios de un mundo sin ciencia, pero la peste se cernía sobre ellos; tenían que hacer algo. Cuando llegó nuestro turno, no fue distinto. Pese a toda nuestra tecnología y nuestro progresismo, nuestros bisturíes de láser y nuestros servicios sociales, no fue distinto. Estábamos igual de ciegos e igual de desesperados.

Por la forma en que se tambalean, advierto que los muertos de la palestra están hambrientos. Deben de saber dónde están y lo que va a ser de ellos, pero han perdido el poco autodominio que tenían. Se abalanzan sobre el chico, y él apunta con su escopeta.

El mundo exterior ya se había hundido bajo un mar de sangre, y ahora esas olas se estaban acercando a nuestro último baluarte; teníamos que apuntalar los muros. Comprendimos que lo más cerca que llegaríamos a estar de la verdad objetiva era la creencia de la mayoría, de modo que optamos por la mayoría y obviamos las otras voces. *Nombramos generales y contratistas, policías e ingenieros; rechazamos todo adorno superfluo. Fundimos nuestros ideales sometiéndolos a gran calor y presión hasta que las partes blandas se quemaron, y lo que salió fue un marco templado lo bastante rígido para soportar el mundo que habíamos creado.*

—¡Mal! —grita el instructor al muchacho•de la jaula, mientras este dispara a los muertos que avanzan, les abre agujeros en el pecho y les vuela los dedos y los pies—. ¡Ve a por la cabeza! ¡Olvídate del resto!

El muchacho dispara dos cartuchos más, pero fallan por completo e impactan en el grueso techo de madera contrachapada. El más rápido de los tres zombis le agarra los brazos y le arrebata el arma de las manos, se pelea con el gatillo de seguridad por un momento, y a continuación lanza el arma a un lado, bloquea al muchacho contra la valla y comienza a lanzar mordiscos desenfrenadamente contra el visor del casco. El instructor entra en la jaula como un torbellino, coloca su pistola al zombi en la cabeza, dispara una bala y enfunda el arma.

—Recordad —anuncia a toda la sala— que el retroceso de una escopeta automática desvía el cartucho hacia arriba, sobre todo en estas viejas Mossberg, así que apuntad abajo o acabaréis disparando a las nubes. —Recoge el arma y se la mete al chico entre las manos temblorosas—. Continúa.

El chico vacila y acto seguido levanta el cañón y dispara dos veces. La sangre salpica su visera protectora y la tiñe de negro. Se quita el casco y se queda mirando los cadáveres desplomados a sus pies, respirando con dificultad y haciendo esfuerzos por no echarse a llorar.

—Bien —dice el instructor—. Magnífico. ¿Quién es el siguiente?

Sabíamos que todo estaba mal. Sabíamos que estábamos reba-jándonos de forma innombrable, y a veces llorábamos al recordar tiempos mejores, pero ya no veíamos ninguna alternativa. Hacía-mos todo lo posible por sobrevivir. La raíz de nuestros problemas era demasiado compleja, y estábamos demasiado cansados para dar con una solución.

El ruido de una respiración ruidosa a mis pies desvía finalmente mi atención de la escena de la ventana. Bajo la vista y veo a un cachorro de pastor alemán examinando mi pierna mientras sus fosas nasales húmedas se ensanchan. Me mira. Yo lo miro a él. Jadea alegremente por un instante, y acto seguido empieza a morderme la pantorrilla.

—¡Trina, no!

Un niño se acerca a toda prisa y agarra al perro por el collar, lo aparta de mi pierna y se lo lleva a rastras a la puerta abierta de una casa.

—Perro malo.

Trina gira la cabeza para mirarme con anhelo.

—¡Lo siento! —grita el muchacho desde el otro lado de la calle.

Yo le hago un gesto con la mano que dice: «No pasa nada».

Una niña aparece en la puerta y se queda a su lado; le sobresale la barriga y me observa con unos grandes ojos oscuros. Tiene el pelo moreno, mientras que el del niño es rubio rizado. Los dos tienen unos seis años.

—No se lo diga a nuestra madre —dice ella.

Yo niego con la cabeza y me trago un repentino reflu-jo de emociones. El sonido de las voces de esos niños, su perfecta dicción infantil...

—¿Conocéis... a Julie? —les pregunto.

—¿Julie Cabernet? —dice el niño.

—Julie Gri... gio.

—Julie Cabernet nos cae muy bien. Nos lee todos los miércoles.

—¡Cuentos! —añade la niña.

No reconozco el nombre, pero un retazo de mi memoria despierta al oírlo.

—¿Sabéis... dónde vive?

—En la calle de la Margarita —contesta el niño.

—¡No, la calle de la Flor! ¡Es una flor!

—Una margarita es una flor.

—Ah.

—Vive en una esquina. En la calle de la Margarita con la avenida del Diablo.

—¡La avenida de la Vaca!

—No es una vaca, es el diablo. Las vacas y el diablo tienen cuernos.

—Ah.

—Gracias —digo a los niños, y me vuelvo para marcharme.

—¿Es usted un zombi? —pregunta la niña con un grito tímido.

Me quedo paralizado. Ella aguarda mi respuesta, girándose a un lado y otro. Me relajo, sonrío a la niña y me encojo de hombros.

—Julie... no lo cree.

Una voz airada procedente de una ventana del quinto piso grita algo sobre el toque de queda y que cierren la puerta y no hablen con extraños, de modo que me despido de los niños con la mano y me apresuro en dirección a la esquina de Margarita con el Diablo. El sol se ha puesto, y el cielo es de color herrumbre. Un altavoz lejano vocifera una secuencia de números, y la mayoría de las ventanas a mi alrededor se oscurecen. Me aflojo la corbata y echo a correr.

La intensidad del aroma de Julie se duplica conforme recorro cada manzana. Cuando aparecen las primeras estrellas en el cielo ovalado del estadio, doblo una esquina y me detengo bajo un solitario edificio revestido de aluminio. La mayoría de los edificios parecen bloques de pisos multifamiliares, pero este es más pequeño, más estrecho y se halla separado de sus apretujados vecinos por una inesperada distancia. Con cuatro pisos de altura pero apenas dos habitaciones por planta, parece un cruce entre una casa adosada y la torre de vigía de una cárcel. Todas las ventanas están a oscuras salvo un balcón del tercer piso que sobresale a un lado de la casa. El balcón resulta de un romanticismo incongruente en esa estructura austera, hasta que reparo en los rifles montados sobre plataformas giratorias en cada esquina.

Escondido detrás de una pila de cajas en el jardín de césped artificial, oigo voces dentro de la casa. Cierro los ojos y me deleito con sus timbres dulces y ritmos bruscos. Oigo a Julie. Julie y otra chica, hablando de algo en unos tonos que oscilan y se sincopan como el jazz. Me sorprendo balanceándome ligeramente, bailando al ritmo de su conversación.

Al final la conversación se va apagando, y Julie sale al balcón. Solo ha pasado un día desde que se marchó, pero la sensación de reencuentro que me invade es tan intensa que parece que hayan transcurrido décadas enteras. Apoya los codos en la barandilla, vestida únicamente con una camiseta de manga corta negra holgada sobre las piernas desnudas.

—Bueno, aquí estoy otra vez —dice, dirigiéndose aparentemente al aire—. Papá me dio una palmadita en la espalda cuando entré por la puerta. En serio, me dio una palmadita, como un puto entrenador de fútbol. Lo único que dijo fue «Me alegro mucho de que estés bien», y se fue

166

corriendo a una reunión o algo por el estilo. No puedo creerlo... A ver, nunca ha sido precisamente cariñoso, pero... −Oigo un pequeño clic, y se queda callada por un momento. Luego otro clic−. Hasta que lo llamé debía de creer que me había muerto, ¿no? Sí, mandó a los grupos de rescate, pero ¿con qué frecuencia vuelve la gente de algo así? Así que para él... estaba muerta. A lo mejor estoy siendo demasiado dura, pero no me lo imagino para nada llorando. Seguramente se dio unas palmaditas en la espalda con el que le dio la noticia y dijeron: «Hay que seguir adelante», y volvieron al trabajo. −Se queda mirando el suelo como si viera a través de él, hasta el núcleo infernal de la tierra−. ¿Qué le pasa a la gente? −dice, tan bajo que casi no lo oigo−. ¿Nacieron sin algunas partes o se les cayeron por el camino?

Permanece callada un rato, y me dispongo a salir cuando de repente ella se ríe, cierra los ojos y sacude la cabeza.

−La verdad es que echo de menos a ese bobo... ¡Echo de menos a R! Sé que es un disparate, pero ¿lo es realmente? Solo porque es... ¿qué es? ¿Acaso la palabra «zombi» no es más que un nombre estúpido que se nos ocurrió para referirnos a un estado que no entendemos? Lo que encierra un nombre, ¿no? Si fuéramos... Si hubiera una especie de... −Su voz se va apagando, se detiene y levanta a la altura de los ojos una pequeña grabadora que mira coléricamente−. A la mierda con este cacharro −murmura para sí−. Los diarios grabados... no son para mí.

La lanza rápidamente por el balcón. La grabadora rebota en una caja de provisiones y cae a mis pies. La recojo, me la meto en el bolsillo de la camisa, y al presionarla con la mano noto que sus esquinas se me clavan en el pecho. Si alguna vez vuelvo a mi 747, este recuerdo ocupará el estante más próximo al lugar donde duermo.

Julie se sube a la barandilla del balcón y se sienta de espaldas a mí, mientras garabatea en su viejo y gastado cuaderno de notas.

¿Diario o poesía?

Las dos cosas, tonto.

¿Aparezco yo?

Salgo de entre las sombras.

—Julie —susurro.

Ella no se sobresalta. Se vuelve despacio, y una sonrisa asoma a su rostro como un lento deshielo primaveral.

—Dios… mío —dice, medio riéndose, y acto seguido salta de la barandilla y se da la vuelta para situarse de cara a mí—. ¡R! ¡Estás aquí! ¡Dios mío!

Yo sonrío.

—Hola.

—¿Qué haces aquí? —susurra, procurando no levantar la voz.

Me encojo de hombros tras decidir que ese gesto, aun siendo un recurso fácil, es pertinente. Puede que incluso forme parte del vocabulario principal en un mundo inefable como el nuestro.

—Venido a… verte.

—Pero yo tenía que marcharme, ¿recuerdas? Se suponía que tú tenías que decir adiós.

—No sé por qué… dices adiós. Yo digo… hola.

Le tiembla el labio, oscilando entre varias reacciones, pero acaba sonriendo a regañadientes.

—Mira que eres tonto, R. Ahora en serio…

—¡Jules! —grita una voz desde dentro de la casa—. Ven, quiero enseñarte algo.

—Un momento, Nora —contesta Julie. Me mira—. Esto es una locura. Vas a conseguir que te maten. No importa lo cambiado que estés. A los que mandan aquí les dará igual; no se pararán a escuchar y te dispararán. ¿Lo entiendes?

Asiento con la cabeza.

—Sí.

Empiezo a trepar por la cañería.

—¡Joder, R! ¿Me estás escuchando?

Me elevo aproximadamente un metro del suelo antes de darme cuenta de que aunque ahora soy capaz de correr, hablar y tal vez enamorarme, trepar todavía no está a mi alcance. Se me escapa la cañería de las manos y me caigo de espaldas. Julie se tapa la boca, pero se le escapa la risa.

—¡Eh, Cabernet! —grita Nora otra vez—. ¿Qué pasa? ¿Estás hablando con alguien?

—Espera, ¿vale? Estoy grabando mi diario.

Me levanto y me sacudo el polvo. Alzo la vista hacia Julie. Tiene el ceño fruncido y se muerde el labio.

—R... —dice tristemente—. No puedes...

La puerta del balcón se abre y aparece Nora, con los rizos tan gruesos y desaliñados como en mis visiones de muchos años antes. Es la primera vez que la veo de pie, y es sorprendentemente alta, como mínimo quince centímetros más que Julie, con unas largas piernas morenas bajo una falda de camuflaje. Había dado por sentado que ella y Julie eran compañeras de clase, pero ahora comprendo que Nora es varios años mayor, de unos veintitantos.

—¿Qué estás...? —comienza, pero me ve y arquea las cejas—. Santo Dios. ¿Es él?

Julie suspira.

—Nora, este es R. R... Nora.

Nora se me queda mirando como si fuera el monstruo Bigfoot, el Yeti o un unicornio.

—Esto... encantada... R.

—Igualmente —contesto, y Nora se tapa la boca para reprimir un chillido de regocijo, mira a Julie y vuelve a mirarme.

—¿Qué debemos hacer? —pregunta Julie a Nora, tratando de hacer caso omiso de su frivolidad—. Se ha presentado aquí. Estoy intentando decirle que va a conseguir que lo maten.

—Antes de nada tiene que subir aquí —dice Nora, sin apartar la vista de mí.

—¿A casa? ¿Eres tonta?

—Vamos, tu padre no va a volver hasta dentro de dos días. Estará más seguro en casa que en la calle.

Julie medita un instante.

—Está bien. Espera, R. Ahora bajo.

Me dirijo a la fachada de la casa y me quedo ante la puerta, esperando nerviosamente con mi camisa de vestir y mi corbata. Ella la abre sonriendo tímidamente. La noche del baile de graduación del fin del mundo.

—Hola, Julie —digo, como si la conversación previa no hubiera tenido lugar.

Ella vacila, y a continuación avanza y me abraza.

—Te he echado de menos —dice contra mi camisa.

—Eso… he oído.

Se aparta para mirarme, y en sus ojos brilla algo apasionado.

—Oye, R —dice—. Si te besara, ¿me… ya sabes… convertiría?

Mis pensamientos dan saltos como un disco en un terremoto. Que yo sepa, solo un mordisco, una violenta transmisión de sangre y esencias, tiene la capacidad de hacer que los vivos se unan a las filas de los muertos antes de morir de verdad. De acelerar lo inevitable. Pero, por otra parte, estoy totalmente seguro de que la pregunta de Julie nunca jamás ha sido formulada.

—Creo… que no —contesto—, pero…

Un foco brilla al final de la calle. El sonido de dos guardias gritando órdenes interrumpe el silencio nocturno.

—Mierda, la patrulla —susurra Julie, y me mete en la casa de un tirón—. Tenemos que apagar las luces; ya han dado el toque de queda. Vamos.

Sube corriendo la escalera y la sigo, mientras en mi pecho se mezclan el alivio y la decepción como productos químicos inestables.

La casa de Julie desprende una inquietante sensación de vacío. Las paredes de la cocina, el estudio, los breves pasillos y las empinadas escaleras son blancas y lisas. Los pocos muebles que hay son de plástico, e hileras de fluorescentes arrojan una luz deslumbrante sobre las alfombras beige antimanchas. Parece la oficina desocupada de una empresa en quiebra, llena de habitaciones vacías con eco y el olor persistente de la desesperación.

Julie apaga las luces a medida que avanza y oscurece la casa hasta que llegamos a su habitación. Apaga la bombilla del techo y enciende una lámpara de mesa que hay junto a la cama. Entro y giro trazando lentos círculos, absorbiendo ávidamente el mundo privado de Julie.

Si su cabeza fuera una habitación, sería como esta.

Cada pared es de un color distinto. Una roja, otra blanca, otra amarilla, otra negra, y un techo azul celeste con aviones de juguete. Cada pared parece destinada a un tema. La roja está casi cubierta de trozos de entradas de cine y pósters de conciertos, amarronados y descoloridos del tiempo. La blanca está atestada de cuadros, que empiezan casi desde el suelo en una fila de pinturas acrílicas de aficionado y suben hasta llegar a tres fabulosos lienzos al óleo: una chica dormida a punto de ser devorada por unos tigres, un Jesús pesadillesco en una cruz geométrica y un paisaje surrealista lleno de relojes fundidos.

—¿Los reconoces? —dice Julie con una sonrisa que apenas puede reprimir—. Salvador Dalí. Son originales, claro.

Nora entra desde el balcón, me ve con la cara a escasos centímetros de los lienzos y se ríe.

—Bonita decoración, ¿verdad? Perry y yo queríamos comprarle la *Mona Lisa* a Julie para su cumpleaños porque nos recordaba la sonrisilla que tiene siempre... ¡Esa! ¡Justo esa! Pero París queda muy lejos a pie. Nos contentamos con las exposiciones locales.

—Nora tiene una pared entera de picassos en su habitación —añade Julie—. Si a alguien le importara todavía, seríamos legendarias ladronas de arte.

Me agacho para ver mejor la fila inferior de pinturas acrílicas.

—Esos son de Julie —dice Nora—. ¿A que son geniales?

Julie aparta la vista, indignada.

—Nora me hizo colgar esos.

Los estudio atentamente, buscando secretos de Julie en sus torpes pinceladas. Dos de ellos están compuestos únicamente de vivos colores y texturas densas y atormentadas. El tercero es un tosco retrato de una mujer rubia. Miro la pared negra, que solo contiene un adorno: una polaroid clavada con chinchetas de quien debe de ser la misma mujer. Julie con veinte años más.

Julie sigue mi vista, y ella y Nora se cruzan una mirada.

—Es mi madre —dice Julie—. Se fue cuando yo tenía doce años. —Carraspea y mira por la ventana.

Me vuelvo hacia la pared amarilla, que sorprendentemente está sin decorar. La señalo y arqueo las cejas.

—Es... mmm... mi pared de la esperanza —dice. Su voz contiene un orgullo lleno de azoramiento que hace que parezca más joven. Casi inocente–. La dejo despejada para colocar algo en el futuro.

–¿Como… qué?

–Todavía no lo sé. Depende de lo que pase en el futuro. Con suerte, algo alegre.

Descarta el tema y se sienta en la esquina de la cama, dándose golpecitos en el muslo con los dedos y observándome. Nora se coloca a su lado. No hay sillas, de modo que me siento en el suelo. La alfombra es un misterio bajo capas de ropa arrugada.

–Bueno… R –dice Nora, inclinándose hacia mí–. ¿Cómo es ser zombi?

–Yo… mmm…

–¿Cómo te pasó? ¿Cómo te convertiste?

–No… acuerdo.

–No veo mordiscos ni heridas de disparos ni nada parecido. Debió de ser por causas naturales. ¿No había nadie para descerebrarte?

Me encojo de hombros.

–¿Cuántos años tienes?

Me encojo de hombros.

–Aparentas veintitantos, pero podrías tener treinta y tantos. Tienes una de esas caras que engañan. ¿Cómo es que no estás todo pódrido? Ni siquiera te huelo.

–Yo no… mmm…

–¿Tus funciones corporales siguen activas? No, ¿verdad? Quiero decir si aún puedes… ya sabes…

–Joder, Nora –la interrumpe Julie, dándole un codazo en la cadera–. ¿Quieres hacer el favor de dejarlo en paz? No ha venido para que lo interroguen.

Lanzo una mirada de agradecimiento a Julie.

–Pero yo sí que tengo una pregunta –dice–. ¿Cómo demonios te has metido en el estadio?

Me encojo de hombros.

—He… entrado…

—¿Cómo has esquivado a los guardias?

—He hecho… el vivo.

Ella se me queda mirando.

—¿Te han dejado pasar? ¿Ted te ha dejado pasar?

—Dis… traído.

Ella se lleva una mano a la frente.

—Vaya. Es… —Hace una pausa, y una sonrisa de incredulidad se dibuja en su rostro—. Estás… más guapo. ¿Te has peinado, R?

—¡Va disfrazado! —dice Nora riéndose—. ¡Va disfrazado de vivo!

—No puedo creer que haya dado resultado. Estoy segurísima de que nunca había pasado antes.

—¿Crees que podría dar el pego? —pregunta Nora—. ¿Por la calle, con gente de verdad?

Julie me observa con recelo, como un fotógrafo obligado a contemplar a una modelo rechoncha.

—Bueno —concede—. Supongo… que es posible.

Me retuerzo bajo su mirada. Finalmente, Julie respira hondo y se levanta.

—De todas formas, tendrás que quedarte aquí al menos esta noche, hasta que se nos ocurra qué hacer contigo. Voy a calentar arroz. ¿Quieres, Nora?

—No, me tomé un Carbtein hace nueve horas. —Me mira con cautela—. ¿Tienes… hambre, R?

Niego con la cabeza.

—Estoy… bien.

—Porque no sé qué vamos a hacer con tus limitaciones alimenticias. Ya sé que no puedes evitarlo, Julie me lo ha explicado todo de ti, pero nosotras no…

—En serio —la interrumpo—. Estoy… bien.

Ella no parece segura. Me imagino las imágenes que le están pasando por la cabeza. Una habitación oscura llenándose de sangre. Sus amigos muriendo en el suelo. Yo arrastrándome hacia Julie con las manos rojas abiertas. Puede que Julie la haya convencido de que soy un caso especial, pero no debería sorprenderme que me mire con nerviosismo. Nora me observa en silencio durante varios minutos. Luego se aparta y empieza a liarse un porro.

Cuando Julie vuelve con la comida, le pido prestada la cuchara y pruebo un pequeño bocado de arroz. Sonrío al masticar. Como siempre, me sabe a gomaespuma, pero consigo tragarla. Julie y Nora se miran y acto seguido me miran a mí.

—¿Qué tal sabe? —pregunta Julie con indecisión.

Hago una mueca.

—Vale, pero aun así hace mucho tiempo que no te comes a nadie. Y sigues andando. ¿Crees que podrías prescindir de la… comida viva?

Le dedico una sonrisa irónica.

—Supongo que… es posible.

Julie sonríe al oírlo. En parte por mi inesperado uso del sarcasmo y en parte por la esperanza implícita de la respuesta. Toda su cara se ilumina como nunca había visto antes, de modo que espero estar en lo cierto. Espero que sea verdad. Espero no haber aprendido a mentir.

En torno a la una de la madrugada las chicas empiezan a bostezar. Hay catres de lona en el estudio, pero a nadie le apetece aventurarse a salir de la habitación de Julie. El pequeño cubo pintado con colores llamativos es como un cálido búnquer en el vacío helado de la Antártida. Nora se queda con la cama. Julie y yo optamos por el suelo. Nora se pasa casi una hora garabateando apuntes y luego apaga la lámpara y empieza a roncar como una pequeña y delicada sierra mecánica. Julie y yo nos quedamos tumbados boca arriba bajo una gruesa manta, utilizando montones de ropa de ella como colchón sobre el suelo duro como una roca. Estar tan totalmente rodeado por ella es una extraña sensación. Su aroma vital está en todo. Está encima de mí, debajo de mí y a mi lado. Es como si toda la habitación estuviera hecha de ella.

—R —susurra, mirando al techo.

En lo alto hay palabras y garabatos dibujados con pintura fluorescente.

—¿Sí?

—Odio este sitio.

—Lo sé.

—Llévame a otra parte.

Hago una pausa, mientras miro al techo. Ojalá pudiera leer lo que está escrito allí. En lugar de ello, finjo que las letras son estrellas. Y las palabras, constelaciones.

—¿Adónde... quieres ir?

—No lo sé. A algún sitio lejano. Un continente remoto donde nada de esto esté pasando. Donde la gente viva en paz.

Me quedo callado.

—Uno de los viejos amigos de Perry era piloto... ¡Podríamos coger el avión donde vives! ¡Sería como una caravana voladora...! ¡Podríamos ir a cualquier parte! —Se da la vuelta y me sonríe—. ¿Qué opinas, R? Podríamos ir a la otra punta del mundo.

La emoción de su voz me hace estremecer. Espero que no pueda ver el brillo sombrío de mis ojos. No lo sé con certeza, pero últimamente algo raro flota en el aire, una quietud mortal al recorrer la ciudad y sus afueras que me dice que los días para huir de los problemas han acabado. No habrá más vacaciones, ni viajes en coche, ni escapadas tropicales. La plaga ha afectado al mundo entero.

—Dijiste que... el...

—Vamos —me anima—. Dilo con tus palabras.

—Dijiste... que el avión... no es un... mundo.

Su sonrisa vacila.

—¿Qué?

—No puede... sobrevolar... el caos.

Ella frunce el ceño.

—¿Yo dije eso?

—La caja... de hormigón... de tu padre... muros y... armas... Escapar... no es mejor... que... esconderse. Quizá peor.

Ella reflexiona un momento.

—Lo sé —dice, y me siento culpable por haber echado por tierra sus fugaces ilusiones—. Ya lo sé. Hace años que me lo digo, que todavía hay esperanza, que podemos cambiar las cosas de alguna forma, bla, bla, bla. Últimamente... es mucho más difícil de creer.

—Lo sé —contesto, tratando de ocultar las grietas de mi sinceridad—. Pero no... puedes... rendirte.

La voz de ella se ensombrece. Julie advierte mi farol.

—¿Por qué de repente tienes tanta esperanza? ¿En qué estás pensando?

No digo nada, pero ella lee mi rostro como un titular en primera plana, la clase de titular que anunció la bomba atómica, el hundimiento del *Titanic* y todas las guerras mundiales en una letra cada vez más pequeña.

—No queda ningún sitio, ¿verdad? —dice.

Yo niego con la cabeza de forma casi imperceptible.

—Todo el mundo —dice—. ¿Crees que está muerto? ¿Invadido?

—Sí.

—¿Cómo lo sabes?

—No lo sé. Pero… lo siento.

Ella suelta un largo suspiro, mirando los aviones de juguete que cuelgan sobre nosotros.

—Entonces, ¿qué tenemos que hacer?

—Tenemos que… arreglarlo.

—¿Arreglar qué?

—No lo sé. To… do.

Ella se incorpora apoyándose en un codo.

—¿A qué te refieres? —Ya no habla en voz baja. Nora se mueve y deja de roncar—. ¿Arreglarlo todo? —dice Julie, con los ojos brillantes en la oscuridad—. ¿Cómo se supone que vamos a hacerlo? Si tienes alguna gran revelación, por favor, compártela conmigo, porque te aseguro que pienso bastante en el tema. Desde que mi madre se marchó le doy vueltas día y noche. ¿Cómo lo arreglamos todo? Está muy estropeado. Todo el mundo se está muriendo, y cada vez de forma más siniestra. ¿Qué se supone que tenemos que hacer? ¿Sabes cuál es la causa de la plaga?

Vacilo.

—No.

—Entonces, ¿cómo es que puedes hacer algo al respecto? Quiero saberlo, R. ¿Cómo se supone que vamos a arreglarlo?

Estoy mirando al techo. Estoy mirando las constelaciones verbales, que emiten un brillo verde en el espacio lejano. Mientras estoy allí tumbado, dejando que mi mente se eleve a esos cielos imaginarios, dos de las estrellas empiezan a cambiar. Dan vueltas y se enfocan, y sus formas se aclaran. Se vuelven… letras.

I

N

—In... —susurro.

—¿Qué?

—Inten... —repito, tratando de pronunciarlo bien. Son sonidos. Son dos sílabas. La constelación borrosa se está transformando en una palabra—. ¿Qué es... eso? —pregunto, señalando al techo.

—¿Qué? ¿Las citas?

Me levanto y señalo la zona general donde está la frase.

—Esta.

—Es una frase de «Imagine». La canción de John Lennon.

—¿Qué... frase?

—Es fácil si lo intentas.

Me quedo quieto un rato, mirando a lo alto como un intrépido explorador del cosmos. Luego me tumbo y doblo los brazos detrás de la cabeza, con los ojos muy abiertos. No tengo las respuestas que ella busca, pero percibo su existencia. Tenues puntos de luz en la oscuridad lejana.

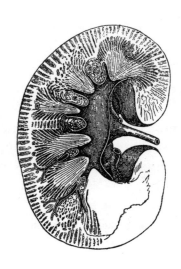

Pasos lentos. Barro bajo las botas. No busques más. Extraños mantras cruzan mi cabeza. Viejas murmuraciones procedentes de callejones oscuros. *¿Adónde vas, Perry? Niño tonto. Muchacho insensato. ¿Adónde?* El mundo se vuelve cada
día más grande, oscuro y frío. Me detengo ante una puerta negra. Una chica vive allí, en la casa de metal. ¿La amo?
Es difícil de saber ya. Pero ella es lo único que queda. El
último sol rojo en un vacío en constante expansión.

Entro en la casa y la encuentro sentada en la escalera,
con los brazos cruzados sobre las rodillas. Se lleva un dedo
a los labios.

—Papá —susurra.

Miro escalera arriba en dirección a la habitación del general. Oigo su voz hablando de forma confusa en la penumbra.

—Este cuadro, Julie. El parque acuático, ¿te acuerdas?
Tuve que subir diez cubos para un solo tobogán. Veinte minutos de trabajo para diez segundos de alegría. Entonces pa-

recía que merecía la pena, ¿verdad? Me gustaba ver tu cara cuando salías por el tubo. Ya entonces eras igualita a ella.

Julie se levanta sigilosamente y se dirige a la puerta principal.

—Lo has sacado todo de ella, Julie. No eres como yo, eres como ella. ¿Cómo pudo hacerlo?

Abro la puerta y salgo hacia atrás. Julie me sigue, pisando con suavidad, sin hacer ruido.

—¿Cómo pudo ser tan débil? —dice el hombre con una voz como el acero fundido—. ¿Cómo pudo dejarnos aquí?

Caminamos en silencio. La llovizna nos perla la cabeza, y nos sacudimos las gotas cual perros callejeros. Llegamos a la casa del coronel Rosso. La mujer de Rosso abre la puerta, mira la cara de Julie y la abraza. Penetramos en el calor de la casa.

Encuentro a Rosso en la sala de estar, bebiendo café y leyendo con ojos de miope a través de las gafas un viejo libro manchado de humedad.

—Perry —dice.

—Coronel.

—¿Cómo te va?

—Sigo vivo.

—Un buen comienzo. ¿Te adaptas a tu nuevo hogar?

—Lo detesto.

Rosso se queda callado un instante.

—¿Qué te preocupa?

Busco las palabras. Parece que me he olvidado de la mayoría. Al final, digo en voz baja:

—Él me mintió.

—¿Y eso?

—Dijo que estábamos arreglando las cosas, y que si no nos rendíamos, todo saldría bien.

—Él lo creía. Y yo también.

—Pero luego se murió. —Me tiembla la voz y hago un esfuerzo por controlarla—. Y fue absurdo. Nada de lucha, ni de sacrificio noble: un estúpido accidente de trabajo que podría haberle ocurrido a cualquiera, en cualquier parte, en cualquier momento de la historia.

—Perry...

—No lo entiendo, señor. ¿De qué sirve intentar arreglar un mundo en el que estamos tan poco tiempo? ¿Qué sentido tiene todo ese trabajo si va a desaparecer de repente? ¿Un puto ladrillo en la cabeza?

Rosso no dice nada. Las voces tenues de la cocina se oyen cuando nos quedamos en silencio, de modo que se convierten en susurros, tratando de ocultar al coronel lo que estoy seguro de que ya sabe. Nuestro pequeño mundo está demasiado cansado para preocuparse por los crímenes de sus líderes.

—Quiero ingresar en Seguridad —anuncio.

Mi voz ahora es firme. Mi rostro, duro.

Rosso espira lentamente y deja el libro.

—¿Por qué, Perry?

—Porque es lo único que queda que merezca la pena.

—Creía que querías escribir.

—Escribir es inútil.

—¿Por qué?

—Ahora tenemos mayores preocupaciones. El general Grigio dice que estamos viviendo nuestros últimos días. No quiero desperdiciar mis últimos días garabateando letras en papel.

—La escritura no son letras en papel. Es comunicación. Es memoria.

—Nada de eso importa ya. Es demasiado tarde.

Él me observa. Coge el libro de nuevo y muestra la portada.

—¿Conoces esta historia?

—Es Gilgamesh.

—Sí. *El poema de Gilgamesh*, una de las más antiguas obras literarias conocidas. Se podría decir que la primera novela de la humanidad. —Rosso se pone a hojear las frágiles páginas amarillas—. Amor, sexo, sangre y lágrimas. Un viaje en busca de la vida eterna para escapar de la muerte. —Alarga la mano a través de la mesa y entrega el libro a Perry—. Fue escrito hace más de cuatro mil años en tablillas de piedra quebradizas por personas que trabajaban el barro y que rara vez vivían más de cuarenta años. Ha sobrevivido a incontables guerras, desastres y plagas, y su poder de fascinación se mantiene hasta hoy día; pues aquí me tienes, en medio de la destrucción moderna, leyéndolo.

Miro a Rosso y no miro el libro. Mis dedos se hunden en la portada de piel.

—El mundo que dio a luz esa historia desapareció hace mucho tiempo, todas sus gentes están muertas, pero sigue teniendo impacto en el presente y el futuro porque a alguien le importaba ese mundo lo bastante para conservarlo. Para plasmarlo con palabras. Para recordarlo.

Abro el libro por la mitad. Las páginas están plagadas de puntos suspensivos que marcan palabras y frases que faltan en el texto, extraviadas y perdidas para la historia. Me quedo mirando las marcas y dejo que sus puntos negros inunden mi visión.

—Yo no quiero recordar —digo, y cierro el libro—. Quiero ingresar en Seguridad. Quiero hacer cosas peligrosas. Quiero olvidar.

—¿Qué estás diciendo, Perry?

—No estoy diciendo nada.

—Pues lo parece.

—No. —Las sombras de la habitación se nos acumulan en las facciones de la cara y privan nuestros ojos de color—. No queda nada que merezca la pena decir.

Estoy aturdido. En medio de la negrura de los pensamientos de Perry, su dolor resuena en mí como una campana de iglesia.

—¿Estás trabajando, Perry? —susurro al vacío—. ¿Estás repasando tu vida?

Chsssss... —dice Perry—. *No interrumpas. Necesito esto para abrirme paso.*

Me quedo flotando en sus lágrimas sin derramar, esperando en la oscuridad salada.

El sol de la mañana entra a raudales por la ventana de la habitación de Julie. Los grafitis fluorescentes se han desvanecido nuevamente en el techo blanco. Las chicas siguen dormidas, pero yo llevo tumbado despierto varias horas de intranquilidad. Incapaz de seguir inmóvil, salgo de debajo de las mantas y estiro mis crujientes articulaciones, dejando que el sol bañe un lado de mi cara y luego el otro. Nora masculla en sueños palabras técnicas de enfermería, «mitosis» o «miosis», seguramente «necrosis», y me fijo en el libro de texto manoseado que reposa abierto sobre su barriga. Lleno de curiosidad, me acerco a ella y levanto el libro con cuidado.

No puedo leer el título, pero inmediatamente reconozco la portada. Un rostro que duerme plácidamente ofrece su cuello con las venas al descubierto al espectador. El libro de referencia médica: *Anatomía de Gray.*

Lanzando miradas de nerviosismo por encima del hombro, me llevo el pesado tomo al pasillo y comienzo a hojearlo. Intrincados dibujos de la estructura humana, órganos y huesos demasiado familiares para mí, aunque aquí los cuerpos cortados en filetes aparecen limpios y perfectos, sin que los detalles se vean enturbiados por la suciedad o los fluidos. Estudio las ilustraciones mientras pasan los minutos, presa de la culpabilidad y la fascinación como un adolescente católico con un *Playboy*. Por supuesto, no puedo leer los pies, pero unas cuantas palabras latinas me vienen a la cabeza al examinar las imágenes, tal vez recuerdos lejanos de mi antigua vida, una clase de universidad o un documental de la televisión que vi en alguna parte. Los conocimientos resultan grotescos en mi cabeza, pero los entiendo y los aferro hasta que me quedan grabados en la memoria. ¿Por qué hago esto? ¿Por qué quiero saber los nombres y funciones de todas las bonitas estructuras que me he pasado años profanando? Porque no merezco que sigan en el anonimato. Quiero sufrir el dolor de conocerlos y, por extensión, de conocerme a mí mismo: quién y qué soy realmente. Tal vez con ese bisturí candente y esterilizado con lágrimas pueda empezar a limpiar la podredumbre de mi interior.

Las horas pasan. Una vez que he visto todas las páginas y he arrancado cada sílaba de la memoria, vuelvo a colocar con cuidado el libro sobre la barriga de Nora y salgo de puntillas al balcón, con la esperanza de que el sol cálido alivie algo las náuseas morales que se agitan en mi interior.

Me apoyo en la barandilla y contemplo las apretujadas vistas de la ciudad de Julie. Así como ayer estaba oscura y carente de vida, ahora bulle de actividad y ruge como Times Square. Me pregunto qué está haciendo todo el mundo. El aeropuerto de los no muertos alberga a una multitud, pero no hay ninguna actividad real. Nosotros no hacemos cosas; esperamos a que las cosas pasen. La voluntad colectiva que desprenden los vivos es embriagadora, y siento el repentino deseo de mezclarme con esa masa, de rozar hombros y hacer sitio a codazos entre todo ese sudor y ese aliento. Si hay respuestas a mis preguntas, sin duda deben de estar allí abajo, bajo las suelas de esos pies sucios.

Las chicas se han despertado por fin y las oigo charlar en voz baja en la habitación. Vuelvo a entrar y me meto debajo de las mantas junto a Julie.

—Buenos días, R —dice Nora, aunque no con total sinceridad.

Creo que para ella todavía supone una novedad hablar conmigo como un humano; parece darle la risa tonta cada vez que repara en mi presencia. Es molesto, pero lo entiendo. Soy un disparate al que cuesta acostumbrarse.

—Buenos días —dice Julie con voz ronca, mirándome desde el otro lado de la almohada.

Tiene el aspecto menos favorecedor que le he visto nunca, con los ojos hinchados y el pelo enmarañado. Me pregunto si duerme bien de noche y qué clase de sueños tiene. Ojalá pudiera entrar en ellos como ella entra en los míos.

Se da la vuelta y apoya la cabeza en el codo. Se aclara la garganta.

—Bueno —dice—. Aquí estás. ¿Qué hacemos ahora?

—Quiero ver… tu ciudad.

Sus ojos escrutan mi cara.

—¿Por qué?

—Quiero ver… cómo vivís. Los vivos.

Julie tensa los labios.

—Es demasiado arriesgado. Alguien se fijaría en ti.

—Venga, Julie —dice Nora—. Ha venido andando hasta aquí. ¡Vamos a llevarlo de visita! Podemos arreglarlo y disfrazarlo. Ha engañado a Ted, así que estoy segura de que no tendrá problemas para dar un paseo si tenemos cuidado. Tendrás cuidado, ¿verdad, R?

Asiento con la cabeza, sin apartar la vista de Julie. Ella guarda un largo silencio. A continuación se tumba boca arriba y cierra los ojos, soltando una lenta espiración que suena a aprobación.

—¡Bravo! —exclama Nora.

—Podemos intentarlo. Pero si después de arreglarte no resultas convincente, no habrá visita, R. Y si alguien te ve mirándolo fijamente, se acabó la visita. ¿Trato hecho?

Asiento con la cabeza.

—No asientas con la cabeza. Dilo.

—Trato hecho.

Julie sale de debajo de las mantas y se sienta a un lado de la cama. Me mira de arriba abajo.

—Está bien —dice, con el pelo asomándole por todos lados—. Vamos a ponerte presentable.

Me gustaría que mi vida fuera una película para poder cortar y pasar a un montaje. Una secuencia rápida de fotogramas montada al ritmo de una manida canción pop sería mucho más fácil de soportar que las dos agotadoras horas que las chicas se pasan intentando convertirme, transformarme de nuevo en lo que la mayoría considera humano. Me lavan y me cortan el pelo. Desgastan un cepillo de dientes nuevo con mis dientes, aunque con mi sonrisa es poco probable que parezca otra cosa que un británico adicto al café. Tratan de vestirme con una ropa de Julie más juvenil, pero ella es muy menuda, y rompo las camisetas de manga corta y reviento los botones como si fuera un culturista. Al final se rinden, y espero desnudo en el cuarto de baño mientras ellas lavan mi viejo traje.

Mientras espero decido darme una ducha. Es una experiencia que he olvidado hace mucho tiempo, y la paladeo como el primer sorbo de vino o el primer beso. El agua humeante cae en cascada sobre mi maltrecho cuerpo y quita meses o años de suciedad y sangre, en parte mía y en gran parte de otros. Toda la mugre desciende en espiral por el desagüe hasta el submundo, donde pertenece. Mi verdadera piel aparece, de un gris pálido, llena de cortes, arañazos y balazos, pero limpia.

Es la primera vez que veo mi cuerpo.

Una vez que mi ropa está seca y Julie ha remendado los agujeros más visibles, me visto, gozando de la desconocida sensación de limpieza. La camisa ya no se me pega al cuerpo. Los pantalones ya no me raspan.

—Por lo menos deberías quitarte la corbata —dice Nora—. Con ese traje elegante, vas unas diez guerras por detrás en la curva de la moda.

—No, déjatela —me ruega Julie, observando la pequeña tira de tela con una sonrisa enigmática—. Me gusta esa corbata. Es lo único que te impide ser del todo gris.

—No le va a ayudar nada a pasar desapercibido, Jules. ¿Te acuerdas de cómo nos miraban cuando empezamos a llevar zapatillas de deporte en lugar de botas de trabajo?

—Exactamente. La gente sabe que tú y yo no llevamos el uniforme; mientras R esté con nosotras, puede llevar pantalones de ciclista y sombrero de copa, y nadie dirá nada.

Nora sonríe.

—Me gusta la idea.

De modo que la corbata se queda, con toda su incongruencia de seda roja. Julie me ayuda a hacer el nudo. Me cepilla el pelo y me echa un mejunje. Nora me fumiga a conciencia con desodorante de hombre.

—Uf, Nora —protesta Julie—. No soporto esa cosa. Además, él no huele mal.

—Huele un poco mal.

—Sí, ahora sí.

—Mejor que huela a planta química que a cadáver, ¿no? Esto mantendrá a los perros alejados.

Hay un debate en torno a si hacerme llevar gafas de sol para taparme los ojos o no, pero al final deciden que eso sería más llamativo que dejar que se vea mi gris etéreo.

—No se nota mucho —dice Julie—. Procura no tener un duelo de miradas con nadie.

—No te va a pasar nada —añade Nora—. De todas formas, en este sitio las personas ya no se miran.

El último paso del plan de remodelación es el maquillaje. Mientras me quedo sentado delante del espejo como una actriz de Hollywood preparándose para un primer plano, ellas me empolvan, me ponen carmín y dan color a mi piel blanca y negra. Una vez que han acabado, me quedo mirando al espejo asombrado.

Estoy vivo.

Soy un joven y atractivo profesional, feliz, exitoso, rebosante de salud, que acaba de salir de una reunión y se dirige al gimnasio. Me echo a reír a carcajadas. Me miro al espejo, y lo absurdo de la situación sale a la superficie.

Risa. Otra primera vez para mí.

—Caramba —exclama Nora, retrocediendo para mirarme.

—Eh —dice Julie. Ladea la cabeza—. Estás...

—¡Estás cañón! —suelta Nora—. ¿Puedo quedarme con él, Julie? ¿Solo una noche?

—Cierra esa sucia boca —contesta Julie riéndose entre dientes, sin dejar de inspeccionarme. Me toca la frente, la hendidura poco profunda y pálida donde ella me lanzó un cuchillo—. Debería taparte eso. Lo siento, R. —Pega una tirita sobre la herida y presiona suavemente–. Ya está. –Retrocede de nuevo y me examina como una pintora profesional, satisfecha pero cautelosa.

–¿Con… vincente? –pregunto.

–Sí –responde ella.

Le dedico mi mejor tentativa de sonrisa irresistible, estirando mucho los labios.

–Dios mío. No hagas eso de ninguna manera.

–Sé natural –dice Nora–. Imagínate que estás en casa, en el aeropuerto, rodeado de amigos, si es que los tenéis.

Rememoro el momento en que Julie me llamó por mi nombre, la cálida sensación que afloró a mi rostro por primera vez mientras compartíamos una cerveza y un plato de comida tailandesa.

–Eso está mejor –dice Nora.

Julie asiente con la cabeza, apretando sus labios sonrientes con los nudillos como para reprimir un estallido de emoción. Un cóctel vertiginoso de diversión, orgullo y afecto.

–Has quedado muy limpio, R.

–Gra… cias.

Ella respira hondo con aire decidido.

–Está bien. –Se cubre el cabello despeinado con un gorro de lana y se sube la cremallera de su sudadera–. ¿Listo para ver lo que ha estado haciendo la humanidad desde que la abandonaste?

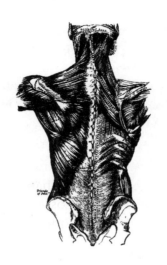

En los viejos tiempos en que me dedicaba a buscar entre la
basura por las calles de la ciudad, a menudo alzaba la vista
hacia los muros del estadio y me imaginaba que había un
paraíso dentro. Daba por sentado que era perfecto, que
todo el mundo era feliz y hermoso y no le faltaba de nada,
y con mi torpe y corto entendimiento, sentía envidia y
deseaba comerlos todavía más. Y ahora mira este sitio. Las
láminas de metal ondulado que emiten un brillo cegador
al sol. Los corrales de ganado hormonado que gime rodeado de moscas. La colada totalmente manchada colgada
de los cables que hay entre los edificios, ondeando al viento como banderas de rendición.

–Bienvenido a Citi Stadium –dice Julie, abriendo mucho los brazos–. El mayor asentamiento humano en lo que
fue Estados Unidos.

¿Por qué nos quedamos? –murmuran las voces en lo más
profundo de mí mientras Julie señala lugares destacados y
puntos de interés–. *¿Qué es una ciudad y por qué seguimos*

construyéndolas? Si quitamos la cultura, el comercio, los negocios y el placer, ¿queda algo? ¿Una simple cuadrícula de calles anónimas llenas de personas anónimas?

—Somos más de veinte mil apiñados en esta pecera —dice Julie mientras nos abrimos paso entre el denso gentío de la plaza central—. Muy pronto habrá tan poco espacio que tendremos que apretujarnos unos contra otros. La raza humana será una gran ameba tonta.

¿Por qué no nos dispersamos? ¿Por qué nos nos dirigimos a un terreno elevado y plantamos nuestras raíces donde el aire y el agua eran limpios? ¿Qué necesidad teníamos unos de otros en esta masa sudorosa de cuerpos?

Mantengo la vista en el suelo todo lo posible, tratando de mezclarme con la multitud y procurando no llamar la atención. Miro de reojo las torres de vigilancia, los depósitos de agua, los nuevos edificios que se alzan bajo el brillante estroboscopio de las soldadoras de arco, pero centro la vista sobre todo en mis pies. El asfalto. Barro y mierda de perro suavizan las irregularidades.

—Cultivamos menos de la mitad de lo que necesitamos para sobrevivir —dice Julie al pasar por delante de los huertos, un confuso sueño verde tras los muros translúcidos de los invernaderos—. Así que la comida de verdad se raciona en pequeñas porciones, y suplimos las carencias de nuestra dieta con Carbtein.

Un trío de adolescentes con chándal amarillo pasa por delante de nosotros arrastrando un carro de naranjas, y me fijo en que uno de ellos tiene unas extrañas llagas a un lado de la cara, manchas marrones hundidas como las macas de una manzana, como si las células simplemente se hubieran muerto.

—Además, cada mes consumimos el equivalente en medicamentos de una farmacia. Los equipos de expedición apenas pueden satisfacer la demanda. Es cuestión de tiempo que entremos en guerra con los otros enclaves por el último frasco de Prozac.

¿Era solo miedo? –preguntan las voces–. *Teníamos miedo en las mejores circunstancias. ¿Cómo podíamos hacer frente a lo peor? Así que buscamos los muros más altos y nos escondimos en masa detrás de ellos. Seguimos haciéndolo hasta que nos convertimos en el grupo más grande y más fuerte, elegimos a los mejores generales y encontramos la mayoría de las armas, creyendo que todo ese maximalismo traería la felicidad. Pero algo tan evidente no podía dar resultado.*

–Lo que me asombra –dice Nora, al pasar rozando la barriga tirante de una mujer terriblemente embarazada– es que a pesar de las necesidades y las escasez que tenemos, la gente sigue procreando. Inundando el mundo con copias de ellos mismos solo porque es la tradición.

Julie lanza una mirada a Nora y abre la boca, pero acto seguido la cierra.

–Y aunque estamos a punto de morirnos de hambre bajo una montaña de pañales cagados, nadie tiene valor siquiera para recomendar a la gente que se guarde su semilla por un tiempo.

–Sí, pero… –comienza Julie, en un tono de voz inusualmente tímido–. No sé… hay algo bonito en ello, ¿no crees? Que sigamos viviendo y creciendo aunque nuestro mundo sea un cadáver. Que sigamos volviendo pese a que muchos de nosotros mueran.

–¿Qué hay de bonito en que la humanidad siga volviendo? La herpes también vuelve.

–Cállate, Nora. A ti te gustan las personas. Perry era el misántropo.

Nora se ríe y se encoge de hombros.

–No se trata de mantener la población, sino de transmitir lo que somos y lo que hemos aprendido para que el ciclo continúe. Sí, es egoísta en cierto modo, pero ¿qué otro sentido tienen nuestras breves vidas?

–Supongo que es verdad –concede Nora–. En esta época postodo no tenemos otro legado que dejar.

–Exacto. Todo se está esfumando. He oído que el último país del mundo desapareció en enero.

–¿En serio? ¿Cuál era?

–No me acuerdo. ¿Suecia, quizá?

–Así que el mundo está oficialmente vacío. Qué deprimente.

–Por lo menos tú tienes un patrimonio cultural al que aferrarte. Tu padre era etíope, ¿no?

–Sí, pero ¿qué importancia tiene eso para mí? Él no se acordaba de su país, no volvió allí, y ya no existe. Lo único que me queda es la piel morena. Pero ¿quién se fija ya en el color? –Agita la mano en dirección a mi cara–. Dentro de un año o dos, todos estaremos grises.

Me quedo atrás mientras ellas siguen bromeando. Observo cómo hablan y gesticulan, y escucho sus voces sin oír las palabras que dicen.

¿Qué queda de nosotros? –dicen gimiendo los fantasmas, mientras se internan de nuevo en las sombras de mi inconsciente–. *Ni países, ni culturas, ni guerras pero tampoco paz. ¿Cuál es nuestra esencia? ¿Qué sigue agitándose en nuestras entrañas cuando todo lo demás ha quedado arrasado?*

A media tarde llegamos a la calle antes conocida como calle de la Joya. Los edificios escolares nos esperan delante, desproporcionadamente bajos y satisfechos de sí mismos, y noto que se me hace un nudo en el estómago. Julie vacila en el cruce, mirando pensativamente hacia sus ventanas encendidas.

—Esas son las instalaciones de formación —dice—. Pero no te conviene entrar ahí. Sigamos.

La sigo gustosamente y nos desviamos del oscuro paseo, pero al pasar me quedo mirando fijamente el nuevo letrero verde. Estoy convencido de que la primera letra es una J.

—¿Cómo... se llama... esta calle? —pregunto, señalando el letrero.

Julie sonríe.

—Es la calle de Julie.

—Era un dibujo de un diamante o algo parecido —dice Nora—, pero su padre le cambió el nombre por el de ella cuando construyeron las escuelas. ¿A que es bonito?

—*Fue* bonito —reconoce Julie—. Es la clase de gesto del que a veces es capaz mi padre.

Nos lleva alrededor del perímetro de los muros hasta un túnel ancho y oscuro situado justo enfrente de la verja principal. Me doy cuenta de que esos túneles debían de ser por donde hacían su entrada triunfal en el campo de juego los equipos deportivos, cuando miles de personas todavía podían aplaudir por algo tan trivial. Y como el túnel del otro lado es el pasaje que lleva al mundo de los vivos, resulta adecuado que ese conduzca a un cementerio.

Julie enseña un documento de identidad a los centinelas, y nos indican con la mano que podemos pasar por una puerta trasera. Salimos a un campo accidentado rodeado de decenas de metros de valla de tela metálica. Espinos negros se rizan hacia el moteado cielo gris y dorado, montando guardia sobre unas lápidas clásicas, con cruces y estatuas de santos incluidas. Sospecho que fueron recuperadas de una funeraria olvidada, pues los nombres y fechas grabados han sido tapados con toscas letras escritas con pintura blanca. Los epitafios parecen grafitis.

—Aquí es donde enterramos… lo que queda de nosotros —dice Julie.

Avanza varios pasos mientras Nora y yo nos quedamos en la entrada. Allí fuera, con la puerta cerrada a nuestras espaldas, no se oye el ruido resonante de los asuntos humanos, sustituido por el silencio estoico de los muertos de verdad. Cada cadáver que reposa aquí está decapitado, o ha recibido un disparo en el cerebro, o no es más que restos de carne medio comida y huesos amontonados en una caja. Entiendo por qué han decidido construir el cementerio fuera de los muros del estadio: no solo ocupa más terreno que todas las tierras de labranza del interior juntas, sino que puede ser negativo para la moral. Es un recordatorio mucho más crudo que los soleados jardines con plácidas defunciones y *requiem eternum* del antiguo mundo. Es un atisbo de nuestro futuro. No como individuos, cuyas muertes podemos aceptar, sino como especie, como civilización, como mundo.

—¿Estás segura de que quieres entrar hoy? —pregunta Nora a Julie suavemente.

Julie observa las colinas de hierba marrón desigual.

—Vengo todos los días. Hoy es un día más. Hoy es martes.

—Sí, pero… ¿prefieres que nosotros esperemos aquí?

Ella mira hacia atrás en dirección a mí y reflexiona un momento. Acto seguido niega con la cabeza.

—No. Vamos.

Echa a andar, y la sigo. Nora va detrás de mí a una distancia embarazosa, con una expresión de sorpresa muda en la cara.

No hay senderos en el cementerio. Julie camina en línea recta, pasando por encima de lápidas y atravesando túmulos, muchos de los cuales todavía están blandos y llenos de barro. Tiene la mirada fija en una alta espira coronada por un ángel de mármol. Nos paramos delante; Julie y yo uno al lado del otro, y Nora detrás. Hago un esfuerzo por leer el nombre de la lápida, pero no se manifiesta. Incluso las primeras letras permanecen fuera de mi alcance.

—Esta es... mi madre —dice Julie. —El viento frío de la tarde le tapa los ojos con el pelo, pero ella no se lo aparta—. Huyó a la ciudad sola una noche y no volvió. Encontraron varios pedazos de ella, pero... en esta tumba no hay nada. —Habla en tono despreocupado. Me acuerdo de cuando intentaba imitar a los muertos en el aeropuerto, la sobreactuación, la finísima máscara—. Supongo que todo esto era demasiado para ella. —Agita una mano vagamente en dirección al cementerio y el estadio situado detrás—. Era un auténtico espíritu libre, ¿sabes? Una diosa bohemia salvaje y llena de pasión. Conoció a mi padre cuando tenía diecinueve años; perdió la cabeza por él. Cuesta creerlo, pero en aquel entonces era músico, tocaba el teclado en un grupo, y era muy bueno. Se casaron muy jóvenes y luego... no sé... el mundo se fue al carajo, y papá cambió. Todo cambió.

Trato de descifrar sus ojos, pero su pelo los tapa. Oigo un temblor en su voz.

—Mamá lo intentó. Lo intentó de verdad. Puso de su parte para que todo fuera bien, hacía su trabajo diario, y luego yo pasé a serlo todo para ella. Se volcaba en mí. Papá casi nunca estaba en casa, así que ella siempre estaba con la mocosa. Me acuerdo de que nos lo pasábamos muy bien; solía llevarme al parque acuático de...

Un pequeño sollozo la coge por sorpresa y hace que se le atraganten las palabras, y se tapa la boca con la mano. Sus ojos me ruegan a través de los mechones de cabello sucio. Le aparto el pelo de la cara con delicadeza. Ella aparta la vista de mí y mira de nuevo la tumba.

—No estaba hecha para este puto sitio —dice, con voz de falsete—. ¿Qué pintaba ella aquí? Todo lo que la mantenía viva había desaparecido. Lo único que le quedaba era una estúpida niña de doce años con los dientes feos que la despertaba todas las noches para que la dejara meterse en la cama porque tenía pesadillas. No me extraña que quisiera marcharse.

—Basta —digo con firmeza, y la hago girarse para que me mire—. Basta.

Le caen lágrimas por la cara, secreciones saladas que recorren conductos y tubos, y dejan atrás coloridas células palpitantes y furiosos tejidos rojos. Se las enjugo y la atraigo hacia mí.

—Estás… viva —murmuro contra su pelo—. Vale la… pena vivir… por ti.

Noto cómo se estremece contra mi pecho y se aferra a mi camisa mientras la rodeo con los brazos. No se oye nada, salvo el tenue silbido de la brisa. Nora mira ahora en dirección a nosotros, enroscando un dedo en sus rizos. Su mirada se cruza con la mía y me dedica una sonrisa triste, como para disculparse por no haberme advertido. Pero no me dan miedo los esqueletos del armario de Julie. Estoy deseando conocer al resto, mirarlos fijamente a los ojos y darles un apretón de manos firme y demoledor.

Mientras Julie moja mi camisa de tristeza y mocos, me doy cuenta de que estoy a punto de hacer otra cosa que no he hecho antes. Aspiro aire y trato de cantar.

—Eres… *sensacional*… —digo con voz ronca, esforzándome por mantener un rastro de la melodía de Frank—. *Sensacional… nada más*.

Hay una pausa, y entonces algo cambia en la actitud de Julie. Me doy cuenta de que se está riendo.

—Vaya —dice riéndose entre dientes, y alza la vista hacia mí, con los ojos relucientes sobre su sonrisa—. Ha sido precioso, R. Tú y Zombi Sinatra deberíais grabar *Duetos, Volumen 2.*

Toso.

—No he… calentado.

Ella me vuelve a colocar unos pelos en su sitio. Mira de nuevo la sepultura. Mete la mano en el bolsillo trasero y saca una margarita del aeropuerto marchita a la que le quedan cuatro pétalos. La deja sobre la tierra sin vegetación que hay delante de la lápida.

—Lo siento, mamá —dice en voz baja—. Es lo mejor que he encontrado. —Me coge la mano—. Mamá, este es R. Es muy simpático; te encantaría. La flor también es de parte de él.

Aunque la tumba está vacía, casi espero que la mano de su madre salga de la tierra y me agarre el tobillo. Después de todo, soy una célula del cáncer que la mató. Pero, a juzgar por Julie, sospecho que su madre me podría perdonar. Estas personas, estas hermosas mujeres vivas, no parecen establecer relación entre las criaturas que siguen matando todo lo que ellas aman y yo. Me consideran una excepción, y me siento honrado por ese regalo. Quiero devolvérselo de algún modo, ganarme su perdón. Quiero reparar el mundo que he contribuido a destruir.

Nora se reúne con nosotros cuando abandonamos la tumba de la señora Grigio. Frota el hombro de Julie y le besa la cabeza.

—¿Estás bien?

Julie asiente con la cabeza.

—Como nunca.

—¿Quieres oír algo bonito?

—Estoy deseándolo.

—He visto una zona con flores silvestres al lado de mi casa. Crecen en una zanja.

Julie sonríe. Se enjuga las últimas lágrimas de los ojos y no dice nada más.

Examino las lápidas mientras caminamos. Están torcidas y colocadas de cualquier modo, por lo que el cementerio parece antiguo a pesar de las docenas de tumbas recién cavadas. Pienso en la muerte. Pienso en lo breve que es la vida comparada con ella. Me pregunto lo profunda que es una tumba, los ataúdes que hay amontonados unos encima de otros, y qué parte del suelo de la tierra es producto de nuestra descomposición.

Entonces algo interrumpe mis morbosas reflexiones. Noto una sacudida en el estómago, una extraña sensación como lo que imagino que puede ser una patada de un bebé en el vientre. Me detengo en pleno paso y me doy la vuelta. Una anodina lápida rectangular me observa desde una colina cercana.

—Esperad —digo a las chicas, y empiezo a subir la colina.

—¿Qué hace? —oigo preguntar a Nora entre dientes—. ¿No es esa...?

Me coloco frente a la tumba mirando el nombre grabado en la piedra. Una sensación de inquietud me sube por las piernas, como si se estuviera abriendo un foso enorme a mis pies y me atrajera a su borde con una fuerza siniestra e inexorable. El estómago me vuelve a dar una sacudida, noto un brusco tirón en mi tronco encefálico... caigo dentro.

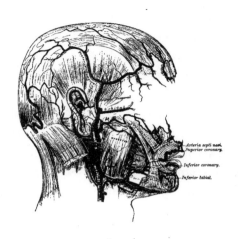

Soy Perry Kelvin, y este es mi último día de vida.

Qué extraña sensación, despertar y enterarte de algo así. Toda mi vida me he peleado con el despertador, aporreando el botón de repetición automática una y otra vez con creciente autodesprecio hasta que la vergüenza era lo bastante intensa para sacarme de la cama. Solo las mañanas más radiantes, esos escasos días rebosantes de energía y determinación y razones para vivir, saltaba de la cama sin problemas. Qué extraño, pues, que lo haga hoy.

Julie gime cuando me libero de sus brazos con la piel de gallina y salgo de la cama. Se envuelve con mi mitad de las mantas y se acurruca contra la pared. Dormirá más horas y soñará con interminables paisajes y novas de colores preciosos y aterradores al mismo tiempo. Si me quedara, me los describiría cuando se despertara. Los disparatados giros de la trama y las imágenes surrealistas, muy vivos para ella y carentes de sentido para mí. Hubo una época en que adoraba escucharla, en que la conmoción de su alma me resultaba bella y agridulce, pero ya no lo soporto. Me inclino para darle un beso de despedida, pero mis labios se quedan rígidos y me aparto de ella acobardado. No puedo. No puedo. Me vendré abajo. Me retiro y me marcho sin tocarla.

Hace dos años exactos mi padre se vio aplastado bajo el muro que estaba levantando, y me quedé huérfano. Lo he echado de menos setecientos treinta días, y a mi madre todavía más, pero mañana no echaré de menos a nadie. Pienso en ello al tiempo que bajo la escalera de caracol de mi casa de acogida, esta lamentable casa de desechos, y salgo a la ciudad. Mi padre, mi madre, mi abuelo, mis amigos… Mañana no echaré de menos a nadie.

Es temprano y el sol apenas asoma por encima de las montañas, pero la ciudad ya está totalmente despierta. Las calles están atestadas de obreros, equipos de reparaciones, madres que empujan cochecitos con ruedas de tacos y madres de acogida que llevan filas de niños como si fueran ganado. Alguien está tocando el clarinete a lo lejos; el aire de la mañana arrastra sus notas trémulas como si fueran el trino de un pájaro, y trato de apartarlas de mi mente. No quiero oír música, ni quiero que el amanecer sea rosa. El mundo es un embustero. Su fealdad es abrumadora; los restos de belleza lo hacen todavía peor.

Me dirijo al edificio administrativo de la calle de la Isla y le digo a la recepcionista que he venido para mi reunión de las siete con el general Grigio. Ella me acompaña a su despacho y cierra la puerta tras de mí. El general no alza la vista de los papeles de su mesa. Levanta un dedo en dirección a mí. Me quedo esperando y paseo la mirada por el contenido de las paredes. Una foto de Julie. Una foto de la madre de Julie. Una foto descolorida de él y un joven coronel Rosso con uniformes del ejército de Estados Unidos, fumando unos cigarrillos ante la silueta de una Nueva York anegada. Al lado, otra instantánea de los dos hombres fumando, esta vez examinando un Londres desmoronado. Luego un París bombardeado. Luego una Roma incendiada.

El general deja su papeleo por fin. Se quita las gafas y me mira.

—Señor Kelvin —dice.

—Señor.

—Su primera expedición como jefe de equipo.

—Sí, señor.

—¿Se siente preparado?

La lengua se me traba un instante mientras imágenes de caballos y violonchelistas y labios rojos sobre una copa de vino me cruzan por la cabeza, tratando de desviarme de mi camino. Les prendo fuego como a una vieja película.

—Sí, señor.

—Bien. Aquí tiene su permiso de salida. Vaya a ver al coronel Rosso al centro comunitario para las misiones de su equipo.

—Gracias, señor. —Cojo los papeles y me vuelvo para marcharme. Pero me paro en el umbral—. ¿Señor? —La voz se me quiebra pese a haber jurado que no lo permitiría.

—¿Sí, Perry?

—¿Puedo hablar con toda libertad, señor?

—Adelante.

Me humedezco los labios resecos.

—¿Hay algún motivo para todo esto?

—¿Perdón?

—¿Hay algún motivo para que sigamos haciendo estas cosas? ¿Las expediciones y... todo?

—Me temo que no entiendo la pregunta, Perry. Las provisiones que recuperamos nos mantienen con vida.

—¿Estamos intentando seguir vivos porque creemos que el mundo mejorará algún día? ¿Es eso para lo que estamos trabajando?

El general tiene una expresión apagada.

—Tal vez.

Mi voz se vuelve trémula e indecorosa, pero ya no puedo controlarla.

—¿Y ahora? ¿Hay algo ahora que ame lo bastante para seguir viviendo por ello?

—Perry...

—¿Quiere decirme de qué se trata, señor? Por favor.

Sus ojos son como mármoles. Un sonido similar al comienzo de una palabra se forma en su garganta, pero se interrumpe. Su boca se pone tirante.

—Esta conversación es inapropiada. —Apoya las manos en la mesa—. Deberías ponerte en camino. Tienes trabajo.

Trago saliva.

—Sí, señor. Lo siento, señor.

—Ve a ver al coronel Rosso al centro comunitario para las misiones de tu equipo.

—Sí, señor.

Cruzo el umbral y cierro la puerta tras de mí.

En el despacho del coronel Rosso me comporto con suma profesionalidad. Solicito las misiones de mi equipo, y él me las da, entregándome el sobre de manila con cordialidad y orgullo en sus ojos estrábicos. Me desea suerte, y le doy las gracias; me invita a cenar, y declino educadamente la oferta. No se me quiebra la voz. No pierdo la compostura.

Al volver a atravesar el vestíbulo del centro comunitario, echo un vistazo en dirección al gimnasio y veo que Nora me está mirando a través de las altas ventanas. Lleva unos pantalones cortos negros ceñidos y una camiseta de tirantes blanca, como todos los preadolescentes que hay en la cancha de voleibol detrás de ella. El «equipo» de Nora, su triste intento por distraer de la realidad a unos cuantos chicos dos horas a la semana. Paso por delante de ella sin siquiera saludarla con la cabeza, y cuando estoy abriendo las puertas principales oigo sus zapatillas de deporte pisando el suelo de baldosas detrás de mí.

—¡Perry!

Me detengo y dejo que las puertas se cierren. Me doy la vuelta y me sitúo de cara a ella.

—Eh.

Ella se queda delante de mí con los brazos cruzados y una mirada pétrea.

—Así que hoy es el gran día, ¿eh?

—Supongo.

—¿A qué zona vas? ¿Lo tienes todo planeado?

—Al viejo edificio de Pfizer en la Octava Avenida.

Ella asiente con la cabeza rápidamente.

—Bien, parece un buen plan, Perry. A las seis ya habrás acabado y estarás en casa, ¿verdad? Porque recuerda que esta noche te vamos a llevar al Huerto. No vamos a dejar que pases el día cabizbajo como el año pasado.

Miro a los chicos en el gimnasio, sacando, colocando y rematando, mientras se ríen y maldicen.

—No sé si llegaré. Esta expedición se podría retrasar un poco más de lo normal.

Ella sigue asintiendo con la cabeza.

—Ah, claro. Porque ese edificio está torcido y lleno de grietas y puntos muertos y tienes que andarte con más cuidado, ¿verdad?

—Exacto.

—Sí. —Ella señala con la cabeza el sobre de mi mano—. ¿Has mirado ya eso?

—Todavía no.

—Pues deberías mirarlo, Perry. —Da unos golpecitos en el suelo con el pie; su cuerpo vibra de ira contenida—. Tienes que asegurarte de que conoces los perfiles de todo el mundo, sus puntos fuertes y sus puntos débiles, y todo eso. El mío, por ejemplo, porque voy a ir contigo.

Me quedo perplejo.

—¿Qué?

—Sí, voy a ir; Rosso me incluyó ayer. ¿Sabes cuáles son mis puntos fuertes y mis puntos débiles? ¿Tienes alguna misión que crees que podría ser demasiado difícil para mí? Porque no me gustaría poner en peligro tu primera expedición como jefe de equipo.

Arranco la parte superior del sobre y echo un vistazo a los nombres.

—Julie también se ha alistado. ¿Te lo ha comentado?

Levanto la vista rápidamente de la hoja.

—Así es, capullo. ¿Supondrá un problema para ti? —Tiene la voz a punto de quebrarse. Hay lágrimas en sus ojos—. ¿Supondrá un conflicto?

Abro las puertas de un empujón y salgo de repente al aire frío de la mañana. Hay pájaros en lo alto. Las palomas de mirada vacía, las gaviotas que chillan, todas las moscas y los escarabajos que se comen su mierda; el don del vuelo concedido a los animales más despreciables de la Tierra. ¿Y si yo poseyera ese don? Esa libertad absoluta e ingrávida. Sin vallas, ni muros, ni fronteras; volaría a todas partes, por encima de mares y continentes, montañas y selvas e interminables llanuras abiertas, y en algún lugar del mundo, en algún lugar de esa belleza remota e intacta, encontraría un motivo.

Estoy flotando en la oscuridad de Perry. Estoy en lo profundo de la tierra. Por encima de mí hay raíces y gusanos y un cementerio puesto al revés donde los ataúdes son las losas y las lápidas lo que está enterrado, penetrando en el etéreo vacío azul, ocultando todos los nombres y los bonitos epitafios y dejándome con la putrefacción.

Noto una agitación en la tierra que me rodea. Una mano se abre camino cavando y me agarra el hombro.

–Hola, cadáver.

Estamos en el 747. Mis montones de recuerdos están clasificados y colocados en pilas ordenadas. El pasillo está cubierto con alfombras orientales. Dean Martin canta en voz baja en el tocadiscos.

–¿Perry?

Él está en la cabina, en el asiento del piloto, con las manos en los controles. Lleva un uniforme de piloto y la camisa blanca manchada de sangre. Me sonríe y acto seguido señala hacia las ventanas, por donde pasan franjas de nubes.

–Nos estamos aproximando a la altitud de crucero. Puedes moverte con libertad por la cabina.

Me levanto con movimientos lentos y cautos y me reúno con él en la cabina. Lo miro con inquietud. Él sonríe. Paso un dedo por la capa de polvo familiar de los controles.

–Esto no es uno de tus recuerdos, ¿verdad?

–No. Es tuyo. Quería que estuvieras cómodo.

–¿Es tu tumba donde estoy ahora mismo?

Él se encoge de hombros.

–Supongo. Pero creo que ahí dentro solo está mi cráneo vacío. Tú y tus amigos os llevasteis la mayor parte de mí como aperitivo, ¿recuerdas?

Abro la boca para disculparme otra vez, pero él cierra los ojos y lo rechaza con un gesto.

—No, por favor. Ya hemos dejado eso atrás. Además, en realidad no fue a mí al que mataste, sino al Perry más mayor y más sabio. Creo que el Perry con el que estás hablando es el Perry de secundaria, joven y optimista, en plena escritura de una novela titulada *Fantasmas contra hombres lobo*. Ahora mismo preferiría no pensar que estoy muerto.

Lo miro detenidamente con aire indeciso.

—Eres mucho más alegre aquí que en tus recuerdos.

—Aquí tengo perspectiva. Es difícil tomarte la vida muy en serio cuando puedes verla toda a la vez.

Lo miro entornando los ojos. Su realidad es muy convincente, con granos y todo.

—¿Eres... tú realmente? —pregunto.

—¿Qué significa eso?

—Todo el tiempo que he estado hablando contigo ¿eras solo... los restos de tu cerebro? ¿O eres tú realmente?

Él suelta una risita.

—¿Acaso importa eso?

—¿Eres el alma de Perry?

—Tal vez. Más o menos. Llámalo como quieras.

—¿Estás... en el cielo?

Él se ríe y tira de su camisa empapada de sangre.

—No exactamente. Sea lo que sea, estoy dentro de ti, R. —Se ríe de nuevo al ver la expresión de mi cara—. Estoy bien jodido, ¿verdad? Mi yo mayor se fue de este mundo de forma bastante siniestra. A lo mejor esta es nuestra oportunidad de alcanzarlo y resolver algunas cosas antes... ya sabes. De lo que venga después.

Miro por la ventana. No hay el más mínimo atisbo de tierra o agua, tan solo las sedosas montañas del reino de las nubes extendiéndose por debajo y amontonándose muy por encima de nosotros.

—¿Adónde vamos?

—A lo que venga después. —Alza la vista hacia el cielo con una solemnidad sarcástica y sonríe—. Me ayudarás a llegar allí, y yo te ayudaré a ti.

Cuando el avión empieza a subir y bajar con las variables corrientes de aire, noto que se me revuelven las tripas.

—¿Por qué me vas a ayudar? Yo soy el responsable de que estés muerto.

—Vamos, R, ¿todavía no lo entiendes? —Parece molesto por mi pregunta. Clava los ojos en mí, y hay en ellos una intensidad febril—. Tú y yo somos víctimas de la misma enfermedad. Estamos combatiendo en la misma guerra, solo que libramos distintas batallas en distintos escenarios, y ya es muy tarde para que te odie, porque somos lo mismo. Mi alma, tu conciencia, lo que queda de mí entremezclado con lo que queda de ti, todo enredado y mezclado. —Me da una palmada cordial en el hombro que casi me duele—. Estamos en esto juntos, cadáver.

Un temblor tenue recorre el avión. La palanca de mando tiembla delante de Perry, pero él no le hace caso. No sé qué decir, de modo que simplemente digo:

—De acuerdo.

Él asiente con la cabeza.

—De acuerdo.

Otra vibración débil en el suelo, como el impacto de bombas lejanas.

—Bueno —dice—. Dios nos ha hecho compañeros de estudio. Tenemos que hablar de nuestro trabajo. —Respira hondo y me mira, dándose golpecitos en la barbilla—. Últimamente he estado oyendo muchos pensamientos inspiradores en nuestra cabeza. Pero no estoy seguro de que tú seas consciente de la tormenta hacia la que nos encaminamos.

Unas luces rojas empiezan a parpadear en la cabina. Se oye algo que raspa fuera del avión.

—¿Qué es lo que no entiendo? —pregunto.

—¿Qué tal una estrategia? Estamos deambulando por esta ciudad como un gato en una perrera. No paras de hablar de que quieres cambiar el mundo, pero estás aquí sentado lamiéndote las garras mientras las fieras nos rodean. ¿Cuál es el plan, minino?

Fuera, las nubes de algodón se oscurecen hasta convertirse en lana de color acero. Las luces parpadean, y los montones de mis recuerdos se tambalean un poco.

—Todavía... no tengo ninguno.

—¿Cuándo, entonces? Ya sabes que las cosas están evolucionando. Estás cambiando, tus compañeros muertos están cambiando, y el mundo está listo para algo milagroso. ¿A qué estamos esperando?

El avión se estremece y comienza a bajar en picado. Caigo torpemente en el asiento del copiloto y noto cómo el estómago me sube a la garganta.

—No pienso esperar. Voy a hacerlo ahora.

—¿Hacer qué? ¿Qué vas a hacer?

—Lo estoy intentando. —Sostengo la mirada de Perry y agarro los brazos de mi asiento mientras el avión se sacude y cruje—. Lo estoy deseando. Estoy haciendo que me importe.

Los ojos de Perry se entornan y sus labios se ponen tirantes, pero no dice nada.

—Es el primer paso, ¿verdad? —grito por encima del ruido del viento y el rugido de los motores—. Es donde empieza todo.

El avión da bandazos, y mis montones de recuerdos se caen. Cuadros, películas, muñecas de porcelana y notas de amor se esparcen por toda la cabina. En la cabina se encienden más luces, y una voz crepita por la radio.

¿R? ¿Holaaa? ¿Estás bien?

La expresión de Perry se ha vuelto fría, privada de toda jovialidad.

—Se avecinan cosas malas, R. Parte de ellas te están esperando fuera de este cementerio. Tienes razón, el primer paso es querer cambiar, pero el segundo es aceptarlo. Cuando llegue el diluvio no quiero verte soñando. Ahora tienes a mi chica contigo.

Me estás asustando. ¡Despierta!

—Sé que no me la merecía —dice Perry, con un tenue murmullo que de algún modo se eleva por encima del ruido—. Ella me lo ofreció todo, y yo me lo pasé por el forro de los cojones. Ahora te toca a ti, R. Ve a protegerla. Es mucho más frágil de lo que parece.

¡Serás gilipollas...! ¡Despiértate o te pego un tiro, joder!

Asiento con la cabeza. Perry asiente con la cabeza. A continuación se vuelve para mirar hacia la ventana y se cruza de brazos mientras los mandos se sacuden violentamente. Las nubes de tormenta se separan y bajamos en picado a tierra, precipitándonos directamente hacia el estadio, y allí están, los infames R y J, sentados en una manta sobre el tejado mojado de lluvia. R levanta la vista y nos ve, y abre mucho los ojos en el momento en que nosotros...

Abro mucho los ojos y enfoco la realidad parpadeando. Estoy delante de una pequeña tumba en un cementerio construido por aficionados. Julie tiene la mano sobre mi hombro.

—¿Has vuelto? —pregunta—. ¿Qué demonios ha pasado? Me aclaro la garganta y miro alrededor.

—Lo siento. Soñando... despierto.

—Mira que eres raro. Vamos, quiero salir de aquí.

Se dirige enérgicamente a la salida caminando a zancadas.

Nora y yo vamos detrás de ella. Nora me sigue el paso, mirándome de reojo.

—¿Soñando despierto? —pregunta.

Asiento con la cabeza.

—Has hablado un poco.

La miro.

—También has dicho palabras pomposas. Me ha parecido oír «milagroso».

Me encojo de hombros.

El ruido torrencial de la ciudad penetra en nuestros oídos rápidamente cuando los guardias abren las puertas y entramos en el estadio. Las puertas apenas se han cerrado detrás de nosotros cuando noto otra vez la patada en el estómago. Una voz susurra: *Ya llega, R. ¿Estás listo?*

Allí está, doblando la esquina resueltamente delante de nosotros: el general Grigio, el padre de Julie. Viene derecho hacia nosotros, flanqueado a cada lado por un oficial de alguna clase, aunque ninguno lleva la vestimenta militar tradicional. Sus uniformes están compuestos por camisas gris claro y pantalones de trabajo, sin condecoraciones ni insignias; tan solo bolsillos, presillas para las herramientas y documentos de identidad plastificados. En sus cartucheras, armas de elevado calibre emiten un brillo apagado.

—Tranquilo, R —susurra Julie—. No digas nada, solo... mmm... hazte el tímido.

—¡Julie! —grita el general desde lejos.

—Hola, papá —dice Julie.

Él y su séquito se detienen delante de nosotros. El general da un rápido apretón a Julie en el hombro.

—¿Qué tal estás?

—Bien. He venido a ver a mamá.

Los músculos de la mandíbula de él se crispan, pero no reacciona. Mira a Nora, le hace un gesto con la cabeza y a continuación me mira a mí. Me mira muy fijamente. Saca un walkie-talkie.

—Ted. El individuo al que dejaste escapar ayer, ¿dijiste que era un joven con corbata roja? ¿Alto, delgado, de piel pálida?

—Papá —dice Julie.

El walkie-talkie emite un sonido estridente. El general lo guarda y saca de su cinturón unas esposas para los pulgares.

—Queda detenido por acceso no autorizado —recita—. Será retenido en...

—Santo Dios, papá. —Julie se adelanta para apartarle las manos—. ¿Qué te pasa? No es un intruso; ha venido de visita de la cúpula de Goldman. Y ha estado a punto de morir por el camino, así que dale un respiro en materia legal, ¿quieres?

—¿Quién es? —pregunta el general.

Julie se coloca lentamente delante de mí para impedirme contestar.

—Se llama... esto... Archie... ¿Era Archie, verdad? —Me lanza una mirada, y asiento con la cabeza—. Es el nuevo novio de Nora. Lo he conocido hoy.

Nora sonríe y me aprieta el brazo.

—¿A que viste bien? Creía que los tíos ya no sabían llevar corbata.

El general vacila, y luego guarda las esposas y esboza una sonrisa forzada.

213

—Encantado de conocerte, Archie. Me imagino que sabrás que si quieres quedarte más de tres días tendrás que dar parte a nuestro oficial de aduanas.

Asiento con la cabeza y trato de evitar el contacto ocular, pero soy incapaz de apartar la vista de su cara. Aunque la tensa cena que presencié en mis visiones no debió de tener lugar hace más de unos pocos años, el general parece una década más viejo. Tiene la piel fina como el papel. Los pómulos le sobresalen. Se le marcan las venas verdes en la frente.

Uno de los oficiales que lo acompañan carraspea.

—Siento mucho lo de Perry, señorita Cabernet. Lo echaremos de menos.

El coronel Rosso es mayor que Grigio, pero parece haber envejecido mejor. Es bajo y grueso, con brazos fuertes y un pecho musculoso por encima de la inevitable barriga de hombre maduro. Tiene el pelo ralo y canoso, y unos ojos azules grandes y llorosos tras sus gruesas gafas. Julie le dedica una sonrisa que parece sincera.

—Gracias, Rosy. Yo también.

Su diálogo parece correcto y formal, pero suena falso, como si estuvieran remando sobre profundas corrientes submarinas. Sospecho que ya han compartido un momento de duelo menos profesional lejos de la mirada oficiosa de Grigio.

—Gracias por el pésame, coronel Rosso —dice—. Sin embargo, le agradecería que no cambiara el apellido de mi hija al dirigirse a ella, al margen de las rectificaciones que ella haya podido hacer.

El hombre mayor se endereza.

—Le pido disculpas, señor. No pretendía ofenderle.

—Solo es un apodo —dice Nora—. A Perry y a mí nos parecía que le quedaba mejor Cabernet que...

Su voz se va apagando bajo la mirada fija de Grigio. Él desplaza la vista lentamente hacia mí.

—Tenemos que marcharnos —dice, sin dirigirse a nadie en concreto—. Encantado de conocerte, Archie. Julie, estaré reunido toda la noche y por la mañana iré a Goldman a hablar de la fusión. Espero estar de vuelta en casa dentro de unos días.

Julie asiente con la cabeza. Sin decir nada más, el general y sus hombres se marchan. Julie observa el suelo, con aspecto muy distante. Un momento después, Nora rompe el silencio.

—Qué susto.

—Vamos al Huerto —murmura Julie—. Necesito un trago.

Yo sigo mirando calle abajo, observando cómo su padre encoje a lo lejos. Poco antes de doblar la esquina, lanza una mirada hacia atrás en dirección a mí, y se me eriza la piel. ¿El diluvio de Perry será de agua, suave y purificadora, o de otro tipo? Noto un movimiento bajo los pies. Una ligera vibración, como si los huesos de todos los hombres y mujeres enterrados estuvieran sacudiéndose en las profundidades de la tierra. Resquebrajando el lecho de roca. Removiendo el magma.

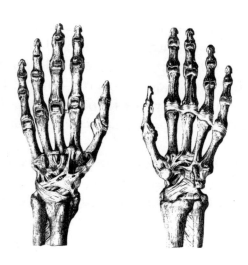

Resulta que el Huerto no forma parte del sistema agrícola del estadio. Es su único pub, o al menos lo más parecido que tienen a un pub en este nuevo baluarte de prohibición. Para llegar a la entrada hay que realizar un arduo trayecto vertical a través del paisaje urbano escheriano del estadio. Primero subimos cuatro tramos de escaleras en un bloque de viviendas destartalado mientras los vecinos nos lanzan miradas de odio a través de las puertas de sus casas. Después cruzamos a un edificio vecino; los chicos del suelo intentan mirar bajo la falda de Nora mientras avanzamos tambaleándonos por una pasarela de tela metálica colocada entre los cables de sujeción de los dos bloques. Una vez dentro del otro edificio, subimos con paso pesado tres tramos de escaleras más antes de aparecer finalmente en un patio desprotegido del viento muy por encima de las calles. El ruido de la multitud retumba a través de la puerta situada al otro lado: una ancha tabla de roble en la que hay pintado un árbol amarillo.

Empujo torpemente por delante de Julie para abrirle la puerta. Nora le sonríe, y Julie pone los ojos en blanco. Entran y las sigo.

El sitio está abarrotado, pero se respira un ambiente extrañamente apagado. No hay gritos, ni choques de manos, ni ebrias peticiones de teléfonos. Pese a la clandestinidad de su oscura ubicación, en el Huerto no se sirve alcohol.

—¿Hay algo más ridículo que un puñado de antiguos marines y obreros de la construcción ahogando sus penas en un puto bar de zumos? —dice Julie mientras nos abrimos paso a empujones entre la educada multitud—. Por lo menos dejan traer petaca.

El Huerto es el primer edificio que veo en la ciudad con un rastro de personalidad. Todos los accesorios habituales de los locales de copas están presentes: dianas, mesas de billar, televisores de pantalla plana emitiendo partidos de fútbol americano. Al principio me sorprende ver esas transmisiones. ¿Existe todavía el entretenimiento? ¿Quedan personas ahí fuera que se dedican a la frivolidad pese a los tiempos que vivimos? Pero entonces, diez minutos después del comienzo del tercer cuarto, la imagen se distorsiona como en una cinta VHS y da paso a otro partido, cuyos equipos y resultados cambian en pleno placaje. Cinco minutos después cambian de nuevo, pero esta vez el empalme lo marca un rápido tartamudeo. Ninguno de los aficionados a los deportes parece percatarse. Miran esos encuentros abreviados en perpetuo bucle con la mirada vacía y beben su copa como intérpretes en una reconstrucción histórica.

Unos cuantos clientes reparan en que los estoy mirando, y aparto la vista. Pero luego vuelvo a mirar. Hay algo en esa escena que se está colando en mi cabeza. Se está revelando una idea como un fantasma en una polaroid.

—Tres zumos de uva —dice Julie al camarero, que parece ligeramente incómodo mientras prepara las bebidas.

Nos sentamos en unos taburetes, y las dos chicas empiezan a hablar. La música de sus voces sustituye el clásico rock ruidoso de la máquina de discos, pero también eso se desvanece en un zumbido apagado. Estoy mirando los televisores. Estoy mirando a la gente. Puedo ver el contorno de sus huesos bajo los músculos. Los bordes de las articulaciones sobresaliendo bajo la piel tirante. Veo sus esqueletos, y la idea que cobra forma en mi cabeza es algo que no esperaba: un anteproyecto de los huesudos. Un destello de cómo deben de ser sus mentes resecas y retorcidas.

El universo se está comprimiendo. Todo recuerdo y toda posibilidad se están viendo reducidos a la mínima expresión a medida que sus últimos pedazos de carne se desprenden. Existir en esa singularidad, atrapado eternamente en un estado estático, equivale al mundo de los huesudos. Son fotos de carnet con los ojos sin vida, congelados en el preciso momento en que renunciaron a su humanidad. Ese instante desesperado en que cortaron la última cuerda y cayeron al abismo. Ahora no queda nada. Ni pensamiento, ni emoción, ni pasado, ni futuro. No existe nada salvo la necesidad desesperada de mantener las cosas como son, como siempre han sido. Deben permanecer en la vía o ser arrollados, incendiados y consumidos por los colores, los sonidos, el cielo abierto.

De ese modo me zumba la idea en la cabeza, susurrando a través de mis nervios como voces por las líneas telefónicas: *¿Y si pudiéramos hacerlos descarrilar?* Ya hemos alterado lo bastante su estructura para despertar una ira ciega. ¿Y si pudiéramos provocar un cambio tan profundo, tan nuevo y asombroso, que se quebrantaran? ¿Que se rindieran?

¿Que se descompusieran en polvo y se marcharan de la ciudad arrastrados por el viento?

—¿R? —dice Julie, dándome con la punta del dedo en el brazo—. ¿Dónde estás? ¿Soñando despierto otra vez?

Sonrío y me encojo de hombros. Una vez más, no encuentro las palabras en mi vocabulario. Voy a tener que hallar una forma de dejarla entrar en mi cabeza dentro de poco. Sea lo que sea lo que estoy intentando, sé que no tengo ninguna posibilidad de hacerlo solo.

El camarero vuelve con nuestras bebidas. Julie nos sonríe a Nora y a mí mientras evaluamos los tres vasos de néctar de color amarillo claro.

—¿Te acuerdas de que cuando éramos pequeñas el zumo de uva natural era la bebida de las chicas duras? Como el whisky de los refrescos para niños.

—Exacto —contesta Nora riéndose—. El zumo de manzana era para las flojas.

Julie alza su vaso.

—Por nuestro nuevo amigo Archie.

Levanto mi vaso unos centímetros de la barra, y las chicas entrechocan los suyos. Bebemos. No lo saboreo exactamente, pero el zumo me pica en la garganta y logra introducirse en las viejas heridas de mis mejillas, mordiscos que no recuerdo.

Julie pide otra ronda, y cuando llega se echa el bolso al hombro y coge los tres vasos. Se inclina y nos guiña el ojo a Nora y a mí.

—Vuelvo enseguida.

Desaparece en el servicio con las bebidas en la mano.

—¿Qué está… haciendo? —pregunto a Nora.

—No lo sé. ¿Robándonos las copas?

Nos quedamos sentados en un silencio incómodo, amigos de un tercero que carecen del tejido conjuntivo de la presencia de Julie. Al cabo de unos minutos, Nora se inclina y baja la voz.

—Sabes por qué ha dicho que eras mi novio, ¿verdad?

Encojo un hombro.

—Claro.

—No significaba nada; solo estaba intentando desviar la atención de ti. Si hubiera dicho que eres su novio, o su amigo, o algo relacionado con ella, Grigio te hubiera hecho pasar por un interrogatorio de tres pares de cojones. Y, evidentemente, si se fijaba en ti… el maquillaje no es perfecto.

—Entien… do.

—Por cierto, para que lo sepas, es muy importante que te haya llevado a ver a su madre.

Arqueo las cejas.

—No le cuenta eso a la gente, nunca. Ni siquiera le contó toda la historia a Perry durante unos tres años. No sé exactamente lo que eso significa para ella, pero… es nuevo.

Me quedo mirando la barra, avergonzado. Una sonrisa extrañamente cariñosa se dibuja en la cara de Nora.

—¿Sabes que me recuerdas un poco a Perry?

Me pongo tenso. Empiezo a sentir que los remordimientos me suben de nuevo por la garganta.

—No sé lo que es, seguro que tú no eres un fanfarrón como él, pero tienes la misma… chispa que él tenía cuando era más joven.

Debería coserme la boca. La sinceridad es una compulsión que me ha perjudicado más de una vez. Pero no puedo reprimirlo más. Las palabras se forman y salen despedidas de mí como un estornudo incontenible.

—Yo lo maté. Me comí… su cerebro.

Nora frunce los labios y asiente con la cabeza despacio.

—Sí… eso pensaba.

Mi cara adopta una expresión vacía.

—¿Qué?

—No vi cómo pasaba, pero he sumado dos más dos. Tiene sentido.

La miro, pasmado.

—Julie… ¿lo sabe?

—Creo que no. Pero si lo supiera, estoy convencida de que no tendría ningún problema. Puedes decírselo, R. Creo que te perdonaría.

—¿Por qué?

—Por el mismo motivo por el que yo te perdono.

—¿Por qué?

—Porque no fuiste tú. Fue la plaga.

Espero a que siga. Ella mira el televisor que hay encima de la barra, con la luz verde claro parpadeando sobre su cara oscura.

—¿Te ha contado Julie que Perry la engañó con una chica huérfana?

Vacilo y luego asiento con la cabeza.

—Pues… era yo.

Desplazo la mirada rápidamente al servicio, pero Nora no parece tener nada que ocultar.

—Solo llevaba una semana aquí —dice—. Todavía no conocía a Julie. De hecho, así fue como la conocí. Me follé a su novio, y ella me odió, pero pasó el tiempo y ocurrieron más cosas, y de algún modo acabamos siendo amigas. Es de locos, ¿verdad? —Vuelca el vaso sobre la lengua para atrapar las últimas gotas y lo aparta empujándolo—. Lo que intento decir es que este mundo está lleno de mierda y que topamos con mierda a diario, pero no tenemos por qué bañarnos en mierda. Cuando tenía dieciséis años mis padres, que eran adictos al cristal me dejaron tirada en medio de un suburbio plagado de muertos porque no podían seguir dándome de comer. Estuve vagando sola durante años antes de encontrar Citi Stadium, y no tengo dedos suficientes para contar las veces que he estado a punto de palmarla. —Levanta la mano izquierda y menea el dedo medio amputado como una prometida enseñando su anillo de diamante—. Lo que estoy diciendo es que cuando tienes una carga así en la vida debes empezar a ver las cosas con perspectiva para no acabar hundiéndote.

La miro a los ojos, pero no consigo entenderla siendo como soy un ignorante.

—¿Cuál es la… perspectiva… de que haya… matado a Perry?

—Vamos, R —dice, fingiendo que me da una bofetada en la cara—. Eres un zombi. Tienes la plaga. O al menos la tenías cuando mataste a Perry. A lo mejor ahora eres distinto, desde luego espero que lo seas, pero entonces no tenías alternativa. Eso no es un «crimen», ni un «asesinato», sino algo mucho más profundo e inevitable. —Se da unos golpecitos en la sien—. Julie y yo lo entendemos, ¿vale? Hay un proverbio zen que dice: «Sin elogios no hay culpa. Ni más ni menos». No nos interesa echar la culpa a la condición humana; solo queremos curarla.

Julie sale del servicio y deja las bebidas en la barra con una sonrisa pícara.

—De vez en cuando al zumo de uva también le viene bien un poco de alcohol.

Nora da un sorbo de prueba y se aparta tapándose la boca.

—¡Dios… bendito! —exclama tosiendo—. ¿Cuánto has echado?

—Solo unas cuantas botellitas de vodka —susurra Julie con inocencia infantil—. Cortesía de nuestro amigo Archie, y de Aerolíneas Muertos Vivientes.

—Bravo, Archie.

Yo sacudo la cabeza.

—¿Podéis dejar... de llamarme...?

—Vale, vale —dice Julie—. Se acabó Archie. Pero ¿por qué brindamos esta vez? Es tu alcohol, R, así que tú decides.

Sostengo el vaso delante de mí. Lo huelo, insistiendo para mis adentros en que todavía puedo oler cosas aparte de la muerte y la muerte potencial, en que todavía soy humano, en que todavía soy completo. Un acre olor a cítrico me cosquillea en las fosas nasales. Resplandecientes huertos de Florida en verano. El brindis que se me ocurre es increíblemente cursi, pero lo digo de todas formas.

—Por... la vida.

Nora contiene la risa.

—¿En serio?

Julie se encoge de hombros.

—Es increíblemente cursi, pero qué demonios. —Alza el vaso y lo entrechoca con el mío—. Por la vida, señor Zombi.

—*L' chaim!* —grita Nora, y apura su vaso.

Julie apura el suyo.

Yo apuro el mío.

El vodka me impacta en el cerebro como una bala. Esta vez no es un placebo. La bebida es fuerte, y lo noto. Lo estoy notando. ¿Cómo es posible?

Julie pide más bebidas y prepara inmediatamente otra ronda. Me figuro que las chicas están tan aturdidas como yo, pues el alcohol aquí es un artículo de contrabando, pero me doy cuenta de que debe de ser bastante habitual visitar la licorería cuando salen de expedición por la ciudad. Rápidamente me dejan atrás mientras bebo a sorbos la segunda copa, maravillado de las sensaciones que recorren mi cuerpo. El ruido del bar se desvanece y simplemente miro a Julie, el punto focal de mi borrosa composición. Ella se está riendo. Una risa libre y sincera que no creo haber oído antes, echando la cabeza hacia atrás y dejando que brote de su garganta en cascada. Ella y Nora están relatando un recuerdo común. Ella se vuelve hacia mí y me invita a participar en la broma con una palabra y un destello de sus dientes blancos, pero yo no respondo. Me limito a mirarla, con la barbilla apoyada en la mano y el codo en la barra, sonriendo.

Satisfacción. ¿Puede ser esto lo que se siente?

Después de acabar la bebida noto una presión en la parte inferior, y me doy cuenta de que tengo ganas de orinar. Como los muertos no bebemos, la micción es un hecho poco frecuente. Espero acordarme de cómo se hace.

Entro en el servicio tambaleándome y apoyo la frente contra la pared de delante del urinario. Bajo la cremallera, miro hacia abajo y ahí esta. El mítico instrumento de la vida y la muerte y los polvos en el asiento trasero de la primera cita. Cuelga flácido, inútil, juzgándome en silencio por todas las formas en que lo he maltratado al cabo de los años. Pienso en mi esposa y su nuevo amante, ensamblando sus cuerpos fríos como aves de corral en una envasadora. Pienso en las figuras borrosas y anónimas de mi vida pasada, probablemente todas muertas a estas alturas. Luego pienso en Julie acurrucada junto a mí en la cama de matrimonio extragrande. Pienso en su cuerpo con aquella cómica ropa interior mal combinada, su aliento contra mis ojos mientras examinaba cada facción de su cara, preguntándome qué misterios se escondían en el núcleo reluciente de todas y cada una de sus células.

Allí, en el servicio, rodeado del hedor a orines y mierda, me pregunto: ¿Es demasiado tarde para mí? ¿Puedo arrebatar otra oportunidad a los dientes apretados de la boca del cielo? Quiero un pasado nuevo, recuerdos nuevos, un primer apretón de manos nuevo con el amor. Quiero volver a empezar, en todos los sentidos.

Cuando salgo del servicio, el suelo da vueltas. Las voces suenan amortiguadas. Julie y Nora están enfrascadas en una conversación, inclinadas la una sobre la otra riéndose. Un hombre de treinta y pocos años se acerca a la barra y hace un comentario ofensivo a Julie. Nora le lanza una mirada asesina y dice algo que parece sarcástico, y Julie lo ahuyenta. El hombre se encoge de hombros y se retira a la mesa de billar, donde le está esperando su amigo. Julie grita algo insultante y el amigo se ríe, pero el hombre se limita a sonreír fríamente y le replica con una ocurrencia. Julie se queda paralizada un momento, y acto seguido ella y Nora vuelven la espalda a la mesa de billar y Nora empieza a susurrar a Julie al oído.

—¿Qué pasa? —pregunto, acercándome a la barra.

Noto que los dos hombres de la mesa de billar me están observando.

—Nada —dice Julie, pero parece afectada—. No hay problema.

—R, ¿nos dejas un momento? —pregunta Nora.

Miro a un lado y a otro. Ellas esperan. Me vuelvo y salgo del bar, sintiendo demasiadas cosas al mismo tiempo. En el patio, me dejo caer contra la barandilla, siete pisos por encima de las calles. La mayoría de las luces de la ciudad están apagadas, pero las farolas parpadean y palpitan como si fueran bioluminiscentes. Noto el peso insistente de la minigrabadora de Julie en el bolsillo de la camisa. La saco y me la quedo mirando. Sé que no debería hacerlo, pero estoy… siento que necesito…

Con los ojos cerrados y balanceándome suavemente con un brazo apoyado en la barandilla, rebobino la cinta un momento y pulso el botón de reproducción.

¿... de veras es un disparate? Solo porque es... ¿qué es? ¿Acaso la palabra «zombi» no es más que un nombre estúpido que...?

Rebobino de nuevo. Caigo en la cuenta de que el espacio comprendido entre esa entrada y el final de la anterior contiene todo el tiempo que hace que conozco a Julie. Todos los momentos significativos de mi vida caben dentro de unos segundos de ruido de alta frecuencia.

Detengo la cinta y pulso el botón de reproducción.

...cree que nadie lo sabe pero todo el mundo lo sabe, solo que tienen miedo de hacer algo. Él también está empeorando. Esta noche me ha dicho que me quiere. Lo ha dicho con esas palabras. Ha dicho que yo era preciosa y que era todo lo que él amaba de mamá, y que si algún día me pasara algo se volvería loco. Y sé que lo decía en serio, sé todo lo que le pasa por dentro... pero el hecho de que haya tenido que estar como una puta cuba para decirlo... hace que parezca insignificante. Joder, no me ha gustado nada.

Hay una larga pausa en la cinta. Lanzo una mirada por encima del hombro en dirección a la barra del bar, sintiendo vergüenza pero también desesperación. Sé que debería hacerme merecedor de esas confidencias a lo largo de meses de lenta intimidad, pero no puedo evitarlo. Solo quiero escucharla.

He pensado en denunciarlo —continúa—. *Ir al centro comunitario y hacer que Rosy lo detenga. Estoy totalmente a favor del alcohol, me encanta, pero con papá es... distinto. Él no bebe como celebración, sino que parece algo doloroso y terrible, como si se estuviera anestesiando para someterse a una horrible operación de cirugía medieval. Y sí... sé el porqué, y no es que yo no haya hecho cosas peores por los mismos motivos, pero es... es tan...* —Le tiembla la voz y se interrumpe, y se sorbe la nariz bruscamente como un reproche a sí misma—. *Dios* —dice entre dientes—. *Mierda.*

Varios segundos de ruido de cinta. Escucho más atentamente. Entonces la puerta se abre de golpe, y al darme la vuelta arrojo la grabadora a la oscuridad. Pero no es Julie. Son los dos hombres de la mesa de billar. Salen por la puerta torpemente, dándose empujones y riéndose entre dientes mientras se encienden unos cigarrillos.

—¡Eh! —me grita el que estaba hablando con Julie, y él y su amigo se dirigen sin prisa hacia mí.

Es alto, atractivo, con los brazos musculosos cubiertos de tatuajes: serpientes y esqueletos y símbolos de grupos de rock desaparecidos.

—¿Qué pasa, tío? ¿Eres el nuevo ligue de Nora?

Vacilo y me encojo de hombros. Los dos se echan a reír como si hubiera contado un chiste verde.

—Sí, con esa chica nunca se sabe, ¿verdad? —Da un puñetazo a su amigo en el pecho mientras siguen avanzando hacia mí—. Entonces, ¿conoces a Julie, tío? ¿Eres amigo de Julie?

Asiento con la cabeza.

—¿La conoces desde hace mucho?

Me encojo de hombros, pero siento como si un muelle se estuviera tensando en mi interior.

Se detiene a escasos centímetros de mí y se apoya contra la pared, mientras da una larga calada al cigarrillo.

—Hace unos años era una fiera. Yo fui su profesor de armas de fuego.

Tengo que marcharme. Tengo que dar la vuelta ahora mismo y marcharme.

—Cuando empezó a salir con el chico de Kelvin se volvió una estrecha, pero durante cosa de un año se lo montaba a tope, tío. Con cien pavos ya no se puede comprar ni un paquete de tabaco, pero con esa zorra te cundían un montón.

Embisto y le golpeo la cabeza contra el muro. Es sencillo; simplemente le agarro la cara con la mano, empujo hacia delante y le incrusto la parte de atrás del cráneo en el muro. No sé si lo he matado ni me importa. Cuando su amigo intenta cogerme, le hago exactamente lo mismo; dos grandes abolladuras en el revestimiento de aluminio del Huerto. Los dos hombres caen desplomados al suelo. Bajo la escalera tambaleándome y salgo a la pasarela. Unos chicos que están apoyados en los cables de sujeción fumando porros se me quedan mirando cuando paso junto a ellos empujándolos. «Perdón», trato de decir, pero no me salen las sílabas. Me deslizo por los cuatro pisos y salgo dando bandazos a la calle de Campanilla o como coño se llame. Necesito escapar de esta gente un momento y recobrar el autocontrol. Tengo mucha hambre. Dios, me muero de hambre.

Después de deambular unos minutos, acabo perdido y desorientado. Está lloviznando y me encuentro en una calle estrecha y oscura. El asfalto reluce, negro y húmedo, bajo las farolas torcidas. Más adelante, dos guardias conversan en un cono de luz salpicado de lluvia, gruñéndose entre ellos con la dureza fingida de unos niños asustados que se esfuerzan por hacerse los hombres.

—... en el pasadizo dos toda la semana pasada, levantando cimientos. Estamos a menos de un kilómetro y medio de la cúpula de Goldman, pero ya casi no tenemos equipo. Grigio no para de sacar a gente de Construcción para meterlos en Seguridad.

—¿Y el equipo de Goldman? ¿Cómo va su parte?

—Es una mierda. Apenas han pasado de la puerta. De todas formas, he oído que la fusión atraviesa un mal momento por culpa de la pésima diplomacia de Grigio. Empiezo a preguntarme si sigue deseando la fusión, teniendo en cuenta como se ha ocupado del pasadizo uno. No me extrañaría que él mismo hubiera provocado el hundimiento.

—Sabes que eso son gilipolleces. No hagas correr ese rumor por ahí.

—Bueno, en cualquier caso, Construcción se ha ido al carajo desde que Kelvin murió aplastado. Solo estamos haciendo agujeros y rellenándolos.

—A la mierda. Sigo prefiriendo estar fuera construyendo algo que haciendo de vigilante de seguridad aquí toda la noche. ¿Habéis tenido algo de acción fuera?

—Solo un par de carnosos que vagaban por el bosque. Bang, bang, y se acabó el juego.

—¿Ningún huesudo?

—Hace al menos un año que no veo a ninguno. Ya no salen de sus escondites. Vaya puta mierda.

—¿Qué pasa, te gusta encontrarte con esas cosas?

—Son mucho más divertidos que los carnosos. Los hijos de puta se pueden mover.

—¿Divertidos? ¿Me estás tomando el pelo? Esas cosas están mal. A mí no me gusta ni tocarlos con las balas.

—¿Por eso tu promedio de tiro es de uno entre veinte?

—Ni siquiera parecen restos humanos ya. Son como alienígenas o algo parecido. Me dan un miedo de cojones.

—Sí, bueno, seguramente eso es porque eres una nenaza.

—Que te den. Me voy a echar una meada.

El guardia desaparece en la oscuridad. Su compañero se queda en el foco, abrigándose con el anorak mientras cae la lluvia. Yo sigo andando. No me interesan esos hombres; estoy buscando un rincón tranquilo donde pueda cerrar los ojos y serenarme. Pero conforme me acerco a la luz, el guardia me ve, y me doy cuenta de que hay un problema. Estoy borracho. Mi andar cuidadosamente estudiado se ha visto sustituido por un tambaleo vacilante. Avanzo pesadamente, con la cabeza balanceándose de un lado a otro.

Parezco… exactamente lo que soy.

—¡Alto! —grita el guardia.

Me detengo.

Él se adelanta un poco.

—Acérquese a la luz, señor.

Me acerco a la luz y me quedo en el borde del círculo amarillo. Trato de mantenerme lo más erguido e inmóvil posible. Entonces me doy cuenta de otra cosa. La lluvia me está cayendo por el pelo. La lluvia me está corriendo por la cara. La lluvia me está quitando el maquillaje y dejando a la vista la piel de color gris claro que hay debajo. Retrocedo un paso tambaleándome y me aparto ligeramente de la luz.

El guardia está aproximadamente a un metro y medio de mí. Tiene la mano en el arma. Se acerca y me mira entornando los ojos.

—¿Ha estado bebiendo alcohol esta noche, señor?

Abro la boca para decir: «No, señor, en absoluto, solo unos vasos de delicioso y saludable zumo de uva con mi buena amiga Julie Cabernet». Pero no me salen las palabras. Tengo la lengua de trapo, y lo único que me brota de la boca es:

—Aaaah…

—Pero ¿qué coño…?

El centinela abre mucho los ojos, saca la linterna y me enfoca la cara manchada de gris, y no me queda alternativa. Salgo de entre las sombras y me abalanzo sobre él. Le aparto la pistola de un golpe y le muerdo en la garganta. Su fuerza vital penetra en mis hambrientos cuerpo y cerebro, y alivia la angustia de mis espantosos anhelos. Comienzo a devorarlo, masticando deltoides y tiernos abdominales mientras la sangre sigue palpitando a través de ellos… pero luego me detengo.

Julie está en la puerta de la habitación, observándome con una sonrisa tímida.

Cierro los ojos y aprieto los dientes. *No*, gruño dentro de mi cabeza. *¡No!*

Dejo caer el cuerpo al suelo y me aparto de él. Sé que ahora no tengo alternativa, y decido cambiar cueste lo que cueste. Si soy una rama lozana del árbol de los muertos, renunciaré a mis hojas. Si tengo que matarme de hambre para acabar con sus raíces retorcidas, lo haré.

El feto de mi vientre da una patada, y oigo la voz de Perry, suave y tranquilizadora. *No te morirás de hambre, R. En mi corta vida, tomé muchas decisiones porque creía que eran necesarias, pero mi padre tenía razón: el mundo no tiene normas establecidas. Está en nuestra cabeza, nuestra mente humana colectiva. Si hay reglas, somos nosotros los que las creamos. Podemos cambiarlas cuando nos venga en gana.*

Escupo la carne de la boca y me limpio la sangre de la cara. Perry me da otra patada en las entrañas, y vomito. Me inclino y lo expulso todo. La carne, la sangre, el vodka. Tan pronto como me enderezo y me limpio la boca, estoy sobrio. La borrachera ha desaparecido. Tengo la cabeza despejada como un día de primavera.

El cuerpo del guardia comienza a resucitar entre espasmos. Levanta los hombros despacio y arrastra el resto de sus partes sin fuerza, como si unos dedos invisibles lo estuvieran pellizcando y levantando. Tengo que matarlo. Sé que tengo que matarlo, pero no puedo hacerlo. Después del juramento que acabo de hacer, la idea de atacar a ese hombre otra vez y de probar su sangre aún caliente me paraliza del horror. El guardia se estremece y tiene arcadas, se atraganta y araña la tierra, se estira y sufre náuseas, con los ojos muy abiertos saltándole de las cuencas mientras el lodo gris de la muerte se desliza en ellos. Deja escapar un gruñido angustioso, y no puedo soportarlo. Me vuelvo y echo a correr. Incluso en mi momento de mayor arrojo, soy un cobarde.

Llueve a cántaros. Mis pies chapotean en las calles y salpican de barro mi ropa recién lavada. Llevo el pelo pegado a la cara como si fueran algas. Delante de un gran edificio de aluminio con una cruz de madera contrachapada en el tejado, me arrodillo en un charco y me salpico la cara con agua. Me lavo la cara con agua de desagüe sucia y escupo hasta que se me quita el sabor de la boca. La T de madera sagrada se cierne en lo alto, y me pregunto si el Señor hallaría un motivo para darme el visto bueno, sea quien sea y dondequiera que esté.

¿Ya lo has conocido, Perry? ¿Está vivo? Dime que no es solo la boca del cielo. Dime que hay algo más dominándonos que el vacío cráneo azul.

Perry tiene la prudencia de no contestar. Yo acepto el silencio, me levanto y sigo corriendo.

Me dirijo de nuevo a casa de Julie, evitando las farolas. Me acurruco contra el muro, me refugio bajo el balcón, y aguardo allí mientras la lluvia aporrea el tejado metálico de la casa. Al cabo de lo que me parecen horas, oigo las voces de las chicas a lo lejos, pero esta vez sus ritmos no me inspiran alegría. La danza es una marcha fúnebre, y la música menor.

Corren hacia la puerta principal: Nora tapándose con su cazadora tejana, y Julie con la capucha de su sudadera roja ceñida sobre la cara. Nora llega a la puerta primero y entra a toda prisa. Julie se detiene. No sé si me ve en la oscuridad o si simplemente huele el hedor afrutado de mi desodorante, pero algo la impulsa a mirar a la vuelta de la esquina. Me ve hecho un ovillo en la oscuridad como un cachorro asustado. Se acerca despacio, con las manos metidas en los bolsillos de la sudadera. Se agacha y me mira a través de la estrecha abertura de la capucha.

—¿Estás bien? —pregunta.

Yo asiento con la cabeza, poco sincero.

Se sienta a mi lado en la pequeña porción de tierra seca y se apoya contra la casa. Se quita la capucha y levanta el gorro de lana que lleva debajo para apartarse el pelo mojado de los ojos, y acto seguido vuelve a ponérselo.

—Me has asustado. Desapareciste sin más.

La miro con desconsuelo, pero no digo nada.

—¿Quieres contarme lo que ha pasado?

Niego con la cabeza.

—¿Has... mmm... has dejado a Tim y su amigo fuera de combate?

Asiento con la cabeza.

Una sonrisa de placer incómodo se dibuja en su cara, como si le acabaran de regalar un ramo de rosas excesivamente grande o le hubieran escrito una mala canción de amor.

—Ha sido... un detalle —dice, reprimiendo una risita. Pasa un minuto. Me toca la rodilla—. Hoy nos lo hemos pasado bien, ¿verdad? A pesar de ciertos momentos delicados.

Yo no puedo sonreír, pero asiento con la cabeza.

—Estoy un poco borracha. ¿Y tú?

Niego con la cabeza.

—Qué pena. Es divertido. —Su sonrisa se intensifica, y su mirada se pierde—. ¿Sabes que la primera vez que bebí alcohol fue a los ocho años? —Su voz únicamente revela una ligera mala pronunciación—. Mi padre era muy aficionado al vino, y él y mi madre solían organizar fiestas de cata cuando papá no estaba en la guerra. Invitaban a todos sus amigos y descorchaban un vino añejo muy caro y se cocían de lo lindo. Yo me quedaba sentada en medio del sofá bebiendo pequeños sorbos de la mitad de la copa que me dejaban tomar y me reía de aquellos adulto idiotas que se volvían todavía más idiotas. ¡Rosy se ponía muy colorado! Bebía una copa y ya parecía Santa Claus. Una vez él y papá echaron un pulso en la mesita del café y rompieron una lámpara. Fue... genial.

Empieza a hacer garabatos en la tierra con un dedo. Tiene una sonrisa melancólica que no dirige a nadie en concreto.

—Las cosas no eran siempre tan deprimentes, ¿sabes, R? Papá tenía sus momentos, e incluso cuando el mundo se desmoronó nos divertíamos. Hacíamos pequeñas expediciones en familia y nos dedicábamos a recoger los vinos más raros que te puedas imaginar. Botellas de Dom Romane Conti del noventa y siete, valoradas en mil dólares cada una, tiradas por el suelo en bodegas abandonadas. —Se ríe entre dientes para sus adentros—. En su día, papá se habría vuelto loco por una de esas. Cuando nos mudamos aquí se volvió bastante... callado. Pero nos bebimos algunos vinos impresionantes.

Observo cómo habla. Observo cómo se mueve su mandíbula y recojo cada una de sus palabras al salir de sus labios. No me las merezco. Sus cálidos recuerdos. Me gustaría pintarlos en las desnudas paredes enlucidas de mi alma, pero todo lo que pinto parece desconcharse.

—Y entonces mamá se marchó.

Aparta el dedo de la tierra e inspecciona su obra. Ha dibujado una casa. Una casita pintoresca con una nube de humo en la chimenea y un sol benévolo sonriendo sobre el tejado.

—Papá pensó que estaba borracha, de ahí la prohibición del alcohol, pero yo la vi y no lo estaba. Estaba muy sobria.

Todavía sonríe, como si todo no fuera más que nostalgia, pero la sonrisa es ahora fría, carente de vida.

—Esa noche entró en mi cuarto y me estuvo mirando un rato. Yo me hice la dormida. Y luego, justo cuando yo estaba a punto de levantarme y gritar «Uh»... se marchó.

Alarga la mano para borrar su dibujo, pero le toco la muñeca. La miro y sacudo la cabeza. Ella me observa en silencio un instante. Acto seguido se vuelve para situarse de cara a mí y sonríe, a escasos centímetros de mi cara.

—R —dice—, si te beso, ¿me moriré?

Tiene la mirada fija. Apenas está borracha.

—Dijiste que no, ¿verdad? Que no me contagiaré. Porque me apetece mucho besarte. —Se mueve nerviosamente—. Y aunque me pase algo, a lo mejor no está tan mal. Es decir, tú eres distinto ahora, ¿no? No eres un zombi. Eres... algo nuevo. —Su cara está muy cerca. Su sonrisa se desvanece—. ¿Y bien, R?

La miro a los ojos, chapoteando en sus aguas heladas como un marinero náufrago que intenta agarrarse a la balsa. Pero no hay ninguna balsa.

—Julie —digo—. Tengo... que enseñarte... algo.

Ella ladea la cabeza con una ligera curiosidad.

—¿Qué?

Me levanto. La cojo de la mano y echo a andar.

Es una noche silenciosa salvo por el susurro primaveral de la lluvia. Empapa la tierra y vuelve resbaladizo el asfalto, y disuelve las sombras en reluciente tinta negra. Tomo las callejuelas estrechas y los callejones no iluminados. Julie me sigue a un paso, mirando fijamente un lado de mi cara.

—¿Adónde vamos? —pregunta.

Me detengo en un cruce para rememorar los mapas de mis recuerdos robados, evocando imágenes de lugares en los que no he estado y personas a las que no he conocido.

—Casi... estamos.

Después de unas cuantas ojeadas cautas a la vuelta de las esquinas y unas cuantas carreras furtivas a través de cruces, allí está. Una casa de cinco pisos surge ante nosotros, alta, escuálida y gris como el resto de esta esquelética ciudad, con ventanas que emiten un parpadeo amarillo cual ojos recelosos.

—R, pero ¿qué demonios...? —susurra Julie, mirándola fijamente—. Es...

La llevo a la puerta y nos quedamos allí al abrigo de los aleros, mientras la lluvia hace ruido en el tejado como si fueran tambores militares.

—¿Me dejas... tu gorro? —pregunto sin mirarla.

Ella permanece inmóvil un instante y acto seguido se lo quita y me lo da. Lana azul oscuro con una franja roja alrededor del borde.

La señora Rosso lo tejió por el decimoséptimo cumpleaños de Julie. Cuando se lo ponía, a Perry le recordaba a un duende, y se ponía a hablar en lengua élfica cada vez que ella lo llevaba. Ella le decía que era el idiota más grande que había conocido, y él estaba de acuerdo, mientras le besaba el cuello con aire travieso y...

Me calo el gorro y llamo a la puerta marcando un lento ritmo de vals, con la vista pegada al suelo como un niño tímido. La puerta se entreabre. Una mujer de mediana edad con pantalón de chándal nos mira desde el interior. Tiene la cara hinchada y surcada de arrugas, y unas bolsas oscuras bajo los ojos inyectados de sangre.

—¿Señorita Grigio? —dice.

Julie me lanza una mirada.

—Hola, señora Grau. Esto...

—¿Qué hace en la calle? ¿Está Nora con usted? Ya han dado el toque de queda.

—Lo sé. Nos... hemos perdido al volver del Huerto. Nora va a pasar la noche en mi casa, pero... mmm... ¿podemos entrar un momento? Tengo que hablar con los chicos.

Mantengo la cabeza gacha mientras la señora Grau me evalúa apresuradamente. Nos abre la puerta lanzando un suspiro de irritación.

—No puede quedarse aquí, ya lo sabe. Esto es una casa de acogida, no una pensión de mala muerte, y su amigo es demasiado mayor para alojarse.

—Lo sé, lo siento. Solo... —Me mira de nuevo—. Solo estaremos un momento.

Ahora mismo no estoy para formalidades. Rozo a la mujer al pasar y entro en la casa. Un niño pequeño se asoma a la puerta de una habitación, y la señora Grau le lanza una mirada colérica.

—¿Qué te he dicho? —le espeta, lo bastante alto para despertar al resto de los niños—. Vuelve a la cama ahora mismo.

El muchacho desaparece entre las sombras. Subo la escalera por delante de Julie.

El segundo piso es idéntico al primero, pero allí hay hileras de preadolescentes durmiendo en el suelo en pequeñas esteras. Hay muchas. Los nuevos hogares de acogida aparecen como plantas de procesamiento a medida que los padres y madres desaparecen, masticados y engullidos por la plaga. Camino de la escalera pasamos por encima de varios cuerpos pequeños, y una niña agarra débilmente a Julie del tobillo.

—He tenido una pesadilla —susurra.

—Lo siento, cielo —le contesta Julie—. Ahora estás a salvo, ¿vale?

La niña cierra los ojos de nuevo. Subimos la escalera. En el tercer piso todavía hay gente despierta. Adolescentes y jóvenes de barba incipiente sentados en sillas plegables, encorvados sobre mesas escribiendo en folletos y hojeando manuales. Algunos chicos roncan en literas amontonadas dentro de estrechas habitaciones. Todas las puertas están abiertas menos una.

Un grupo de chicos mayores levantan la vista de sus tareas, sorprendidos.

—Vaya, hola, Julie. ¿Cómo te va? ¿Estás bien?

—Hola, chicos. Estoy...

Su voz se va apagando, y los puntos suspensivos se acaban convirtiendo en punto y aparte. Mira la puerta cerrada. Me mira a mí. Avanzo cogiéndola de la mano y abro la puerta, y la cierro detrás de nosotros.

La habitación está a oscuras salvo por la tenue luz amarilla de las farolas que entra por la ventana. Allí dentro solo hay una cómoda de madera contrachapada y una cama sin ropa, junto con unas cuantas fotos de Julie pegadas al techo con cinta adhesiva. El aire está viciado, y hace mucho más frío que en el resto de la casa.

—R... —dice Julie con voz temblorosa—, ¿qué coño hacemos aquí?

Me vuelvo finalmente para situarme de cara a ella. En la penumbra amarilla, parecemos los actores de una tragedia muda en tono sepia.

—Julie —digo—. La teoría... de por qué... comemos... cerebros...

Ella empieza a sacudir la cabeza.

—Cierto.

La miro a los ojos irritados un instante más y a continuación me arrodillo para abrir el cajón inferior de la cómoda. Dentro, debajo de montones de sellos viejos, un microscopio y un ejército de figurillas de estaño, hay un fajo de papel atado con hilo rojo. Lo saco y se lo doy a Julie. Por extraño y retorcido que parezca, siento como si el manuscrito fuera mío. Como si acabara de entregarle mi corazón sangrante en una bandeja. Estoy totalmente preparado para que ella lo haga trizas.

Julie coge el manuscrito. Desata el hilo. Se queda mirando la página de la portada un minuto entero, respirando trémulamente. A continuación se enjuga los ojos y carraspea.

—*Dientes rojos* —lee—. Por Perry Kelvin. —Mira más abajo—. Para Julie Cabernet, la única luz que queda.

Baja el manuscrito y aparta la vista un momento, tratando de ocultar un espasmo que le atenaza la garganta, y acto seguido cobra ánimo y pasa la página para dar comienzo al primer capítulo. A medida que va leyendo, una débil sonrisa asoma bajo el rastro de sus lágrimas.

—Vaya —dice, al tiempo que se pasa un dedo por debajo de la nariz y se sorbe los mocos—. Es... bastante bueno. Es... tópico... pero con encanto. Como era él en realidad. —Echa otro vistazo a la página de la portada—. Lo empezó hace menos de un año. No tenía ni idea de que seguía escribiendo. —Pasa a la última página—. No está acabado. Se interrumpe en mitad de una frase. «Equipado con menos hombres y menos armas, consciente de enfrentarse a una muerte segura, siguió luchando porque...»

Frota los pulgares contra el papel para percibir su textura. Se lo acerca a la cara y aspira. A continuación cierra los ojos, cierra el manuscrito y vuelve a atar el hilo. Alza la vista hacia mí. Soy casi treinta centímetros más alto que ella y debo de pesar veinticinco kilos más, pero me siento pequeño y ligero. Como si ella pudiera derribarme y aplastarme con una sola palabra susurrada.

Pero no habla. Guarda el manuscrito en el cajón, que cierra suavemente. Se endereza, se seca la cara con la manga y me abraza, posando la oreja contra mi pecho.

—Pum, pum —murmura—. Pum, pum. Pum, pum.

Las manos me cuelgan sin fuerza a los costados.

—Lo siento —digo.

Con los ojos cerrados y la voz amortiguada por mi camisa, ella dice:

—Te perdono.

Levanto la mano y toco su cabello dorado pajizo.

—Gracias.

Esas tres frases, tan simples y elementales, nunca han sonado tan completas. Tan fieles a su significado básico. Noto que su mejilla se mueve contra mi pecho y su músculo cigomático mayor tira de sus labios en una leve sonrisa.

Sin decir nada más, cerramos la puerta de la habitación de Kelvin y salimos de su casa. Bajamos la escalera y pasamos por delante de los adolescentes atormentados, los niños que se revuelven en las camas, los bebés profundamente dormidos, y salimos a la calle. Noto una presión en la parte baja del pecho, más cerca del corazón que de la barriga, y una voz suave en la cabeza.

Gracias, dice Perry.

Me gustaría acabar aquí. Qué bonito sería poder modificar mi propia vida. Poder detenerme en mitad de una frase y meter el resto en un cajón, consumar mi amnesia y olvidar todo lo que ha pasado, está pasando y está a punto de pasar. Cerrar los ojos y dormir feliz.

Pero no, R. No hay sueño de los inocentes. No para ti. ¿Lo habías olvidado? Tienes las manos manchadas de sangre. Y los labios. Y los dientes. Sonríe para las cámaras.

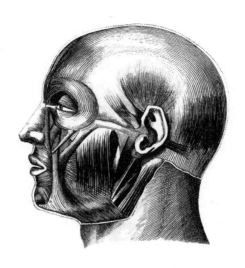

—Julie —digo, preparándome para confesar mi último pecado—. Tengo que... decirte...

ZAS.

Los halógenos del campo del estadio se encienden como soles, y la medianoche se convierte en día. Puedo ver cada poro de la cara de Julie.

—Pero ¿qué demonios...? —dice con voz entrecortada, girando la cabeza rápidamente.

La quietud de la noche se ve todavía más perturbada por una alarma estridente, y entonces lo advertimos: la pantalla de vídeo gigante está encendida. Colgada de la parte superior del techo abierto como una tabla descendiendo del cielo, la pantalla emite una animación cuadriculada de un quarterback huyendo de lo que parece un zombi, con los brazos extendidos e intentando agarrarlo. La pantalla parpadea entre esa imagen y una palabra que creo que podría ser:

—R... —dice Julie, horrorizada—, ¿te has comido a alguien?

La miro con desesperación.

—No... t... no... tu... no tuve... opción —contesto tartamudeando; me falla la dicción por el estado de pánico en que me encuentro—. Guardia... me paró. No mi... intención. No... quería.

Ella aprieta los labios, perforándome con la mirada, y a continuación sacude la cabeza como si estuviera descartando una idea y aceptando otra.

—Está bien. Entonces tenemos que entrar. Maldita sea, R.

Entramos en la casa corriendo, y ella cierra la puerta de golpe. Nora está en lo alto de la escalera.

—¿Dónde habéis estado, chicos? ¿Qué pasa ahí fuera?

—Es una infracción —contesta Julie—. Zombi en el estadio.

—¿Te refieres a él?

La decepción de su respuesta me hace estremecer.

—Sí y no.

Entramos a toda prisa en la habitación de Julie, y ella apaga las luces. Los tres nos sentamos en el suelo, sobre los montones de ropa, y durante un rato nadie dice nada. Nos quedamos sentados escuchando los sonidos. Guardias corriendo y gritando. Disparos. Nuestros propios jadeos.

—No te preocupes —susurra Julie a Nora, pero sé que me lo dice a mí—. No se extenderá mucho. Esos disparos seguramente han sido de los de Seguridad, que ya han salido.

—Entonces, ¿estamos fuera de peligro? —pregunta Nora—. ¿Le pasará algo a R?

Julie me mira. Tiene una expresión adusta.

—Aunque culpen de la infracción a alguien que ha sufrido un ataque al corazón, es evidente que el guardia no se comió a sí mismo. Seguridad se enterará de que como mínimo hay un zombi suelto.

Nora sigue la mirada de Julie hasta la mía, y puedo imaginarme su cara ruborizándose.

—¿Has sido tú? —pregunta, haciendo un esfuerzo por ser neutral.

—No mi… intención. Iba… matarme.

Ella no dice nada. Su cara tiene una expresión vaga.

La miro a los ojos, deseando que sienta mis abrumadores remordimientos.

—Ha sido… el último —digo, esforzándome por recobrar el habla—. Pase lo que pase. Lo juro.

Transcurren unos instantes angustiosos. Entonces Nora asiente lentamente y se dirige a Julie.

—Entonces tenemos que sacarlo de aquí.

—Cuando hay una infracción lo cierran todo. Todas las puertas estarán cerradas con llave y vigiladas. Puede que incluso cierren el techo, si están muy asustados.

—Entonces, ¿qué demonios vamos a hacer?

Julie se encoge de hombros, y el gesto resulta muy poco alentador viniendo de ella. Me mira y dice:

—No lo sé. Una vez más, no lo sé.

Julie y Nora se duermen. Combaten el sueño durante horas, tratando de dar con un plan para salvarme, pero al final sucumben. Yo me tumbo encima de un montón de bragas y me quedo mirando al estrellado techo verde. *No es tan fácil, señor Lennon. Aunque lo intentes.*

Ahora parece algo trivial, un pequeño rayo de esperanza en un enorme nubarrón negro, pero creo que estoy aprendiendo a leer. Mientras miro la galaxia fluorescente, las letras se juntan y forman palabras. Conectarlas en frases completas me resulta todavía imposible, pero paladeo la sensación de esos pequeños símbolos al encajar y estallar como burbujas de sonido. Si alguna vez vuelvo a ver a mi esposa… al menos podré leer la etiqueta con su nombre.

Las horas pasan lentamente. Es bien entrada la medianoche, pero afuera hay tanta luz como al mediodía. Los halógenos introducen su luz blanca en la casa, metiéndose a través de las rendijas de las persianas. Mis oídos se adaptan a los sonidos que me rodean. La respiración de las chicas. Sus pequeños movimientos. Y entonces, en torno a las cuatro de la madrugada, suena el teléfono.

Julie se despierta y se incorpora apoyándose en un codo. El teléfono vuelve a sonar en una habitación lejana de la casa. Aparta las mantas y se levanta. Resulta extraño verla desde esta perspectiva, elevándose sobre mí en lugar de encogida debajo. Ahora soy yo el que necesita protección. Una equivocación, un breve error de cálculo, ha bastado para desencadenarlo todo. Qué gran responsabilidad, vivir como un ser moral.

El teléfono sigue sonando. Julie sale de la habitación, y la sigo por la casa oscura y resonante. Entramos en lo que parece un despacho. Hay una gran mesa llena de papeles y proyectos, y en las paredes, varios tipos de teléfonos atornillados al panel de yeso, cada uno de una marca, un estilo y una época distintos.

—Han desviado la red telefónica —explica Julie—. Ahora es más bien como un interfono. Tenemos líneas directas a todas las zonas importantes.

Cada teléfono tiene una etiqueta pegada debajo, y en el espacio en blanco está escrito el lugar con rotulador. *Hola, me llamo:*

HUERTOS

COCINAS

ALMACÉN

GARAJE

ARMERÍA

PASADIZO 2

CÚPULA DE GOLDMAN

PLAZA DE AIG

CAMPO DE LEHMAN

Y así sucesivamente.

El teléfono que está sonando, un aparato de disco de color verde guisante cubierto de polvo, tiene una etiqueta en la que pone:

FUERA

Julie mira el teléfono. Me mira a mí.

—Qué raro. Es la línea de los barrios abandonados de las afueras. Desde que tenemos walkie-talkies nadie la usa.

El teléfono hace sonar sus campanas, fuerte e insistentemente. No puedo creer que Nora siga dormida.

Julie levanta el auricular lentamente y se lo acerca al oído.

—¿Hola? —Espera—. ¿Qué? No entien… —Frunce el ceño por la concentración. Acto seguido abre mucho los ojos—. Ah. —Los entorna—. Tú. Sí, soy Julie, ¿qué…? —Espera—. Bien. Sí, está aquí.

Me alarga el teléfono.

—Es para ti.

Miro el teléfono en su mano.

—¿Qué?

—Es tu amigo. El cabrón gordo del aeropuerto.

245

Cojo el teléfono. Me acerco el auricular a la boca. Julie sacude la cabeza y le da la vuelta. Pronuncio con voz entrecortada un sorprendido:

—¿M?

Su rumor grave suena en mi oído.

—Eh… donjuán.

—¿Qué…? ¿Dónde estás?

—En… ciudad. No sabía… teléfono… funcionaría… pero tenía… intentar. ¿Estás bien?

—Bien, pero… atrapado. Estadio… cerrado.

—Mierda.

—¿Qué pasa? Ahí.

Se hace el silencio por un instante.

—R —dice—, muertos… siguen… llegando. De… aeropuerto. Otros sitios. Muchos… de los nuestros… ahora.

Me quedo callado. El teléfono se separa de mi oído. Julie me mira con expectación.

—¿Hola? —dice M.

—Lo siento. Estoy aquí.

—Nosotros… estamos… aquí. ¿Ahora qué? ¿Qué debemos… hacer?

Apoyo el teléfono en el hombro y miro la pared, sin fijarme en nada en concreto. Miro los papeles y planos de la mesa del general Grigio. Todas sus estrategias son un galimatías para mí. No me cabe duda de que es importante: reparto de alimentos, planes de construcción, distribución de armamento, tácticas de combate. Está intentando mantener a todo el mundo con vida, y eso es bueno. Son los cimientos básicos. Pero, como dijo Julie, tiene que haber algo más profundo que eso. La tierra de debajo de esos cimientos. Sin ese suelo firme, todo se vendrá abajo, una y otra vez, por muchos ladrillos que él coloque. Eso es lo que me interesa. La tierra de debajo de los ladrillos.

—¿Qué pasa? —pregunta Julie—. ¿Qué dice?

Al mirar su cara de inquietud, noto un tirón en las entrañas, la voz joven y entusiasta de mi cabeza.

Está ocurriendo, cadáver. Sea lo que sea lo que hayáis provocado tú y Julie, está avanzando. ¡Una enfermedad buena, un virus que provoca la vida! ¿Lo ves, monstruo estúpido? ¡Está dentro de ti! ¡Tienes que salir de estos muros y propagarlo!

Ladeo el teléfono en dirección a Julie para que pueda escuchar. Ella se inclina.

—M —digo.

—Sí.

—Díselo a… Julie.

—¿Qué?

—Dile a… Julie… qué pasa.

Hay una pausa.

—Cambiando —contesta—. Muchos… de los nuestros.. cambiando. Como R.

Julie me mira, y casi noto cómo se le eriza el vello de la nuca.

—¿No eres solo tú? —dice, al tiempo que se aparta del teléfono—. ¿La… recuperación? —Habla con un tímido hilillo de voz, como una niña que saca la cabeza de un refugio antiaéreo después de vivir en la oscuridad durante años. Casi le tiembla a causa de una tensa esperanza—. ¿Estás diciendo que la plaga es curativa?

Asiento con la cabeza.

—Estamos… arreglando… las cosas.

—Pero ¿cómo?

—No lo sé. Pero… tenemos que… hacerlo más. Ahí fuera… donde está M. «Fuera.»

El entusiasmo de ella se enfría.

—Entonces tenemos que marcharnos.

Asiento.

—¿Los dos?

—Los dos —dice la voz de M al auricular, como una madre que escucha a escondidas—. Julie... parte de... esto.

Ella me mira detenidamente, con recelo.

—¿Quieres que vaya? ¿Una humana flacucha y menuda en plena selva, con una manada de zombis?

Asiento.

—¿Te das cuenta de que es una locura?

Asiento.

Ella permanece callada un instante, mirando al suelo.

—¿De veras crees que puedes protegerme? —me pregunta—. ¿Ahí fuera, con ellos?

Mi sinceridad incurable me hace vacilar, y Julie frunce el entrecejo.

—Sí —contesta M por mí, exasperado—. Puede. Y yo... ayudaré.

Asiento rápidamente.

—M... ayudará. Los otros... ayudarán. Además —añado, con una leve sonrisa—, tú sabes... protegerte.

Ella se encoge de hombros con aire despreocupado.

—Ya lo sé. Solo quería ver lo que decías.

—¿Entonces...?

—Iré contigo.

—¿Estás... segura?

Ella tiene una mirada dura y perdida.

—Tuve que enterrar el vestido vacío de mi madre. Hace mucho tiempo que espero este momento.

Asiento y respiro hondo.

—El único problema de tu plan —continúa ella— es que parece que has olvidado que anoche te comiste a alguien, y este sitio va a estar cerrado a cal y canto hasta que te encuentren y te maten.

—¿Debemos... atacar? —dice M—. ¿Sacarte... de ahí?

Me vuelvo a acercar el teléfono al oído, agarrando el aparato con fuerza.

—No —le respondo.

—Tenemos... ejército. ¿Dónde hay... guerra?

—No lo sé. Aquí no. Estas son... personas.

—¿Y bien?

Miro a Julie. Ella mira al suelo y se frota la frente.

—Espera —le digo a M.

—¿Esperar?

—Un poco más. Ya se nos... ocurrirá... algo.

—¿Antes... de que te... maten?

—Eso... espero.

Un silencio largo e incierto. Y luego:

—Date prisa.

Julie y yo nos quedamos levantados toda la noche. Permanecemos sentados en el suelo de la fría sala de estar con la ropa mojada por la lluvia sin pronunciar palabra. Al final cierro los ojos, y en esa extraña calma, en lo que puede que sean mis últimas horas en la tierra, mi mente me brinda un sueño. Nítido y claro, lleno de color, abriéndose como una rosa en una secuencia acelerada en la radiante oscuridad.

En ese sueño, mi sueño, voy flotando río abajo sobre la cola cortada de mi avión. Estoy tumbado boca arriba en la medianoche azulada, contemplando cómo las estrellas pasan por encima de mí. El río permanece inexplorado, incluso en esta época de mapas y satélites, y no tengo ni idea de adónde conduce. El aire está en calma. Hace una noche cálida. Solo he traído dos provisiones: un paquete de *pad thai* y el libro de Perry. Grueso. Viejo. Encuadernado en piel. Lo abro por la mitad. Una frase inacabada en un idioma que desconozco, y después, nada. Un tomo épico con las páginas vacías, en blanco, a la espera. Cierro el libro y apoyo la cabeza en el acero fresco. El *pad thai* me hace cosquillas en la nariz, dulce, especiado y fuerte. Noto que el río se ensancha y cobra fuerza.

Oigo la cascada.

—R.

Abro los ojos y me incorporo. Julie está sentada con las piernas cruzadas a mi lado, lanzándome una mirada divertida con un matiz de seriedad.

—¿Has tenido un sueño agradable?

—No estoy... seguro —murmuro, frotándome los ojos.

—¿Se te ha ocurrido por casualidad una solución a nuestro problemilla?

Niego con la cabeza.

—A mí tampoco. —Echa un vistazo al reloj de la pared y frunce los labios con aire triste—. Tengo que estar en el centro comunitario dentro de poco para la hora del cuento. David y Marie se echarán a llorar si no me presento.

«David y Marie.» Repito los nombres mentalmente, paladeando sus contornos. Dejaría que Trina me comiera la pierna entera con tal de poder volver a ver a esos niños. De oír unas cuantas sílabas torpes salir de sus labios antes de que muera.

—¿Qué les estás... leyendo?

Ella mira la ciudad a través de la ventana, con todas sus grietas y desperfectos acentuados por la cegadora luz blanca.

—He estado intentando aficionarlos a los libros de *Redwall*. Me imaginé que todas esas canciones y fiestas y esos valientes ratones guerreros serían una buena forma de que se evadieran de la pesadilla en la que están creciendo.

Marie no hace más que pedir libros de zombis, y yo no hago más que decirle que no puedo leer libros que no sean de ficción en la hora del cuento, pero... —Se fija en la expresión de mi cara, y su voz se va apagando—. ¿Estás bien?

Asiento.

—¿Estás pensando en los niños del aeropuerto?

Vacilo, y acto seguido asiento con la cabeza.

Ella alarga la mano y me toca la rodilla, mirándome a los ojos irritados.

—R, sé que ahora las cosas parecen deprimentes, pero no puedes abandonar. Mientras sigas respirando... perdón, mientras sigas moviéndote, esto no ha acabado. ¿De acuerdo?

Asiento.

—¿De acuerdo? Dilo, joder.

—De acuerdo.

Ella sonríe.

—DOS. OCHO. VEINTICUATRO.

Nos separamos sobresaltados cuando un altavoz del techo empieza a emitir una estruendosa serie de números seguidos de un estridente tono de alarma.

—Habla el coronel Rosso. Esto es un aviso para toda la comunidad —dice el altavoz—. La infracción ha sido controlada sin la aparición de más víctimas.

Espiro profundamente.

—Sin embargo...

—Mierda —susurra Julie.

—... el causante de la infracción sigue suelto dentro de nuestros muros. Las patrullas de seguridad iniciarán un registro puerta por puerta de todos los edificios del estadio. Como no sabemos dónde puede estar escondida esa cosa, que todo el mundo salga de sus casas y se reúna en una zona pública. No os encerréis en espacios pequeños.

—Rosso hace una pausa para toser—. Lo siento, amigos. Nos ocuparemos de ello... Permaneced a la espera.

Se oye un clic, y el sistema de megafonía se apaga.

Julie se levanta de un brinco y entra en la habitación como un huracán. Sube la persiana y deja que los reflectores entren a raudales por la ventana.

—Levántese y espabílese, señorita Greene, nos queda poco tiempo. ¿Te acuerdas de alguna de las salidas antiguas de los túneles? ¿No había una escalera de incendios en algún sitio cerca del palco? R, ¿puedes subir por una escalera?

—Espera, ¿qué? —dice Nora con voz ronca, tratando de protegerse los ojos—. ¿Qué está pasando?

—Según el amigo de R, tal vez el final de este mundo de mierda, si no acabamos muertos antes.

Nora se despierta por fin.

—Perdón, ¿qué?

—Te lo contaré más tarde. Acaban de anunciar una batida. Tenemos unos diez minutos. Necesitamos encontrar...

Su voz va apagándose, y observo cómo se mueve su boca. Las figuras que forman sus labios para cada palabra, el movimiento de la lengua contra los dientes relucientes. Ella se aferra a la esperanza, pero yo la estoy perdiendo. Se enrolla el pelo mientras habla; sus mechones dorados tiesos y enmarañados, necesitados de un buen lavado.

El olor picante de su champú; flores, hierbas y canela danzando con sus aceites naturales. Se negaba a confesar la marca que usaba. Le gustaba que su aroma siguiera siendo un misterio.

—¡R!

Julie y Nora me están mirando fijamente, esperando. Abro la boca para hablar, pero no me salen palabras. Y entonces la puerta principal de la casa se abre con tanta fuerza que resuena a través de las paredes de metal hasta donde estamos nosotros. Un par de botas suben pesadamente la escalera.

—Joder —murmura Julie con voz de pánico. Nos saca de la habitación y nos mete en el cuarto de baño del pasillo—. Vuelve a maquillarlo —susurra a Nora, y cierra la puerta de golpe.

Mientras Nora maneja torpemente el estuche de maquillaje e intenta volver a ponerme colorete en la cara manchada de la lluvia, oigo dos voces en el pasillo.

—¿Qué pasa, papá? ¿Han encontrado al zombi?

—Todavía no, pero lo encontrarán. ¿Has visto algo?

—No, he estado aquí.

—¿Estás sola?

—Sí, he estado aquí desde anoche.

—¿Qué hace encendida la luz del cuarto de baño?

Unos pasos avanzan pesadamente hacia nosotros.

—¡Espera, papá! ¡Espera un momento! —Baja la voz un poco—. Nora y Archie están ahí dentro.

—¿Por qué me has dicho que estabas sola? Este no es momento para juegos, Julie. No es momento para jugar al escondite.

—Están... ya sabes... ahí dentro.

Hay un brevísimo instante de vacilación.

—¡Nora y Archie! —grita el general a la puerta, con la voz amortiguada y muy alta—. Como acabáis de oír por el sistema de megafonía, ha habido una infracción. No se me ocurre un momento peor para hacer el amor. Salid inmediatamente.

Nora se monta a horcajadas encima de mí contra el lavabo y sepulta mi cara en su escote en el preciso instante en que Grigio abre la puerta de un tirón.

—¡Papá! —chilla Julie, y lanza una mirada rápida a Nora cuando salta de encima de mí.

—Salid inmediatamente —dice Grigio.

Salimos del cuarto de baño. Nora se alisa la ropa y se arregla el pelo, haciéndose la avergonzada con mucha convicción. Yo me limito a mirar a Grigio, sin pedir disculpas, preparando mi dicción para su primera y seguramente última gran prueba. Él me devuelve la mirada con su rostro tenso y anguloso, mirándome a los ojos. Nos separan menos de sesenta centímetros.

—Hola, Archie —dice.

—Hola, señor.

—¿Tú y la señorita Greene estáis enamorados?

—Sí, señor.

—Eso es maravilloso. ¿Habéis hablado de matrimonio?

—Todavía no.

—¿Por qué aplazarlo? ¿Por qué debatirlo? Estamos en el final de los tiempos. ¿Dónde vives, Archie?

—En el campo… de Goldman.

—¿La cúpula de Goldman?

—Sí, señor. Disculpe.

—¿En qué trabajas en la cúpula de Goldman?

—Huertos.

—¿Os permitirá ese trabajo a ti y a Nora dar de comer a vuestros hijos?

—No tenemos hijos.

—Los niños nos sustituyen cuando morimos. Cuando tengas hijos tendrás que darles de comer. Me han contado que las cosas no van bien en la cúpula de Goldman. Me han dicho que andáis escasos de todo. Vivimos en un mundo siniestro, ¿verdad, Archie?

—A veces. No siempre.

—Hacemos todo lo que podemos con lo que Dios nos da. Si Dios nos da piedras cuando pedimos pan, afilaremos nuestros dientes y comeremos piedras.

—O haremos… pan nosotros.

Grigio sonríe.

—¿Llevas maquillaje, Archie?

Grigio me da una puñalada.

Ni siquiera he visto el cuchillo salir de la funda. La hoja de doce centímetros se me clava en el hombro, asoma por el otro lado y me inmoviliza contra la lámina de yeso. No lo noto ni me inmuto. La herida no sangra.

—¡Julie! —ruge Grigio, al tiempo que se aparta de mí y desenfunda la pistola, con una mirada de loco en sus profundas cuencas oculares—. ¡Has traído a los muertos a mi ciudad! ¡A mi casa! ¡Has dejado que los muertos te toquen!

—¡Escúchame, papá! —dice Julie, tendiéndole las manos—. ¡R es diferente! ¡Está cambiando!

—¡Los muertos no cambian, Julie! ¡No tienen mente ni alma!

—¿Cómo lo sabes? ¿Porque no hablan con nosotros ni nos cuentan cosas de su vida? ¿Porque no entendemos su forma de pensar y damos por supuesto que no piensan?

—¡Hemos hecho experimentos! ¡Los muertos nunca han mostrado señales de conciencia de sí mismos ni de respuesta emocional!

—¡Ni tú tampoco, papá! Santo Dios… ¡R me salvó la vida! ¡Me protegió y me trajo a casa! ¡Es humano! ¡Y hay más como él!

—No —contesta Grigio, repentinamente tranquilo.

La mano deja de temblarle, y la pistola se equilibra a escasos centímetros de mi cara.

—Papá, escúchame, por favor. —Ella da un paso en dirección a él. Está intentando permanecer tranquila, pero noto que está aterrada—. Cuando estuve en el aeropuerto pasó algo. Provocamos algo, y se está extendiendo. Los muertos están volviendo a nacer, abandonan sus escondites y tratan de cambiar lo que son, y tenemos que encontrar una forma de ayudarles. ¡Imagínate que pudiéramos curar la plaga, papá! ¡Imagínate que pudiéramos limpiar esta porquería y volver a empezar!

Grigio mueve la cabeza con gesto de incredulidad. Veo cómo los músculos de su mandíbula se tensan bajo la piel cerosa.

—Eres joven, Julie. No entiendes nuestro mundo. Podemos sobrevivir y matar a las cosas que quieren matarnos, pero no hay ninguna solución definitiva. La hemos buscado durante años y no la hemos encontrado, y ahora se nos ha acabado el tiempo. El mundo ha tocado a su fin. No se puede curar, ni se puede aprovechar, ni se puede salvar.

—¡Sí que se puede! —le grita Julie, que pierde toda la compostura—. ¿Quién ha decidido que la vida tiene que ser una pesadilla? ¿Quién ha escrito esa puta norma? ¡Podemos arreglarlo, solo que nunca lo hemos intentado! ¡Siempre hemos estado demasiado ocupados, hemos sido demasiado egoístas y hemos estado demasiado asustados!

Grigio aprieta los dientes.

—Eres una soñadora. Eres una niña. Eres tu madre.

—¡Papá, escucha!

—No.

Él amartilla la pistola y me la pega a la frente, justo encima de la tirita de Julie. Aquí está. La ironía omnipresente de M. La muerte inevitable, que me ha sido esquiva todos los años que la he deseado a diario, no me ha llegado hasta después de decidir que quiero vivir eternamente. Cierro los ojos y me preparo.

La salpicadura de sangre caliente me cae en la cara… pero no es mía. Abro los ojos rápidamente a tiempo para ver cómo el cuchillo de Julie rebota en la mano de Grigio. La pistola sale volando de su mano y se dispara al caer al suelo, y luego otra vez y otra, pues el retroceso la lanza contra las paredes del estrecho salón como una pelota elástica rebotando. Todo el mundo se tira al suelo para protegerse, y finalmente la pistola se detiene dando vueltas tras tocar los dedos de los pies de Nora. Ella se la queda mirando en medio del silencio ensordecedor, con los ojos muy abiertos, y acto seguido mira al general. Él se lanza agarrándose la mano herida. Nora coge la pistola del suelo y le apunta a la cara. El general se queda paralizado. Aprieta la mandíbula y avanza muy lentamente, como si estuviera a punto de abalanzarse de todas formas. Pero entonces Nora extrae de golpe el cargador gastado, saca uno nuevo de su bolso, lo coloca en el arma y carga una bala en la recámara, todo en un movimiento fluido sin apartar en ningún momento la vista de los ojos de él. Grigio retrocede.

—Venga —dice, desplazando la vista rápidamente a Julie—. Intentad escapar. Intentadlo.

Julie me coge de la mano. Salimos hacia atrás de la habitación mientras su padre permanece inmóvil, temblando de rabia.

—Adiós, papá —dice Julie en voz baja.

Nos volvemos y bajamos la escalera corriendo.

—¡Julie! —chilla Grigio, y el sonido me recuerda tanto otro, el toque de un cuerno de caza roto, que me estremezco bajo la camisa mojada.

Corremos. Julie va delante, conduciéndome por las calles estrechas. Detrás de nosotros, suenan gritos airados procedentes de la casa de Julie. Luego el graznido de los walkie-talkies. Vamos corriendo, y nos persiguen. Julie me guía con indecisión. Avanzamos en zigzag y volvemos sobre nuestros pasos. Somos roedores correteando en una jaula. Corremos mientras los amenazadores tejados dan vueltas a nuestro alrededor.

Entonces llegamos al muro. Un escarpado muro de hormigón lleno de andamios, escaleras de mano y pasadizos que no llevan a ninguna parte. Todas las gradas han desaparecido, pero queda una escalera; un oscuro pasillo nos llama desde lo alto. Corremos hacia él. Han quitado todo lo que había a los lados de la escalera y la han dejado flotando en el aire como la escalera de Jacob.

Un grito se eleva del suelo cuando llegamos a la apertura.

—¡Señorita Grigio!

Nos volvemos y miramos hacia abajo. El coronel Rosso está al pie de la escalera, rodeado de un séquito de oficiales de Seguridad. Él es el único que no ha desenfundado su pistola.

—¡Por favor, no huya! —grita a Julie.

Julie me empuja hacia el pasillo y nos adentramos en la oscuridad a toda prisa.

Es evidente que ese espacio interior se encuentra en construcción, pero la mayor parte de él está tal y como lo dejaron. Puestos de perritos calientes, quioscos de recuerdos y casetas de *pretzels* aguardan en las sombras, fríos y sin vida. Los gritos del equipo de Seguridad resuenan detrás de nosotros. Espero el punto muerto que nos impedirá seguir, que me obligará a girarme y hacer frente a lo inevitable.

—¡R! —grita Julie jadeando mientras corremos—. Vamos a escapar, ¿vale? ¡Lo conseguiremos!

Se le está quebrando la voz, a medio camino entre el agotamiento y las lágrimas. Yo no me siento con el valor suficiente para contestar.

El pasillo termina. A la tenue luz que entra por los agujeros del hormigón, veo un letrero encima de la puerta:

SALIDA DE EMERGENCIA

Julie corre más deprisa y me arrastra tras ella. Embestimos contra la puerta, y se abre de golpe...

—Mier... —dice ella con voz entrecortada, y se vuelve de repente agarrándose al marco de la puerta con un pie colgando por encima de una caída de ocho pisos.

El viento frío silba a través de la puerta, de cuya pared sobresalen los restos arrancados de una escalera de incendios. Los pájaros pasan revoloteando. Abajo, la ciudad se extiene como un inmenso cementerio, con rascacielos como lápidas.

—¡Señorita Grigio!

Rosso y sus oficiales se detiene a unos seis metros detrás de nosotros. Rosso respira con dificultad; salta a la vista que es demasiado mayor para las persecuciones sin tregua.

Miro el suelo a través de la puerta. Miro a Julie. Miro hacia abajo de nuevo, y luego otra vez a Julie.

—Julie —digo.

—¿Qué?

—¿Estás segura... de que quieres... venir?

Ella me mira, esforzándose por respirar por unos bronquios que se contraen rápidamente. Sus ojos están llenos de preguntas, tal vez dudas, tal vez temores, pero asiente con la cabeza.

—Sí.

—Por favor, no sigan huyendo —dice Rosso gimiendo, apoyándose en las rodillas—. No es el camino.

—Tengo que irme —dice ella.

—Señorita Cabernet. Julie. No puedes dejar a tu padre. Eres lo único que le queda.

Ella se muerde el labio inferior, pero tiene una mirada firme.

—Papá está muerto, Rosy. Solo que todavía no ha empezado a pudrirse.

Me coge la mano, la que hice añicos en la cara de M, y me aprieta tan fuerte que creo que se me va a romper todavía más. Alza la vista hacia mí.

—¿Y bien, R?

La atraigo hacia mí. La envuelvo con mis brazos y la agarro lo bastante fuerte para que nuestros genes se fundan. Estamos cara a cara y casi nos besamos, pero en lugar de ello doy dos pasos atrás, y caemos a través de la puerta.

Descendemos en picado como un pájaro que ha recibido un disparo. Mis brazos y piernas la rodean, envolviendo casi por completo su diminuto cuerpo. Atravesamos el alero de un tejado, una barra me golpea el muslo, la cabeza me rebota en una viga, nos enredamos con una pancarta de un teléfono móvil y la partimos por la mitad y a continuación, por fin, caemos al suelo. Un coro de crujidos y chasquidos me recorre el cuerpo cuando mi espalda toca el suelo, y el peso de Julie me aplasta el pecho. Ella se aparta de mí rodando, mientras se ahoga y respira con dificultad, y yo me quedo tumbado mirando al cielo. Aquí estamos.

Julie se coloca a gatas, saca torpemente el inhalador del bolso y aspira una vez, apoyándose contra el suelo con un brazo. Una vez que vuelve a respirar, se encorva sobre mí con una mirada de terror. Su rostro eclipsa el sol brumoso.

—¡R! —susurra—. ¡Eh!

Lenta y temblorosamente, como el día que me levanté de entre los muertos, me incorporo y me pongo en pie cojeando. Me rechinan y me crujen varios huesos por todo el cuerpo. Sonrío y, con mi voz de tenor entrecortada y discordante, canto:

—Me haces... sentir muy... joven...

Ella se echa a reír y me abraza. Noto que la presión me vuelve a colocar unas cuantas articulaciones en su sitio.

Julie alza la vista a la puerta abierta. Rosso está enmarcado por ella, mirando hacia abajo en dirección a nosotros. Julie lo saluda con la mano, y él desaparece en el estadio con una rapidez que me lleva a pensar que se dispone a perseguirnos. Trato de no envidiar su paradigma a ese hombre: en su mundo, las órdenes son las órdenes.

De modo que Julie y yo nos adentramos corriendo en la ciudad. Noto que mi cuerpo se estabiliza a cada paso, que los huesos se realinean, que los tejidos se endurecen en torno a las fracturas para evitar que me desmorone. Nunca había sentido algo así. ¿Es una forma de curación?

Atravesamos a toda velocidad las calles vacías y pasamos por delante de innumerables coches oxidados, montones de hojas muertas y restos. Infringimos la prohibición de las calles de dirección única. Nos saltamos señales de stop. Delante de nosotros: las afueras de la ciudad, la alta colina cubierta de hierba donde se extiende la ciudad y la autopista conduce a otros sitios. Detrás de nosotros: el implacable rugido de los vehículos de asalto saliendo por la verja del estadio. *¡Esto es intolerable!*, declaran las bocas de los legisladores. *¡Encontrad a esos desechos y liquidadlos!* Oyendo esos gritos a nuestras espaldas, subimos a lo alto de la colina.

Allí nos encontramos cara a cara con un ejército.

Se hallan en el campo cubierto de hierba situado junto a las rampas de la autopista. Son cientos. Se arremolinan en la hierba, mirando al cielo o al vacío, con sus caras grises y hundidas extrañamente serenas. Pero cuando la primera línea nos ve, se queda paralizada y a continuación se gira en dirección a nosotros. Su foco se extiende en una oleada hasta que toda la tropa se pone firme. Julie me lanza una mirada de diversión, como diciendo: «¿Esto va en serio?». A continuación, una perturbación recorre las filas, y un zombi corpulento y calvo de casi dos metros de estatura se abre paso a empujones hasta situarse en campo abierto.

—M —digo.

—R —contesta. Dedica a Julie un gesto rápido con la cabeza—. Julie.

—Holaaa... —dice ella, apoyándose contra mí recelosamente.

Los neumáticos de nuestros perseguidores rechinan, y oímos ruido de motores. Están muy cerca. M sube a la cima de la colina y la multitud lo sigue. Julie se acurruca contra mí mientras nos rodean, acogiéndonos en su oloroso ejército, su rancia tropa. Tal vez sea mi imaginación o una ilusión óptica, pero la piel de M parece menos pálida de lo habitual. Sus labios parciales resultan más expresivos. Y por primera vez desde que lo conozco, su barba perfectamente recortada no está manchada de sangre.

Los vehículos se dirigen a toda velocidad hacia nosotros, pero cuando ven a la multitud de muertos aparecer en la cumbre, reducen la marcha y se paran rugiendo. Solo hay cuatro. Dos Hummer H2, un Chevy Tahoe y un Escalade, los cuatro pintados con spray de color verde militar. Las pesadas máquinas parecen pequeñas y patéticas desde donde estamos. La puerta del Tahoe se abre, y el coronel Rosso sale despacio. Con el rifle en la mano, examina una tras otra las filas de cuerpos tambaleantes, sopesando posibilidades y estrategias. Tiene los ojos muy abiertos tras sus gruesas gafas. Traga saliva y baja el arma.

—¡Lo siento, Rosy! —le grita Julie, y señala el estadio—. Ya no puedo seguir. Es una puta mentira. Creemos que estamos sobreviviendo, pero no es verdad.

Rosso mira fijamente a los zombis que le rodean, escudriñando sus caras. Es tan mayor que seguramente vivió el comienzo de todo. Sabe el aspecto que se supone que tienen los muertos, y nota cuándo hay algún cambio, por sutil, subliminal y subcutáneo que sea.

—¡No puedes salvar el mundo sola! —chilla—. ¡Vuelve y lo hablaremos!

—No estoy sola —dice Julie, y señala el bosque de zombis que se balancean en derredor—. Estoy con estos tipos.

Los labios de Rosso se tuercen en una mueca de disgusto, y acto seguido sube al vehículo de un salto, cierra la puerta de golpe y parte a toda velocidad hacia el estadio seguido de los otros tres vehículos. Un breve respiro, una rápida bocanada de aire, pues soy consciente de que no van a abandonar, de que no pueden abandonar; solo están haciendo acopio de fuerzas, de armas, de determinación.

Y más les vale, pues solo tienen que fijarse en nosotros. Somos varios cientos de monstruos y una chica de cuarenta y cinco kilos, situados en las afueras de su ciudad con fuego en la mirada. Muy por debajo de nuestros pies, la Tierra contiene su aliento derretido, mientras los huesos de incontables generaciones nos observan y esperan.

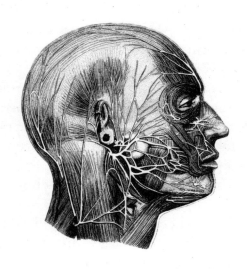

Estamos concentrados en el carril de acceso de la autopista. Detrás de nosotros, la ciudad. Delante, colinas angulosas de alisos y medianas ajardinadas que conducen al aeropuerto. Julie está a mi lado, con aspecto mucho menos seguro que la osada revolucionaria que acaba de interpretar para Rosso. Le pongo una mano en el hombro y me dirijo a la multitud.

—¡Julie!

La multitud se estremece, y oigo varias dentaduras cerrarse de golpe. Alzo la voz.

—¡Julie! Nosotros la… protegemos.

Unos cuantos de ellos parecen tentados, pero, en su mayor parte, lo que veo en sus ojos no es hambre. Es la misma fascinación que vi en el aeropuerto, intensificada. Más centrada. No solo la están mirando; la están estudiando. Absorbiéndola. Extraños espasmos recorren su cuerpo cada pocos segundos.

Sorprendo a M mirándola de forma distinta, y chasqueo los dedos delante de su cara.

–Venga –dice, como si yo estuviera siendo poco razonable.

Me siento en la barrera de hormigón, esforzándome por pensar. El ruido de los vehículos de Rosso todavía se apaga a lo lejos. Todo el mundo me está mirando. Por todas partes hay miradas de impaciencia. Es una mirada que dice «¿Y bien?», y me entran ganas de gritar: «Y bien, ¿qué?». No soy un general ni un coronel, ni un constructor de ciudades. Solo soy un cadáver que no quiere serlo.

Julie se sienta a mi lado y me pone la mano en el hombro. Me fijo por fin en todos los arañazos y morados que se ha hecho en nuestra caída libre sin paracaídas. Incluso tiene uno en la mejilla, un corte poco profundo que la obliga a hacer una mueca cuando sonríe. Es algo que no soporto.

–Estás... herida –digo.

–No es grave.

No soporto que esté herida. No soporto que resulte herida, por mi culpa o de otros, a lo largo de su vida. Apenas me acuerdo del dolor, pero cuando lo veo en ella lo siento en mi persona de forma desproporcionada. Me invade y me quema los ojos.

–¿Por qué... has venido? –le pregunto.

–Para ayudar, ¿te acuerdas? Y para protegerte.

–Pero ¿por qué?

Ella me dedica una sonrisa dulce, y el corte de su mejilla brilla con la sangre fresca.

–Porque me gusta usted, señor Zombi. –Se limpia la sangre, la mira y me la unta por el cuello–. Ya estamos en paz.

Al mirar a mi lado a ese ángel rubio de ojos azules rodeado de muertos babeantes, esa chica frágil sonriendo con los labios manchados de sangre a un futuro muy incierto, siento que algo brota en mí. Se me nubla la vista, y un reguero húmedo me corre por la cara. El ardor de los ojos se enfría.

Julie me toca la cara y se mira el dedo. Se me queda mirando con tal fascinación que me resulta imposible devolverle la mirada. En lugar de ello, me levanto y suelto:

—Volvemos al aeropuerto.

Los muertos me miran. Miran a M.

—¿Por qué? —pregunta M.

—Porque es… donde… vivimos. Donde… empezamos.

—¿Empezar… qué? ¿La guerra? ¿A luchar… contra los… huesudos?

—La guerra no. No… esa clase.

—Entonces, ¿qué?

Mientras intento contestar, tratando de destilar el torbellino de imágenes de mi cabeza, la música de los pasillos oscuros del aeropuerto, mis hijos saliendo de su escondite y limpiándose la piel sonrosada, un movimiento, un cambio… mientras sueño, un grito estremece el aire silencioso de la ciudad. Un chillido desesperado como el de una vaca revolviéndose medio despedazada.

Alguien viene hacia nosotros desde más abajo de la autopista. Está corriendo, pero su porte pesado delata su condición de no muerto. M sale corriendo al encuentro del recién llegado. Observo cómo conversan; el recién llegado mueve las manos y hace gestos de una forma que me despierta desazón. Sin lugar a dudas, es portador de malas noticias.

Se mezcla con nuestro grupo, y M regresa despacio hacia mí, moviendo la cabeza con gesto de disgusto.

—¿Qué? —pregunto.

—No podemos… volver.

—¿Por qué no?

—Los huesudos… se han vuelto… locos. Están… por todas… partes. Matan a quien… no está… de acuerdo.

Miro al recién llegado. Lo que en un principio me pareció una grave descomposición son en realidad graves heridas, incontables mordiscos y arañazos. Carretera abajo hay más como él. Algunos están en la autopista, y otros avanzan dando traspiés entre el barro y la hierba de las medianas; un grupo muy disperso de cientos de miembros.

—Otros como… nosotros… intentan… escapar —prosigue M—. Los huesudos… los persiguen.

En el preciso instante en que dice eso, como en respuesta al sonido de su nombre, los publicistas de la muerte hacen su entrada. Uno, luego dos, luego cinco y seis figuras blancas y larguiruchas salen repentinamente de entre los árboles lejanos y alcanzan a dos de los zombis que huyen. Veo cómo los esqueletos les golpean violentamente la cabeza contra la acera. Veo cómo les sacan el cerebro a pisotones como un montón de fruta podrida. Y veo cómo se multiplican, saliendo de entre los árboles y avanzando por las cuestas de la autopista hasta donde me alcanza la vista, y se reúnen en la carretera formando una horda enorme y estruendosa.

—A la mierda el… —susurra Julie.

—¿Nuevo plan? —pregunta M con calma forzada.

Yo permanezco inmóvil en un trance de indecisión. Vuelvo a estar en la habitación de Julie, tumbado al lado de ella sobre un montón de ropa, y ella dice: «No queda ningún sitio adonde huir, ¿verdad?». Y yo niego con la cabeza seriamente, diciéndole que el mundo entero está ahora cubierto de muerte. En lo más recóndito de mi conciencia, oigo el rumor de los todoterreno, muchos más de cuatro, avanzando a toda velocidad por la calle principal para liquidarme y llevar otra vez a Julie a rastras a su tumba de hormigón, embalsamarla como a una princesa y colocarla para toda la eternidad en un osario fluorescente.

De modo que aquí estamos. Atrapados entre la cuna y la tumba, sin hallar sitio ni en una ni en otra.

—¡Nuevo plan! —dice M, y me arranca de mi ensoñación—. Vamos a… ciudad.

—¿Por qué demonios vamos a ir allí? —pregunta Julie.

—Llevamos a… huesudos. Dejamos que… vivos hagan… limpieza.

—No —le espeta ella—. Los de Seguridad no distinguen entre huesudos y carnosos. Os eliminarán por igual.

—Nos vamos a… esconder —dice M.

Señala cuesta abajo en dirección a un extenso valle con casas de estilo rancho y descuidadas glorietas cubiertas de hierba: el extremo norte de la zona residencial donde Julie y yo nos refugiamos una noche, hace mucho tiempo en un rancio cuento de hadas.

—¿Nos escondemos y confiamos en que los de Seguridad y los esqueletos se encarguen unos de otros?

M asiente con la cabeza.

Julie hace una pausa de dos segundos.

—Es un plan terrible, pero vale, vamos. —Se gira para echar a correr, pero M le pone la mano en el hombro. Ella se la quita de encima y se vuelve contra él—. ¿Qué estás haciendo? ¡No me toques, joder!

—Tú… ve con R —dice M.

—¿Qué? —le pregunto, repentinamente atento, y él me clava sus secos ojos grises y se esfuerza por expresarse.

—Nosotros los… llevamos… por aquí. Vosotros… por allá.

—¡¿Cómo?! —chilla Julie—. Él no me va a llevar a ninguna parte. ¿Por qué coño tenemos que separarnos?

M señala un tajo amoratado y sangrante del brazo de Julie y el corte de la mejilla.

—Porque eres... frágil —dice él, en un tono sorprendentemente tierno—. E... importante.

Julie mira a M. No dice nada. De algún modo, ella y yo nos hemos quedado fuera del grupo, y todo el mundo nos está mirando. Los huesudos están lo bastante cerca para que los oigamos. El sonido de sus quebradizos pies al arrastrarse por el suelo y el tenue zumbido de la energía siniestra que los impulsa. El tuétano negro que bulle en sus huesos.

Hago un gesto con la cabeza a M, y él me lo devuelve. Tomo la mano de Julie. Ella se resiste por un momento, sin apartar la vista del grupo, y acto seguido se vuelve y me mira, y echamos a correr. M y los demás desaparecen de la vista mientras nosotros bajamos con dificultad por el terraplén y entramos disparados en las calles desmoronadas del centro. Los viejos fantasmas de mi cabeza se levantan de su sueño y corren junto a nosotros, animándonos con entusiasmo.

Algo desconocido para nosotros, algo que no hemos visto nunca. La memoria no puede adelantarse al presente; la historia tiene sus límites. ¿Acaso todos somos médicos de la Edad Media que confiamos ciegamente en las sanguijuelas? Anhelamos una ciencia superior. Queremos que se demuestre que estamos equivocados.

Al cabo de unos minutos oímos la batalla. Fuego de ametralladora que resuena por los estrechos cañones de las calles. Explosiones amortiguadas que nos aporrean el pecho como una lejana música de bajo. Algún que otro chillido de un huesudo, tan agudo y penetrante que se transmite en la distancia como la electricidad a través del agua.

—¿Nos escondemos en una de esas? —pregunta Julie, señalando unas cuantas torres de ladrillo y acero—. Solo hasta que pase.

Asiento con la cabeza, pero vacilo en la calle. No sé por qué vacilo. ¿Qué hay allí aparte de un escondite?

Julie corre hacia el edificio más próximo. Intenta abrir la puerta.

—Cerrada. —Cruza la calle en dirección a un bloque de pisos—. Cerrado. —Se acerca a antiguo edificio de piedra arenisca y sacude la puerta—. Puede que este...

Una ventana se hace añicos encima de ella, y un esqueleto desciende por la pared a toda prisa como una araña y cae sobre su espalda. Cruzo la calle corriendo y agarro a la criatura de la columna para arrancársela, pero sus dedos puntiagudos se están hundiendo en la piel de Julie como púas. Le cojo el cráneo con las dos manos y hago esfuerzos por quitárselo de encima mientras intenta clavarle los dientes en el cuello. Pese a tener los tendones del cuello débiles, posee una fuerza increíble. Su mandíbula se cierra de golpe, acercándose poco a poco a ella.

—¡Contra... muro! —gruño a Julie.

Ella retrocede dando traspiés y estampa al esqueleto contra el ladrillo. A la criatura le fallan las fuerzas lo justo para que yo aparte su cabeza de Julie y se la golpee contra el alféizar de la ventana. El cráneo se parte. El rostro sin rostro aplastado entre las palmas de mis manos parece mirarme fijamente. Y aunque su expresión es una sonrisa permanente, puedo oír sus gritos de indignación en mi cabeza:

BASTA. BASTA. SOMOS EL TOTAL DE TUS AÑOS.

Vuelvo a golpearlo contra el ladrillo. El cráneo se parte todavía más, y la criatura suelta a Julie.

TE CONVERTIRÁS EN UNO DE LOS NUESTROS. VENCEREMOS. SIEMPRE HEMOS VENCIDO Y SIEMPRE...

Lanzo a la criatura a la acera y le incrusto el zapato en la cara. Los huesos se mueven ruidosamente hasta que se paran. El zumbido cesa.

Me dispongo a coger a Julie y a abrirme paso a través de la desvencijada puerta del edificio cuando ocurre algo que escapa a mi entendimiento. El cráneo situado bajo mi pie empieza a moverse, y mientras el cerebro aplastado se desintegra, la mandíbula se abre y emite un grito triste y angustioso como el canto de un pájaro herido. No se parece en nada al zumbido de los huesos o el toque de cuerno o la voz estridente del esqueleto, y me pregunto horrorizado si se trata del ser humano que fue antaño, la última boqueada de su alma liofilizada disolviéndose en el vacío. Se me eriza el vello de la nuca. Julie se estremece. Y como en respuesta a su gemido quejumbroso, en las calles lejanas empieza a oírse un sonido. Un estrépito procedente de todas partes, un círculo de ruido que se va estrechando sobre el punto en que nos encontramos. Vislumbro un movimiento por el rabillo del ojo y alzo la vista. Las ventanas de todos los edificios están llenas de caras con los ojos vacíos. Su sonrisas con los dientes al descubierto, mirando hacia abajo maliciosamente como un jurado de pesadilla.

—¿Qué está pasando? —ruega Julie, y su rostro está arrasado por el agotamiento.

No quiero contestar. Temo que esté cerca del límite, y la respuesta que tengo no es esperanzadora. Pero al alzar la vista a los cráneos imperturbables que hay tras las ventanas, no veo otra conclusión.

—Creo que… nos quieren —digo—. A ti y a mí. Saben… quiénes somos.

—¿Quiénes somos?

—Los que lo… empezamos.

—¿Me estás tomando el pelo? —estalla ella, lanzando miradas rápidas a la calle a medida que el ruido aumenta de volumen—. ¿Me estás diciendo que esas cosas guardan rencor? ¿Nos van a «dar caza» porque sin querer provocamos una pequeña escaramuza en su estúpido aeropuerto encantado?

Julie, Julie, susurra Perry en el interior de mi cabeza. Le oigo sonreír. *Mírame, nena. Mira la cara de R y me verás. Esas criaturas son demasiado pragmáticas para preocuparse por la venganza. Van a por vosotros. Y no porque provocarais esta escaramuza, sino porque saben que vais a ponerle fin.*

La mirada de pánico de Julie se queda paralizada al comprender de repente.

—Dios mío —susurra.

Asiento con la cabeza.

—¿Nos tienen miedo?

—Sí.

Reflexiona sobre ello un instante y acto seguido asiente con la cabeza y mira al suelo. Se muerde el labio y desplaza la vista rápidamente a un lado y otro.

—De acuerdo —dice—. De acuerdo, ya lo pillo. Vamos.

Me coge la mano y echa a correr. Directamente hacia el sonido de la muchedumbre que se acerca.

—¿Qué estás... haciendo? —digo con voz entrecortada al tiempo que corro tras ella.

—Esta es la calle principal —responde—. Es donde me encontró la tropa de papá cuando volví a casa. A la vuelta de esa esquina debería estar...

Allí está. El viejo Mercedes rojo, aparcado en medio de la calle, esperándonos como un chófer fiel. Y tres manzanas más adelante, la primera línea de los huesudos, que se meten en la calle en masa y corren en dirección a nosotros con un objetivo firme. Subimos al coche, Julie arranca el motor y cambia de sentido con un chirrido, y nos abrimos paso entre los vehículos abandonados que ocupan la calle: el último embotellamiento de la ciudad. Los huesudos nos siguen a toda prisa, avanzando a grandes zancadas con el empeño implacable de la mismísima Parca, pero los dejamos atrás.

—¿Adónde… vamos? —pregunto, mientras la calzada llena de baches me hace castañetear los dientes.

—Volvemos al estadio.

La miro con los ojos muy abiertos.

—¿Qué?

—Si los esqueletos van a por nosotros en concreto, nos perseguirán hasta allí, ¿no? Abandonarán al resto de tu gente y vendrán a por nosotros. Podemos llevarlos hasta las puertas.

—¿Y luego… qué?

—Nos esconderemos dentro mientras los de Seguridad se ocupan de ellos. Es imposible que se cuelen por los muros a menos que puedan volar o algo parecido. —Me lanza una mirada—. Porque no pueden volar, ¿verdad?

Miro al frente a través del parabrisas, agarrándome al salpicadero mientras Julie se precipita por las calles devastadas a velocidades sumamente peligrosas.

—Volvemos… al estadio —repito.

—Ya sé lo que estás pensando. Volver te parece un suicidio, pero creo que podemos evitar que nos pillen.

—¿Cómo? Tu padre…

—Mi padre quiere matarte, lo sé. Es solo que… ya no ve las cosas con claridad. Pero creo que Rosy sí. Lo conozco desde que era una niña; es como un abuelo para mí, y no está ciego, por mucho que lo parezca con esas gafas. Estoy convencida de que entenderá lo que pasa.

Después de habernos librado de los huesudos en las laberínticas calles laterales, damos la vuelta otra vez hacia la calle principal y pasamos por una sección inacabada del pasadizo 1. Dentro de los muros de hormigón, la calle está limpia de coches y escombros y apunta hacia el estadio, recta como una pista de aterrizaje. Julie mete la primera marcha y acelera hasta que el viejo motor empieza a traquetear. El techo del estadio se eleva en el horizonte, alzándose como una bestia monolítica. *Meteos en mi boca*, dice en tono provocador. *Vamos, niños, no tengáis miedo de los dientes.*

Con una muerte segura a nuestras espaldas, atravesamos el centro de la ciudad a toda velocidad en dirección a una muerte ligeramente más incierta. Al poco rato oímos un sonido demasiado familiar. Las revoluciones de unos potentes motores y los estallidos de los disparos, pero ahora están cerca, y ya no se oyen amortiguados por la distancia. Cuando los muros del pasadizo dan paso a unas estructuras de refuerzo y la vista se abre, Julie y yo nos quedamos mirando horrorizados.

Citi Stadium se encuentra ya en estado de sitio. Como si hubieran previsto nuestro plan, hileras separadas de huesudos se dirigen a toda prisa a los muros procedentes de otras partes de la ciudad, saltando por encima de coches y avanzando a cuatro patas como gatos esqueléticos. Las balas y las bombas revientan almacenes y derriban semáforos mientras los miembros de Seguridad hacen su trabajo, pero los esqueletos se reabastecen por todas partes, sin necesidad de ayuda del grupo que avanza detrás de nosotros. Mi mente se retrotrae a la última vez que estuve en este coche. Frank y Ava dando una vuelta en pleno romance idílico, una cálida burbuja de flores y trinos de pájaro y ojos risueños en azul Technicolor. ¿Había estado ese infierno allí desde el principio, dando vueltas fuera de nuestra burbuja? ¿Esos enjambres de demonios luchando para entrar?

Esto va mal. Todo va mal. Me quedo mirando la horda cada vez más grande como si fuera la primera vez que viera a un cadáver andante. ¿De dónde salen? Con todo lo que yo creía saber de nuestro proceso de descomposición, esas cantidades son inexplicables. Normalmente tardamos años en despojarnos de la carne. Incluso en el supuesto de que estén respondiendo a un llamamiento a las armas y llegando a raudales de las ciudades próximas... no debería haber tantos.

¿Es esta la nueva cara de la plaga? ¿Más fuerte, más cruel, con la fuerza motriz y la velocidad aumentadas? ¿Se está haciendo más grande el agujero del reloj de arena?

Julie me mira con un nuevo temor en los ojos.

—¿Cres que...?

—No —le digo—. Sigue. Demasiado... tarde para... cambiar de... plan.

Ella sigue adelante. Vira bruscamente alrededor de cráteres de granadas, bota sobre los bordillos, conduce por la acera y atropella a peatones huesudos como una borracha haciendo eses. El elegante Mercedes está empezando a parecer un trágico vehículo abollado a un lado de la carretera.

—¡Allí! —grita ella súbitamente—. ¡Es él!

Gira en dirección a la puerta haciendo sonar el claxon. A medida que nos aproximamos reconozco al coronel Rosso ante las puertas principales, gritando órdenes por detrás de un cerco de Suburban blindados. Julie frena patinando delante de los vehículos y sale del coche de un salto.

—¡Rosy! —chilla mientras corre hacia las puertas tras las cuales están los hombres—. ¡Déjanos pasar, déjanos pasar!

Los soldados levantan los rifles, me miran y acto seguido miran a Rosso. Me preparo para la bala que penetrará en mi cerebro y pondrá fin a todo esto. Pero Rosso les hace un gesto con la mano. Bajan las armas. Corremos hacia las puertas, y los soldados estrechan su círculo en torno a nosotros, apuntando a nuestros perseguidores.

—Señorita Cabernet —dice Rosso, perplejo—. ¿Ha salvado ya al mundo?

—No del todo —contesta ella jadeando—. He topado con algunos obstáculos.

—Ya lo veo —dice él, examinando al ejército de huesos amarillentos y sucios que se acerca.

—Podéis encargaros de ellos, ¿verdad?

—Creo que sí. —Rosso observa cómo sus hombres derriban a la primera oleada y recargan las armas antes de que aparezca la siguiente—. Eso espero.

—Por favor, no le digas a papá que hemos venido.

—Julie… ¿qué estás haciendo?

Ella le da un apretón en la mano venosa.

—Ya te lo he dicho.

Él abre un poco la enorme puerta.

—No te prometo nada con tu padre. Ya no es… quien era.

—Que pase lo que tenga que pasar. Gracias, Rosy.

Le da un beso en la mejilla y se cuela por la rendija.

Yo vacilo en el umbral. Rosso se me queda mirando con la mano en la puerta, los ojos entornados de forma indescifrable. Le devuelvo la mirada. Me abre la puerta en silencio y se aparta. Le saludo con la cabeza y sigo a Julie.

Una vez más, avanzamos furtivamente por el laberinto para ratas de las calles del estadio, fugitivos adondequiera que vamos. Julie camina a toda prisa, examinando los letreros de las calles, tomando curvas decisivas. Respira con dificultad, pero no se detiene a coger su inhalador. Ensangrentada y sucia, con la ropa rota y los pulmones resollando, ella y yo nunca hemos hecho mejor pareja.

—¿Adónde… vamos? —pregunto.

Ella señala la pantalla gigante. Una foto de la cara de Nora parpadea en la pantalla acompañada de una secuencia de palabras:

NORA GREENE

AGRESIÓN A MANO ARMADA

DETENER DE INMEDIATO

—Vamos a necesitarla —dice Julie—. Pase lo que pase después, quiero asegurarme de que está con nosotros, no encerrada en los vestuarios.

Alzo la vista hacia la enorme cara pixelada de Nora. Su sonrisa alegre resulta extraña en un cartel de «Se busca».

—¿Por eso... hemos vuelto? —pregunto a la parte de atrás de la cabeza de Julie—. ¿Por ella?

—Mitad y mitad.

Una leve sonrisa se dibuja en mi cara.

—Tienes... planes —digo, en mi mejor intento por usar un tono insinuante—. No solo... estar... a salvo.

—Lo cierto es que creía que ya había acabado con este sitio —dice ella sin reducir la marcha, y deja la frase en el aire.

Continuamos por los márgenes del estadio, siguiendo el muro alrededor del perímetro. Sujetos al hormigón encima de nosotros, los gruesos cables de suspensión de acero vibran como lásers de ciencia ficción cuando los edificios se balancean y crujen con la brisa. Las calles embarradas están vacías. Seguramente todas las fuerzas de seguridad se hallan fuera ocupándose de los huesudos, mientras los civiles se acurrucan en sus endebles casas a la espera de que todo acabe. El cielo de media tarde luce un color naranja brumoso, con nubes altas que pasan por delante del sol. Casi resultaría plácido de no ser por los ejércitos del exterior, que dejan que su pelea atraviese los muros cual desconsiderados vecinos.

—Tengo una idea de dónde puede estar —dice Julie mientras atraviesa un portal oscuro—. Cuando éramos pequeñas

277

solíamos pasar el rato en los muros. Nos sentábamos en las salas VIP y fingíamos que éramos famosas. Entonces el mundo ya se había acabado casi del todo, así que era divertido imaginar que todavía importábamos.

Subimos varios tramos largos de escaleras hasta un piso superior. La mayoría de las puertas parecen cerradas, pero Julie no se molesta en abrir ninguna. Encuentra un boquete estrecho en la pared tapado con una lámina de plástico, y pasamos apretujándonos por un agujero del tamaño de una chica.

Estamos en lo que parece ser el palco de honor del estadio. Hay caros asientos de cuero tumbados de lado alrededor de mesas de cristal agrietadas. Bandejas de aperitivos ofrecen pedazos de moho seco. En la barra, copas de martini aguardan junto a bolsos abandonados como novios pacientes, ignorando que su pareja no va a volver jamás del baño.

Nora está sentada enfrente del inmenso ventanal que sobresale por encima del lejano suelo del estadio. Bebe un sorbo de la botella de vino que tiene en la mano y nos dedica una gran sonrisa.

—Mirad —dice, señalando la pantalla gigante en la que aparece su cara—. Salgo en la tele.

Julie se acerca a ella corriendo y la abraza, y al hacerlo derrama un poco de vino.

—¿Estás bien?

—Claro. ¿Por qué habéis vuelto?

—¿Te has enterado de lo que está pasando fuera?

El lejano estallido de una granada interrumpe la pregunta.

—¿Hay muchos esqueletos?

—Sí. Nos han seguido a R y a mí hasta aquí. Nos están persiguiendo.

Nora me saluda con la mano.

—Hola, R.

—Hola.

—¿Te apetece vino? Es un Mouton Rothschild del ochenta y seis. Yo lo describiría como riquísimo, con notas de delicioso que te cagas.

—No, gracias.

Ella se encoge de hombros y vuelve a mirar a Julie.

—¿Persiguiéndonos? ¿Por qué?

—Creemos que saben lo que estamos intentando hacer.

Una pausa.

—¿Y qué estáis intentando hacer?

—No estoy segura. ¿Arreglar el mundo?

La cara de Nora luce exactamente la misma expresión que la de Julie anoche cuando habló por teléfono con M y escuchó noticias que pensó que no oiría jamás.

—¿De veras? —dice, mientras la botella de vino se balancea entre sus dedos.

—Sí.

—¿Cómo?

—Todavía no lo sabemos. Vamos a intentarlo. Ya se nos ocurrirá.

En ese momento la pantalla gigante se queda en blanco, y los enormes altavoces instalados en el techo del estadio se encienden crepitando. Una voz familiar resuena a través del cielo como un dios loco.

—Julie. Sé que estás aquí. Esa rabieta que te ha dado se tiene que acabar. No voy a permitir que te conviertas en tu madre. La carne blanda acaba devorada por dientes duros. Ella murió porque se negó a endurecerse.

En el suelo veo a los pocos guardias que quedan alzando la vista hacia los altavoces y mirándose entre ellos con inquietud. Lo perciben en la voz de él. Algo le ocurre a su comandante en jefe.

—Nuestro mundo está siendo atacado, y puede que este sea el último de nuestros días, pero tú eres mi prioridad, Julie. Puedo verte.

Mientras sus palabras reverberan a través de los altavoces, noto el escalofrío de unos ojos posados en mi espalda, y me doy la vuelta. En el otro extremo del estadio, distingo la figura de un hombre situado tras el cristal de la oscura cabina del locutor, con un micrófono en la mano. Julie mira con desaliento a través de la distancia.

—Cuando todas las cosas auténticas se deterioran solo quedan los principios, y yo me voy a aferrar a ellos. Voy a reajustar las cosas y a arreglarlas. Espera, Julie. Voy para ahí.

Los altavoces se quedan en silencio.

Nora entrega la botella de vino a Julie.

—*L'chaim* —dice en voz baja.

Julie bebe un trago. Me pasa la botella. Bebo un trago. El alcohol me da vueltas en el estómago, ajeno a la sombría quietud de la sala.

—¿Y ahora qué? —dice Nora.

—No lo sé —suelta Julie antes de que Nora termine la pregunta—. No lo sé.

Coge la botella de mi mano y bebe otro largo trago.

Me pongo ante el ventanal y miro por encima de las calles y los tejados de abajo, esa parodia microcósmica de la satisfacción urbana. Estoy harto de este sitio. Estas salas herméticas y estos pasillos claustrofóbicos. Necesito aire fresco.

—Vamos al tejado —digo.

Las dos chicas me miran.

—¿Por qué? —dice Julie.

—Porque… es el único… sitio que queda. Y porque me gusta.

—Nunca has estado allí —contesta Julie.

La miro a los ojos.

—Sí. He estado.

Se hace un largo silencio.

—Vamos arriba —dice Nora, desplazando la vista con aire indeciso de Julie a mí—. Seguramente es el último sitio donde buscarán, así que por lo menos... no sé... ganemos algo de tiempo.

Sin interrumpir el contacto ocular conmigo, Julie asiente con la cabeza. Recorremos los oscuros pasillos, que, a medida que avanzamos, se vuelven cada vez más inhóspitos, más industriales. El camino termina en una escalera de mano. De arriba baja luz blanca a raudales.

—¿Puedes subir por aquí? —me pregunta Nora.

Agarro la escalera y subo con cuidado. Me tiemblan las manos en el frío acero, pero mi capacidad para trepar sigue intacta. Avanzo otro peldaño y miro a las chicas.

—Sí —digo.

Ellas suben detrás de mí, y yo asciendo la escalera como si lo hubiera hecho cientos de veces. La sensación resulta estimulante, todavía mejor que la de la escalera mecánica, pues son mis manos entumecidas las que me elevan hacia la luz del sol.

Salimos al tejado por una trampilla. Los paneles lisos emiten un brillo blanco al sol poniente. Las vigas perfiladas forman un arco en lo alto como una escultura. Y está la manta roja, húmeda y tal vez un poco mohosa tras semanas de lluvia, pero colocada exactamente tal como yo recuerdo, con su vivo color rojo contra la azotea blanca.

—Dios... —susurra Nora, contemplando la ciudad.

El suelo está atestado de esqueletos, que ahora superan ampliamente en número a los miembros de Seguridad. ¿Hemos calculado mal? ¿Nos hemos equivocado? Oigo en mi cabeza a Grigio regocijándose mientras trepan los muros y cruzan en masa las puertas para matar hasta la última persona que encuentren. *Ilusos. Niños ridículos. Inútiles sonrientes. Aquí está vuestro brillante futuro. Vuestra ferviente y empalagosa esperanza. ¿A qué sabe la sangre del cuello de todos vuestros seres queridos?*

¡Perry! —grito al interior de mi cabeza—. *¿Estás ahí? ¿Qué hacemos?*

Mi voz resuena como una oración en una oscura catedral. Perry guarda silencio.

Observo cómo los esqueletos matan y devoran a otro soldado, y aparto la vista. Bloqueo los gritos, las explosiones, las detonaciones amortiguadas del fuego de los tiradores en la grada situada justo debajo de nosotros. Bloqueo el zumbido de los esqueletos, aunque ahora es un coro enorme que aúlla en estéreo desde todas las direcciones. Lo bloqueo todo y me siento en la manta roja. Mientras Nora se pasea por el tejado observando la batalla, Julie se dirige lentamente a la manta y se sienta a mi lado. Aprieta las rodillas contra el pecho, y los dos contemplamos el horizonte. Podemos ver las montañas. Son azules como el mar. Son preciosas.

—Esta plaga... —dice Julie en voz muy baja—. Esta maldición... tengo cierta idea de dónde ha venido.

En lo alto hay nubes finas y rosadas, estiradas en remolinos delicadamente entretejidos. Un vigorizante viento frío bate la azotea y nos obliga a entornar los ojos.

—No creo que haya venido de un embrujo o de un virus o de la energía nuclear. Creo que viene de un sitio más profundo. Creo que nosotros la hemos traído.

Nuestros hombros se tocan. Ella está fría al tacto. Como si su calor se estuviera retirando, replegándose en lo más profundo de su ser para escapar del viento.

—Creo que nos hemos ido aplastando a lo largo de los siglos. Nos hemos enterrado bajo la codicia y el odio y todos los pecados que hemos encontrado hasta que al final nuestras almas han llegado al fondo del universo. Y entonces han abierto un agujero a un... sitio oscuro.

Oigo a las palomas arrullando en alguna parte del alero. Los estorninos pasan zumbando y bajan en picado contra el cielo lejano, apenas afectados por el fin de nuestra absurda civilización.

—Nosotros la hemos liberado. Perforamos el lecho de roca y salió petróleo, nos tiñó de negro, sacó al exterior nuestra enfermedad para que todo el mundo la viera. Y ahora estamos en este mundo que es un cadáver seco, mientras se pudre a nuestros pies hasta que no queden más que huesos y moscas zumbando.

El tejado tiembla debajo de nosotros. Toda la superficie de acero empieza a moverse con un rechinar grave y se cierra para proteger a las personas del interior de lo que rápidamente se está convirtiendo en una invasión a gran escala. Cuando se cierra del todo con gran estruendo, se oyen unos pasos que avanzan hacia nosotros por la escalera de mano. Nora saca la pistola de Grigio del bolso y corre hacia la trampilla.

—¿Qué hacemos, R? —Julie me mira finalmente. Le tiembla la voz y tiene los ojos enrojecidos, pero no está dispuesta a abandonarse a las lágrimas—. ¿Somos tontos por creer que podemos hacer algo? Tú has logrado que vuelva a tener esperanza, pero aquí estamos, y creo que vamos a morir. Dime, ¿qué hacemos?

Miro a Julie a la cara. No solo le miro la cara, sino también dentro de ella. Cada poro, cada peca, cada pelo fino y tenue. Y luego las capas inferiores. La carne y los huesos, la sangre y el cerebro, hasta la energía incognoscible que se agita en su seno, la fuerza vital, el alma, la fuerza ardiente o la voluntad que la convierte en algo más que carne, recorriendo todas las células y uniéndolas en millones para formar su persona. ¿Quién es esta chica? ¿Qué es? Lo es todo. Su cuerpo contiene la historia de la vida, recordada en forma de sustancias químicas. Su mente contiene la historia del universo, recordada en forma de dolor, alegría y tristeza, odio y esperanza y malos hábitos, cada pensamiento de Dios, pasado, presente y futuro, recordado, sentido y anhelado al mismo tiempo.

−¿Qué hacemos? −suplica ella, confundiéndome con sus ojos, los inmensos océanos de sus iris−. ¿Qué nos queda?

Yo no tengo una respuesta que darle. Pero le miro la cara, las pálidas mejillas, los labios rojos rebosantes de vida y tiernos como los de una niña, y entiendo que la amo. Y si ella lo es todo, tal vez eso baste como respuesta.

Atraigo a Julie hacia mí y la beso.

Aprieto sus labios contra los míos. Tiro de su cuerpo contra el mío. Ella me rodea el cuello con los brazos y me aprieta fuerte. Nos besamos con los ojos abiertos, mirando fijamente las pupilas del otro y las profundidades que contienen. Nuestras lenguas se saborean, la saliva fluye, y Julie me muerde el labio, me perfora la piel y chupa gotas de sangre. Noto que la muerte que llevo dentro se despierta, que la fuerza antivital emerge hacia las relucientes células de ella con intención de oscurecerlas. Pero cuando llega al umbral, la detengo. La retengo y la controlo, y noto que Julie hace lo mismo. Sujetamos ese monstruo rebelde entre nosotros de forma implacable, nos abalanzamos sobre él con determinación y furia, y algo ocurre. Cambia. Se deforma y se retuerce y se vuelve del revés. Se convierte en algo totalmente distinto. Algo nuevo.

Una oleada de sufrimiento extático recorre todo mi ser, y nos separamos jadeando. Noto en los ojos un profundo e intenso dolor. Miro los de Julie y veo que sus iris relucen. Las fibras se mueven, y su tono empieza a cambiar. El vivo azul celeste pierde intensidad y se transforma en gris peltre, luego titubea, vacila, parpadea y vuelve a relucir como dorado. Un brillante tono amarillo solar que no he visto nunca en ningún ser humano. Cuando eso ocurre, mis senos nasales cobran vida con un nuevo olor, algo similar a la energía vital de los vivos pero también muy distinto. Viene de Julie, es su aroma, pero también es mío. Emana de nosotros como una explosión de feromonas, tan fuerte que casi puedo verlo.

—¿Qué… —susurra Julie, mirándome fijamente con la boca ligeramente abierta— … acaba de pasar?

Por primera vez desde que nos sentamos en la manta, echo un vistazo y miro en derredor. Algo ha cambiado en el suelo. Los ejércitos de esqueletos han dejado de avanzar. Están totalmente inmóviles. Y es difícil de saber desde tan lejos, pero parece que nos estén mirando fijamente.

—¡Julie!

La voz hace añicos la sobrenatural quietud. Grigio se encuentra delante de la trampilla de la escalera mientras Rosso sube detrás de él, respirando con dificultad y con la vista clavada en el general. Nora está desplomada contra la trampilla con las manos esposadas a la escalera y las piernas descubiertas estiradas contra el frío tejado metálico. Su pistola se halla a los pies de Grigio, fuera de su alcance.

Los músculos de la mandíbula de Grigio están tan tensos que parece que vayan a estallar. Cuando Julie se vuelve y él ve sus ojos cambiados, todo su cuerpo se crispa. Puedo oír sus dientes rechinar.

—Coronel Rosso —dice con la voz más seca que he oído jamás—. Dispáreles.

Tiene la cara pálida, la piel seca y escamosa.

—Papá —dice Julie.

—Dispáreles.

Rosso desplaza la vista de Julie a su padre.

—Señor, no está contagiada.

—Dispáreles.

—No está contagiada, señor. Ni siquiera estoy seguro de que el muchacho esté contagiado. Mire sus ojos. Están...

—¡Están contagiados! —escupe Grigio. Distingo la forma de sus dientes bajo sus labios fruncidos—. ¡Así se transmite la infección! ¡Así es como funciona! No hay... —Se interrumpe, como si hubiera decidido que ya ha dicho bastante.

Saca la pistola y apunta a su hija.

—¡John! ¡No!

Rosso agarra el brazo de Grigio y lo aparta hacia abajo, intentando quitarle la pistola. Con experta precisión, Grigio le tuerce la muñeca y se la rompe, y a continuación le da un fuerte codazo en las costillas. El anciano cae de rodillas.

—¡Basta, papá! —grita Julie, pero él responde amartillando la pistola y apuntando de nuevo.

Su rostro ahora está vacío, desprovisto de toda emoción. Tan solo piel estirada sobre un cráneo.

Rosso le clava un cuchillo en el tobillo.

Grigio no grita ni reacciona de forma visible, pero la pierna le flaquea y cae hacia atrás. Se desliza por la empinada pendiente del tejado, rodando y dando vueltas, intentando agarrar con los dedos un asidero en el acero liso. La pistola da vueltas por delante de él y se cae por el borde, y él está a punto de seguirla... pero se para. Sus manos se aferran al borde del tejado mientras el resto de su cuerpo se balancea en el vacío. Lo único que veo son sus dedos con los nudillos blancos y su cara, tensa por el esfuerzo pero al mismo tiempo extrañamente impasible.

Julie corre a ayudarlo, pero la pendiente es demasiado empinada y empieza a resbalar. Se queda allí agachada mirando a su padre, impotente.

Entonces ocurre algo curioso. Mientras las manos huesudas de Grigio se aferran al borde del tejado, aparecen otros dedos y se ciernen sobre los de él. Pero esos dedos no tienen carne. Solo el hueso pelado, amarillento y pardusco del polvo y el tiempo y la sangre vieja de anteriores crímenes. Los dedos agarran el tejado, se clavan en el acero y un esqueleto sonriente se levanta con un zumbido.

No es rápido. No salta ni corre. Se mueve pausadamente, sin el impulso despiadado y sanguinario que nos ha perseguido por la ciudad. Y pese a lo desesperado de esa persecución, no parece tener prisa por alcanzarnos a mí o a Julie. Ni siquiera parece reparar en nosotros. Se inclina para enganchar sus garras en la camisa de Grigio y lo arrastra hasta la repisa. Grigio se esfuerza por ponerse en pie, y el esqueleto lo levanta.

Grigio y el esqueleto se observan, con las caras a escasos centímetros una de otra.

—¡Rosy! —grita Julie—. ¡Dispárale, joder!

Rosso respira con dificultad, tocándose la muñeca y las costillas, incapaz de moverse. Lanza a Julie una mirada con la que le suplica que lo perdone, no solo por ese fallo sino por todos los fallos que han conducido a él. Todos los años en los que ha sido consciente pero no ha hecho nada.

El esqueleto coge a Grigio del brazo suavemente, con ternura, como si lo llevara a bailar. A continuación lo atrae hacia sí, lo mira fijamente a los ojos y le arranca un pedazo de hombro de un mordisco.

Julie lanza un chillido, pero el resto de los presentes están mudos de asombro. Grigio no se resiste. Tiene los ojos muy abiertos y una mirada febril, pero su rostro es una máscara vacía cuando la criatura le muerde, dando bocados lentos, casi sensuales. Pedazos de carne caen por su mandíbula hueca y van a parar al tejado.

Yo estoy paralizado. Miro a Grigio y al esqueleto presa de un horror lleno de embeleso, tratando de entender lo que estoy presenciando. Se encuentran encaramados en el borde del tejado, recortados contra un cielo ardiente con nubes rosadas y una bruma de color naranja pálido, y a esa luz sobrenatural, sus figuras resultan indistinguibles. Huesos devorando huesos.

Julie corre a la trampilla. Coge la pistola de Nora y apunta al esqueleto. Al final la criatura la mira a ella, reconoce nuestra presencia y echa la cabeza atrás para soltar un rugido, un estallido penetrante como el de las trompetas del Apocalipsis, oxidadas y rotas y desafinadas para siempre.

Julie dispara. Los primeros disparos no aciertan, pero luego una bala rompe una costilla, una clavícula, un hueso de la cadera.

—Julie.

Ella se detiene, con la pistola temblando en las manos. Su padre se la queda mirando sin comprender mientras su cuerpo se desangra.

—Lo siento —dice en un murmullo quedo.

—¡Papá, apártalo! ¡Lucha contra él!

Grigio cierra los ojos y dice:

—No.

El esqueleto sonríe a Julie y devora la garganta de su padre.

Julie grita con toda la angustia y la rabia de su maltrecho y joven corazón y dispara una vez más. El cráneo de la criatura desaparece en medio de un estallido de polvo y esquirlas de hueso. Con los dedos todavía clavados en los hombros de Grigio, se tambalea hacia atrás y se inclina sobre el borde del tejado.

Grigio va con él.

Caen juntos, entrelazados, y el cuerpo de Grigio tiembla en el aire, convulsionándose. Convirtiéndose. El viento desprende la carne que le queda, los pedazos secos se elevan flotando como cenizas, dejando los huesos pálidos de debajo, y hay un mensaje en esos huesos que por fin logro leer. Una advertencia grabada en cada fémur, cada húmero, cada metacarpo apretado:

Esta es la plaga. Esta es la maldición. Ahora es tan poderosa, está tan profundamente arraigada y tan hambrienta de almas, que ya no se contenta con esperar a la muerte. Ahora alarga la mano y coge lo que quiere.

Pero hoy hemos tomado una decisión. No vamos a dejar que nos roben. Nos aferraremos con fuerza a lo que tenemos, por mucha fuerza que ejerza la maldición.

En el suelo, los huesudos observan cómo los restos de Grigio caen en picado y se hacen añicos. Se quedan mirando los fragmentos en el suelo, las pequeñas esquirlas blancas, rotas e insignificantes. Entonces, de repente, con movimientos desprovistos de objetivo o propósito… se alejan sin rumbo. Algunos caminan en círculos, otros chocan entre ellos, pero poco a poco se dispersan y desaparecen en los edificios y entre los árboles. Siento que me invade una ligera emoción. ¿Qué señal han recibido? ¿Entre la caída de esos huesos y la extraña nueva energía que emana de este tejado como ondas de radio, ha sonado algún aviso en su cráneo vacío? ¿Una advertencia de que su tiempo ha tocado a su fin?

Julie deja que la pistola caiga de sus dedos. Avanza lentamente al borde del tejado y se agacha, contemplando el montón de huesos de abajo. Tiene los ojos enrojecidos, pero sigue sin haber lágrimas en ellos. El único sonido que se oye en el tejado es el del viento, que azota los restos andrajosos de las banderas del estado y la nación. Rosso observa a Julie por un momento, abre las esposas de Nora y la ayuda a levantarse. Nora se frota las muñecas, y se cruzan una mirada que vuelve innecesaria cualquier palabra.

Julie se dirige hacia nosotros con aire aturdido arrastrando los pies. Rosso le toca el hombro.

—Lo siento mucho, Julie.

Ella se sorbe la nariz, mirándose los pies.

—Estoy bien.

Tiene la voz como los ojos, irritada y devastada. Ahora que tengo la capacidad para hacerlo, quiero llorar por ella. Julie se ha quedado huérfana, pero ella es mucho más que la niña abandonada que da a entender la palabra. La pena le acabará afectando y pasándole factura, pero de momento está aquí con nosotros, viva y en pie.

Rosso le roza el pelo con la mano izquierda y le mete un rizo detrás de la oreja. Ella aprieta la mano callosa del hombre contra su mejilla y le dedica una leve sonrisa.

Rosso desvía su atención hacia mí. Veo que sus ojos se desplazan rápidamente a izquierda y derecha, examinando mis iris.

—Archie, ¿verdad?

—Solo R.

Me ofrece la mano y, tras un momento de confusión, le ofrezco la mía. Rosso la estrecha y soporta el dolor de la muñeca haciendo una mueca.

—No sé exactamente por qué —dice—, pero me hace mucha ilusión conocerte, R.

Vuelve andando a la trampilla.

—¿Celebraremos mañana una reunión de la comunidad? —pregunta Nora.

–Voy a anunciarla en cuanto baje esta escalera. Tenemos que hablar de unos cambios urgentes. –Contempla el ejército de esqueletos en retirada–. Y desde luego me encantaría oír vuestra opinión sobre lo que ha pasado hoy.

–Puede que tengamos algunas teorías –dice Nora.

Rosso baja por la escalera, agarrándose con cuidado con la mano izquierda. Nora mira a Julie. Julie le hace un gesto con la cabeza. Nora le sonríe, luego me sonríe a mí y desaparece por la trampilla.

Estamos solos en la azotea. Julie alza la vista hacia mí con los ojos entornados y me observa como si no me hubiera visto antes. A continuación sus ojos se abren mucho, y aspira bruscamente.

–Dios mío –exclama–. R, estás… –Levanta la mano y me quita la tirita de la frente. Toca la zona donde me clavó el cuchillo el día que nos conocimos. Cuando aparta el dedo está teñido de rojo–. ¡Estás sangrando!

En el momento en que lo dice empiezo a percatarme de las cosas. Puntos de dolor agudo por todo el cuerpo. Me duele. Me toco y descubro que tengo la ropa pegajosa por la sangre. No el aceite negro de muerto que antes atascaba mis venas. Sangre brillante, intensa, de un vivo color rojo.

Julie me aprieta el pecho con la mano tan fuerte que casi parece un golpe de kung fu. Y lo noto contra la presión de su palma. Un movimiento en lo más profundo de mi ser. Pulso.

–¡R! –dice Julie, casi chillando–. ¡Creo… que estás vivo!

Se abalanza sobre mí y me envuelve y me estruja tan fuerte que noto cómo crujen mis huesos semicurados. Me besa de nuevo, saboreando la sangre salada de mi labio inferior. Su calor se difunde por mi cuerpo, y noto una oleada de sensaciones al recuperar por fin mi propio calor.

De repente Julie se queda inmóvil. Me suelta y se retira un poco, mirando hacia abajo. Una sonrisa de sorpresa se dibuja en su rostro.

Me miro, pero no es necesario. Lo noto. La sangre caliente me palpita por todo el cuerpo, inundando los capilares e iluminando las células como los fuegos artificiales del cuatro de julio. Noto la euforia de cada átomo de mi carne, rebosante de gratitud por una segunda oportunidad que no esperaba recibir. La oportunidad de volver a empezar, de vivir como es debido, de amar como es debido, de arder en una nube abrasadora y no volver a ser enterrado en el barro. Beso a Julie para ocultar que me estoy ruborizando. Tengo la cara colorada y tan caliente que podría fundir acero.

De acuerdo, cadáver —dice la voz de mi cabeza, y noto un golpe en la barriga, más parecido a un suave codazo que a una patada—. *Ya me voy. Siento no haber estado para acompañarte en tu batalla; estaba librando la mía. Pero hemos ganado, ¿no? Lo noto. Un estremecimiento nos recorre las piernas, un temblor como si la tierra estuviera acelerándose, girando en órbitas desconocidas. Da miedo, ¿verdad? Pero ¿hay algo maravilloso que no empiece dando miedo? No sé lo que te esperará a ti ahora, pero sea lo que sea lo que me espera a mí, juro que esta vez no voy a cagarla. No voy a bostezar en mitad de una frase y a esconderla en un cajón. Esta vez no. Voy a quitarme las viejas mantas de la apatía, la antipatía y la aridez cínica. Quiero la vida en toda su estúpida y desagradable crudeza.*

De acuerdo.

De acuerdo, R.

Ya viene.

TERCER PASO

VIVIR

Nora Green está en la plaza que hay junto a la puerta principal del estadio, situada con el general Rosso ante una enorme multitud. Está un poco nerviosa. Desearía haber fumado antes de salir, pero no le parecía apropiado. Quería tener la cabeza despejada para la ocasión.

—Está bien, amigos —comienza Rosso, forzando la voz para llegar a la parte de atrás de los asistentes que se desperdigan por las calles alejadas—. Os hemos preparado para esto lo mejor posible, pero sé que puede ser un poco... incómodo.

No todos los ocupantes del estadio están presentes, pero sí todo el que quiere estar. El resto está escondido tras la puerta cerrada de su casa con la pistola preparada, pero Nora espera que acaben saliendo a ver qué pasa.

—Os aseguro una vez más que no corréis ningún peligro —prosigue Rosso—. La situación ha cambiado.

Rosso mira a Nora y le hace un gesto con la cabeza.

Los guardias abren la puerta, y Nora grita:

—¡Entrad, tíos!

Uno a uno, todavía con torpeza pero andando más o menos derechos, entran en el estadio. Los medio muertos. Los casi vivos. La multitud murmura con inquietud y se repliega mientras los zombis forman una fila holgada delante de la puerta.

—Estos solo son algunos de ellos —dice Nora, mientras avanza para dirigirse a la gente—. Cada día hay más ahí fuera. Están intentando curarse. Están intentando curar la plaga, y tenemos que hacer todo lo que podamos para ayudarles.

—¿Como qué? —grita alguien.

—Vamos a estudiarla —contesta Rosso—. Aproximarnos a ella, trabajarla y retorcerla hasta que surjan respuestas. Sé que es impreciso, pero tenemos que empezar por algo.

—Hablad con ellos —dice Nora—. Sé que al principio da miedo, pero miradlos a los ojos. Decidles vuestro nombre y preguntadles el suyo.

—No os preocupéis —añade Rosso—. Cada uno tendrá un guardia asignado a todas horas, pero, creedme, no os harán daño. Tenemos que contemplar la posibilidad de que esto funcione.

Nora retrocede para dejar que la multitud se adelante. Lo hacen con cautela. Se acercan a los zombis, mientras los recelosos guardias mantienen los rifles preparados. Los zombis, por su parte, se enfrentan a la difícil experiencia con una paciencia admirable. Se limitan a quedarse quietos esperando; algunos intentan esbozar sonrisas cordiales mientras tratan de hacer caso omiso de los puntos de láser que oscilan en su frente. Nora se mueve para unirse al gentío, cruzando los dedos por la espalda y esperando lo mejor.

—Hola.

Se vuelve hacia la derecha. Uno de los zombis la está mirando. Se desvía de la fila y le dedica una sonrisa. Tiene los labios finos y ligeramente magullados bajo una barba rubia y corta, pero, como el resto de las incontables heridas de su cuerpo, parecen estar curándose.

—Esto… hola… —dice Nora, mirando de arriba abajo su cuerpo de considerable altura.

Debe de medir casi dos metros. Es bastante corpulento, y sus musculosos brazos se marcan bajo la camisa andrajosa. Su cabeza de calva perfecta reluce como una perla gris claro.

—Soy Nora —dice ella, tirando de sus rizos.

—Yo me llamo Mm… arcus —dice él, con una voz como un suave rumor—. Y tú eres… la mujer más hermosa… que he visto nunca.

Nora suelta una risita y se retuerce el pelo más deprisa.

—Caramba.

Alarga la mano.

—Mucho gusto… Marcus.

El chaval está en el aeropuerto. Los pasillos están a oscuras, pero no tiene miedo. Recorre la ensombrecida zona de los restaurantes y pasa por delante de los letreros apagados y las sobras mohosas, las cervezas a medio acabar y el *pad thai* frío. Oye el ruido de un esqueleto solitario que deambula por un pasillo contiguo y rápidamente cambia de rumbo y dobla la esquina a toda prisa sin detenerse. Los huesudos son lentos ahora. Cuando el padre y la madrastra del chaval volvieron allí, algo les pasó a todos. Ahora vagan sin rumbo como abejas en invierno. Se quedan quietos, como maquinaria obsoleta a la espera de ser sustituida.

El chaval lleva una caja. Ahora está vacía, pero tiene los brazos cansados. Entra corriendo en el paso elevado y se para a orientarse.

—¡Alex!

La hermana del chaval aparece detrás de él. Ella también lleva una caja. Tiene trozos de cinta adhesiva pegados por todos los dedos.

—¿Todo listo, Joan?

—¡Todo listo!

—Vale. Vamos a por más.

Avanzan corriendo por el pasillo. Cuando llegan a la cinta transportadora, la electricidad vuelve y la cinta empieza a moverse dando sacudidas bajo sus pies. El chaval y la muchacha corren descalzos a la velocidad de la luz y recorren el pasillo a toda prisa mientras el sol de la mañana se eleva detrás de ellos. Al final del pasillo están a punto de chocarse con otro grupo de muchachos, todos ellos con cajas.

—Todo listo —dicen los muchachos.

—De acuerdo —contesta Alex, y echan a correr todos juntos.

Algunos todavía van vestidos con harapos. Algunos todavía tienen color gris. Pero la mayoría están vivos. Los muchachos carecían de la programación instintiva de los adultos. Hubo que enseñarles a hacerlo todo. A matar fácilmente, a deambular sin rumbo, a tambalearse y gruñir y pudrirse como es debido. Pero las clases ya han acabado. Nadie les enseña, y cual bulbos perennes que se han secado y esperan en la tierra invernal, están volviendo a la vida por sí solos.

Los fluorescentes parpadean y zumban, y el sonido de la aguja de un disco chirría por los altavoces. Un alma emprendedora se ha apropiado del sistema de megafonía del aeropuerto. Unas cuerdas dulces y lánguidas se elevan y penetran en la penumbra, y la voz de Francis Albert Sinatra resuena solitaria en los pasillos vacíos.

Algo maravilloso sucede en verano... cuando el cielo es de un azul celestial...

Los polvorientos altavoces petardean y crepitan, se entrecortan y se distorsionan. El disco salta. Pero es la primera vez en años que el aire inerte del lugar se ve movido por la música.

Cuando los muchachos corren a la puerta de llegadas a por cajas y rollos de cinta nuevos, se cruzan con una figura pálida que recorre el pasillo arrastrando los pies. La zombi lanza una mirada a los niños vivos cuando pasan corriendo por delante de ella, pero no los persigue. Últimamente le ha disminuido el apetito. Ya no siente el hambre de antaño. Observa cómo los muchachos desaparecen doblando la esquina y sigue andando. No sabe adónde va exactamente, pero hay una luz blanca al final del pasillo, y parece bonita. Se dirige a ella dando tumbos.

Algo maravilloso sucede en verano... cuando la luna te hace sentir radiante... Te enamoras, te enamoras... quieres que todo el mundo lo sepa...

Aparece en la sala de espera de la puerta 12, inundada de resplandeciente luz matutina. Pero algo ha cambiado. En los ventanales que van del suelo al techo con vistas a las pistas de aterrizaje, alguien ha pegado pequeñas fotos al cristal con cinta adhesiva. Colocadas unas al lado de otras y agrupadas en un montón de unos cinco cuadrados de altura, forman una tira que avanza hasta el final de la sala.

Algo maravilloso sucede en verano... y solo les sucede a unos pocos. Pero cuando sucede... sí, cuando sucede...

La zombi se acerca a las fotos con recelo. Se queda delante de ellas, mirándolas con la boca ligeramente abierta.

Una niña trepando a un manzano. Un niño salpicando a su hermano con una manguera. Una mujer tocando el violonchelo. Una pareja de ancianos acariciándose suavemente. Un muchacho con un perro. Un muchacho llorando. Un recién nacido profundamente dormido. Y una foto más antigua, arrugada y descolorida: una familia en un parque acuático. Un hombre, una mujer y una niña rubia, sonriendo y entornando los ojos al sol.

La zombi se queda mirando el misterioso y extenso collage. El sol emite destellos en la placa de identificación de su pecho tan brillantes que hacen daño a la vista. Permanece allí cuatro horas sin moverse. Luego aspira despacio. La primera vez que lo hace en meses. Colgando sin fuerza a los lados, sus dedos se mueven al ritmo de la música.

—R.

Abro los ojos. Estoy tumbado boca arriba, con los brazos cruzados por detrás de la cabeza, mirando al inmaculado cielo veraniego.

—¿Sí?

Julie se mueve sobre la manta roja y se acerca un poco a mí.

—¿Crees que algún día volveremos a ver aviones allí arriba?

Pienso un instante. Observo las pequeñas moléculas que nadan en mis fluidos oculares.

—Sí.

—¿De verdad?

—A lo mejor nosotros no. Pero creo que los niños sí.

—¿Cuánto crees que podemos tardar?

—¿En qué?

–En reconstruirlo todo. Aunque podamos acabar con la plaga del todo... ¿crees que conseguiremos que las cosas vuelvan a ser como antes?

Un estornino solitario se lanza en picado a través del cielo lejano, y me imagino que va dejando una estela blanca a su paso, como una firma florida en una nota de amor.

–Espero que no –digo.

Nos quedamos callados un rato. Estamos tumbados en la hierba. Detrás de nosotros, el viejo Mercedes abollado espera pacientemente, susurrándonos con chisporroteos y sonidos metálicos mientras el motor se enfría. Merceditas, lo bautizó Julie. ¿Quién es la mujer tumbada a mi lado, tan rebosante de vitalidad que puede conceder vida a un coche?

–R –dice.

–¿Sí?

–¿Te acuerdas ya de tu nombre?

En esta ladera situada en el borde de una autopista destruida, los bichos y los pájaros de la hierba interpretan una pequeña simulación del ruido del tráfico. Escucho su sinfonía nostálgica, y niego con la cabeza.

–No.

–Puedes ponerte uno, ¿sabes? Elige uno. El que quieras.

Reflexiono sobre ello. Hojeo el índice de nombres de mi cerebro. Complejas etimologías e idiomas, antiguos significados transmitidos a lo largo de generaciones de tradiciones culturales. Pero yo soy algo nuevo. Un lienzo en blanco. Puedo elegir la historia en la que basar mi futuro, y elijo una nueva.

–Me llamo R –digo, encogiéndome ligeramente de hombros.

Ella gira la cabeza para mirarme. Noto sus ojos amarillos como el sol posados a un lado de mi cara, como si estuviera intentando perforar un túnel en mi oído y explorar mi cerebro.

—¿No quieres recuperar tu antigua vida?

—No. —Me incorporo, cruzo los brazos por encima de las rodillas y contemplo el valle—. Quiero esta.

Julie sonríe. Se incorpora conmigo y mira lo que estoy mirando.

El aeropuerto se extiende por debajo de nosotros como un guante arrojado. Un desafío. Después de que los esqueletos se rindieran no se produjo una transformación mundial. Algunos de nosotros estamos volviendo a la vida, mientras que otros siguen muertos. Algunos todavía siguen en el aeropuerto, o en otras ciudades, países, continentes, vagando y esperando. Pero para resolver un problema que afecta al mundo entero, un aeropuerto parece un buen lugar para empezar.

Tenemos grandes planes. Ya lo creo. Tanteamos en la oscuridad, pero al menos estamos en movimiento. Ahora todo el mundo trabaja; Julie y yo solo estamos haciendo una breve pausa para disfrutar de la vista porque hace un día precioso. El cielo es azul. La hierba es verde. El sol calienta nuestra piel. Sonreímos, pues es nuestra forma de salvar el mundo. No permitiremos que la Tierra se convierta en una tumba, una fosa común dando vueltas por el espacio. Nos desenterraremos. Lucharemos contra la maldición y la romperemos. Gritaremos y sangraremos y desearemos y amaremos, y hallaremos una cura a la muerte. Nosotros seremos la cura. Porque así lo queremos.

AGRADECIMIENTOS

Gracias a Cori Stern por descubrir mis relatos en el fondo de la ciénaga de internet, y por obligarme a escribir este libro que me ha cambiado la vida. Gracias a Laurie Webb y a Bruna Papandrea por lanzarlo al mundo, y a mi amable agente Joe Regal por ayudarme a darle la forma que ha adquirido. Gracias a Nathan Marion por apoyar todas mis tentativas artísticas a lo largo de los años, por creer en ellas y en tu hermano cuando ambos parecían disparatados.